Trevor Noah
Born a Crime
Stories from a South African Childhood

精装珍藏版

天生有罪

特雷弗·诺亚的变色人生

[南非] 特雷弗·诺亚 著　　董帅 译

天津出版传媒集团
天津人民出版社

图书在版编目（CIP）数据

天生有罪：特雷弗·诺亚的变色人生：精装珍藏版/
（南非）特雷弗·诺亚著；董帅译. -- 天津：天津人民
出版社，2020.9（2023.6重印）

书名原文：Born a Crime
ISBN 978-7-201-16263-8

Ⅰ.①天… Ⅱ.①特…②董… Ⅲ.①回忆录—南非
—现代 Ⅳ.①I478.55

中国版本图书馆CIP数据核字(2020)第125687号

Copyright © 2016 by Trevor Noah
All rights reserved. Chinese Simplified translation copyright © 2020
by United Sky (Beijing) New Media Co., Ltd.

图字：02-2022-195

天生有罪：特雷弗·诺亚的变色人生（精装珍藏版）
TIANSHENG YOUZUI: TELEIFU NUOYA DE BIANSE RENSHENG
（JINGZHUANG ZHENCANG BAN）

出　　版	天津人民出版社
出版人	刘　庆
地　　址	天津市和平区西康路35号康岳大厦
邮政编码	300051
邮购电话	022-23332469
电子信箱	reader@tjrmcbs.com
选题策划	联合天际
责任编辑	伍绍东
特约编辑	李鹏程　王　微
美术编辑	程　阁
封面设计	王大力　刘彭新
制版印刷	三河市冀华印务有限公司
经　　销	新华书店
发　　行	未读（天津）文化传媒有限公司
开　　本	880毫米×1230毫米　1/32
印　　张	9.5
字　　数	232千字
版次印次	2020年9月第1版　2023年6月第6次印刷
定　　价	68.00元

关注未读好书

客服咨询

本书若有质量问题，请与本公司图书销售中心联系调换
电话：(010) 52435752

未经许可，不得以任何方式
复制或抄袭本书部分或全部内容
版权所有，侵权必究

献给我的母亲，我的第一个粉丝。
谢谢你让我成为一个男人。

《背德法》(1927年)

旨在禁止欧洲人与原住民之间的
违法性行为及其他相关行为

———

由南非联邦最卓越的国王陛下、参议院、众议院颁布如下：

1. 任何与原住民女性发生违法性行为的欧洲男性，以及任何与欧洲女性发生违法性行为的原住民男性……将被判定为有罪，并判处五年以下有期徒刑。

2. 任何允许欧洲男性与自己发生违法性行为的原住民女性，以及任何允许原住民男性与自己发生违法性行为的欧洲女性，将被判定为有罪，并判处四年以下有期徒刑……

目 录 | CONTENTS

第一部分 / 001

第一章　　跑　/ 003
第二章　　天生有罪　/ 020
第三章　　祈祷吧，特雷弗　/ 033
第四章　　变色龙　/ 050
第五章　　第二个女儿　/ 063
第六章　　漏洞　/ 077
第七章　　芙菲　/ 094
第八章　　罗伯特　/ 102

第二部分 / 113

第九章　　桑葚树　/ 115
第十章　　一个年轻人的漫长的、尴尬的、偶尔悲剧
　　　　　又时常蒙羞的心灵教育
　　　　　第一部分：情人节　/ 128

第十一章	局外人 / 135
第十二章	一个年轻人的漫长的、尴尬的、偶尔悲剧又时常蒙羞的心灵教育
	第二部分：暗恋 / 141
第十三章	色盲 / 149
第十四章	一个年轻人的漫长的、尴尬的、偶尔悲剧又时常蒙羞的心灵教育
	第三部分：舞会 / 158

第三部分 / 179

第十五章	跳吧希特勒！ / 181
第十六章	芝士男孩 / 200
第十七章	这个世界并不爱你 / 226
第十八章	我母亲的人生 / 247

致谢 / 293

第一部分

1

种族隔离制度的天才之处在于，它能说服绝大多数人相互敌对。用隔离制造仇恨，整件事就是这么简单。你把人分成不同的群组，让他们相互仇恨，这样你就可以控制他们所有人。

那个时候，南非黑人的数量比南非白人的数量多得多，比例约为五比一。但是南非黑人底下又被分割成了不同的部落，说着不同的语言：祖鲁语、科萨语、茨瓦纳语、梭托语、文达语、恩德贝勒语、聪加语、佩迪语，等等。早在种族隔离出现之前，这些部落派系之间便已冲突不断，彼此斗个不停。白人来了之后，进一步利用派系之间的仇恨，将整个黑人群体分而治之、各个击破。所有非白人的人，都被系统划分为不同的群组和次群组。然后，不同群组之间又被给予了不同程度的权利和特权，以便让他们继续冲突下去。

其中最明显的裂隙存在于南非两大主要的部落之间，祖鲁和科萨。祖鲁人是公认的战士。他们很骄傲，会拼尽全力去战斗。殖民者的军队入侵时，祖鲁人拿着长矛与盾牌就冲上了战场，和对面拿着枪支弹药的敌人血拼。上千名祖鲁人死在了战场上，但是他们从未停止过战斗。和祖鲁人截然不同的是，科萨人一直以头脑灵活而自豪。我的母亲是科萨人。纳尔逊·曼德拉也是科萨人。科萨人也与白人进行了漫长的战争，但是在对手武器装备遥遥领先的情况下，科萨人感受到了武力战争的徒劳，于是一些科萨首领采取了一种更机智的手段。"不论我们喜不喜欢，这些白人都已经在这儿了，"他们说，"我们来看看他们都有什么长处是我们可以用得上的。与其抵抗他们的语言，不如我们来学学英语。这样我们就能明白他们在说什么，然后迫使他们与我们谈判。"

祖鲁人和白人打仗，科萨人则和白人下棋。在很长一段时间内，这两个派系都没有取得显著的成功，而且还把并非双方制造出来的这个问题怪到了对方头上。仇恨不断深化。在种族隔离的几十年中，因为有着共同的敌人，这种仇恨被抑制了。但当种族隔离结束，曼德拉获释后，南非的黑人世界内部重新开始了一场旷日持久的战争。

第一章
跑

好莱坞大片里经常有那种疯狂追逐的戏码，某人从高速行驶中的车里跳出去，或被人丢下来，摔到地上，滚上几滚，停下，然后站起来，掸掸身上的灰，好像这不是什么大事。每当看到这种戏份，我都会想，这纯属瞎扯。被人从高速行驶的车里丢出来可比这要痛苦得多。

九岁的时候，我妈就把我从一辆正在行驶的车上扔了出来。那天是周日。我记得很清楚，因为那时我们正在从教堂回家的路上。在我的童年里，每个周日都是属于教堂的。我们从来不会错过礼拜。我妈那时是——现在依然是——一个非常有信仰的女人，虔诚的基督徒。和世界各地的原住民一样，南非的黑人也接受了殖民者的宗教。我说"接受"，但其实是强迫接受。白人对本地的原住民很严苛。他们说："你们要向耶稣祷告，耶稣会拯救你们。"原住民则回答道："好吧，我们的确需要被拯救——把我们从你们手中拯救出来，不过这是另一码事了，所以让我们来试试这个耶稣吧。"

我的整个家庭都信教，只不过我妈一直信基督，而我的外婆一面信着基督,一面也保留了她从小到大的传统科萨信仰,她会和我们祖先的灵魂交流。很长时间里,我都不明白为什么很多黑人会放弃他们原本的信仰,改信基督。但是教堂去得越多,在那些长凳上坐得越久,我就越了解基督教的逻辑:如果你是美国原住民,向狼祈祷,那你是野蛮人;如果你是非洲人,向你的祖先祈祷,那你是原始人。但当白人向一个能把水变成酒的家伙祈祷,好吧,这很符合常识。

我的童年充斥着教会或某种形式的教会活动,一周起码有四个晚上要在教会度过:周二晚上是祈祷会,周三晚上是《圣经》研读,周四晚上是青年礼拜,周五周六晚上休息(原罪之夜!),然后是周日去教堂做礼拜。准确地说,要辗转三个教堂。原因是我妈说,这三个教堂的教会,每一个都能带给她不同的东西。第一个教会,有对上帝的喜悦赞美。第二个教会,有对《圣经》的深度解读,我妈很喜欢。第三个教会,激情澎湃、涤荡灵魂。在那里,你能真正地感受到被圣灵充满的感觉。但在完全偶然的情况下,随着我们与这几个教堂之间的来往,我注意到了每个教堂都有自己特定的种族构成。喜悦赞美教会是多种族融合教会。深度解读教会是白人教会。激情澎湃教会则是黑人教会。

多种族教会在雷玛圣经教堂,一个庞大且具有现代感的大教堂,位于市郊。那里的牧师雷·麦考利,之前是一位健美爱好者,脸上挂着大大的笑容,性格很像啦啦队队长。雷牧师参加过1974年的宇宙先生健美比赛,得了第三名,那年的冠军是阿诺德·施瓦辛格。每个周末,雷都会站在台上,使尽浑身解数来让耶稣显得很酷。座位排布是剧场式的,还有一个摇滚乐队现场演奏最新的基督教流行乐。每个人都跟着合唱。你不知道歌词也没事，头顶上有个大大的电视屏幕，歌词就在上面滚动。可以说，这就是基督教的卡拉OK。我在这个多种族教会常常玩得很嗨。

白人教会在玫瑰岸联盟教堂，位于桑顿——这是约翰内斯堡一个非常富有的社区，是白人聚居地。我超喜欢白人教会，因为我不用去做主日祷告，我妈会去那边，而我只需要去孩子们上的主日学校。在那里，我们可以读到一些很酷的故事。诺亚方舟和洪水的故事是我最喜欢的，毕竟，这个和我有直接联系嘛。此外，我也喜欢摩西分开红海、大卫打败巨人、耶稣驱逐神庙里的货币兑换商这几个故事。

在成长过程中，我几乎没怎么接触过流行文化。我妈的房子里不准放 Boyz II Men 的歌。那种唱男人和女孩整晚大跳贴身热舞的歌？不行不行不行。绝对不能听。我的其他同学在学校会哼唱《路的尽头》，我完全不知道他们在唱什么。我大概听说过 Boyz II Men 的名字，但并不知道他们是谁。我唯一了解的音乐只来自教堂：那种情绪高昂、鼓舞人心的赞美诗。电影也是一样。我妈希望我的思想永远不会被黄色和暴力的内容污染。所以，《圣经》就是我的动作电影。参孙就是我的超级英雄。他是我的希曼。一个人能用一块驴子的下颌骨打死一千个人？这也太牛了。当然，到保罗和《以弗所书》那部分时，就没什么情节了，不过要说起《旧约》和《福音书》？每一页、每一章、每一节我都能给你背出来。白人教会每周都有《圣经》猜谜游戏，我能赢过所有人。

然后就是黑人教会。好像时不时哪里就会有黑人教会的服侍活动，我们都会去。在镇上，一般会有那种户外的"帐篷复兴"教会。

我们经常去外婆的教会，那是一个传统的循道宗教会，五百多名黑人奶奶穿着蓝白色的衬衫，手里抓着《圣经》，极富耐心地曝晒在炽热的非洲太阳下。实话实说，黑人教会的条件很差：没有空调，没有大屏幕滚动播出歌词，而且一开就老半天，起码三四个小时。这让我感觉很迷惑，因为白人教会的活动只有一个小时，包括大家进场退场，还有牧师致感谢词的时间。但是黑人教会能让我感觉我已经在那儿坐了一辈子，一直在思考，为什么时间过得这么慢。是不是时间有可能是静止的？如果是，那么为什么只会在黑人教会静止，却不在白人教会静止呢？最后我的结论是，黑人社群大概需要和耶稣相处得久一点儿，因为他们的生活里有更多的痛苦。"我在这儿可以收获未来一周的祝福。"我妈曾这样说。她觉得，我们在教会待的时间越久，祝福就累积得越多，好像星巴克的积分卡一样。

　　黑人教会倒是有个好的地方，如果我能撑到第三或第四个小时，就能看到驱散恶魔的仪式。被恶魔附身的人，此时会像疯了一样在走道上狂奔、尖叫。教堂的引座员会像夜店的保镖那样，将他们按倒在地，押送到牧师面前。牧师会抓住他们的头，前后猛烈摇晃，大喊道："我要以耶稣之名将此恶魔逐出！"有一些牧师会格外暴力，但所有的牧师都会将教友摇到恶魔从教友身体里离开，那人跟跄着瘫倒在地后才会收手。身体内有恶魔的教友此时必须跌倒，如果他不倒，就说明体内的恶魔很强，牧师需要下手再狠一点儿。哪怕你是全美橄榄球联盟的钢铁后卫，这儿的牧师也能把你掀翻在地。我的主，真是太有趣了。

　　基督教卡拉OK、超级英雄故事、暴力信仰疗法，天哪，我真心爱教堂。但我不喜欢去教堂的那段长路，真可算是艰苦跋涉。我们住在伊登公园,是约翰内斯堡郊外的一个小地方。从那里去到白人教会要一个小时,到多种族教会要再花四十五分钟,然后去位于索韦托的黑人教会还要再开四十五分钟的车。如果一切顺利,有时候我们还会开回白人教会,再参加一次晚祷。等我们最终在深夜回到家中,我会累得一头栽倒在床上。

那个周日,也就是我从车里被甩出去的那个周日,和别的寻常周日有着一样的开始。我妈把我叫起来,给我做了早餐粥。我去洗澡,她给我九个月大的弟弟安德鲁穿好衣服。然后我们出门上车,在我们都扣好安全带准备上路时,车子却发动不起来了。我妈的车是一辆古旧的亮橙色大众甲壳虫,她买的时候几乎没花多少钱,而之所以这么便宜,是因为它总是坏。所以直到今天,我依然痛恨二手车。几乎我人生中所有的倒霉事,最后都能追溯到某辆二手车身上。二手车害我上学迟到被罚课后留校。二手车导致我们站在高速路上搭顺风车。二手车还是我妈妈再婚的原因。要不是因为这辆坏了的甲壳虫,我们就不会去找机师修,那机师就不会和我妈结婚,就不会变成我继父,就不会折磨我们那么多年,就不会朝我妈脑后开那一枪——所以之后我永远只会选择带担保的新车。

尽管我爱教堂,但一想到那九个小时的长途跋涉,从多种族教会到白人教会到黑人教会再折回白人教会,实在是想想都头疼。自己开车去就已经很痛苦了,乘坐公共交通的话,则会花双倍时间,痛苦也会翻倍。我在脑中祈祷着,快说我们就在家待着吧,快说我们就在家待着吧。然后,我瞥到了她脸上坚毅的神情和牙关紧闭的样子,我知道,等着我的将是漫长的一天。

"来,"她说,"我们去搭小巴。"

我母亲有多虔诚,就有多固执。一旦她做了决定,就无法改变。事实上,那些通常会让人改变原定计划的障碍,譬如车无法启动这种事,只会让她更加坚定地勇往直前。

"是魔鬼干的,"她这样解释车子坏了的原因,"魔鬼不想让我们去教堂,所以我们得去搭小巴。"

每当我想反驳一下我母亲这种基于信仰的固执时,就会用非常尊敬的口吻,向她表达不同的意见。

"或者,"我说,"主知道我们今天不应该去教堂,这就是为什么他让我们的车子发动不了的原因,所以我们就可以一家人待在家里,休息一整天,因为这也是主的休息日。"

"啊,这是魔鬼的说辞,特雷弗。"

"不,一切尽在耶稣的掌控之中,如果耶稣尽在掌控,那我们向他祷告,他就会帮我们发动车子,但是他没有,所以——"

"不,特雷弗!有时候耶稣会在你的道路上设置障碍,看你是否能克服。就像下任务一样。这一定是一次试探。"

"啊!是的,妈妈。但是这个试探,也可能是想看看我们是不是接受了既已发生的事实,待在家中,为他的智慧祈祷。"

"不,这还是魔鬼的说辞。去换衣服。"

"可是妈妈!"

"特雷弗!萨柯拉!"

萨柯拉的意思是"别唱反调"。这是科萨家长经常对小孩说的话。只要听到这句话,我就明白对话结束了,如果我再敢咕哝一个字,就会招来一场暴揍。

那时,我还在一所名叫玛丽威尔学院的私立天主教学校上学,我每年都能在玛丽威尔学院运动会上拿到冠军,而我母亲每年也都能捧回"第一妈妈"的奖杯。为什么?因为她总是在后面追着我踢我屁股,而我总是要跑得飞快来避免屁股被踢到。没人能跑得比我和我妈还快。她不是那种"过来让我揍你一顿"类型的妈妈。她会免费送"揍"上门。她还喜欢扔东西。不论她手边是什么东西,都可能向你飞过来。如果那东西易碎,我还得接住,再把它放好。如果掉地上碎了,那也是我的错,会被揍得更狠。假设她用花瓶砸我,我得接住,放好,然后再跑。在花瓶飞来那不到一秒的时间里,我得思考,值钱吗?值钱。会碎吗?会碎。接住,放好,快跑。

我妈和我的关系很像猫和老鼠。她非常严厉,而我则调皮至极。如果她让我出去买东西,买完我肯定不会回家,因为我要用买面包牛奶剩下的零钱去玩超市里的游戏机。我喜欢打电游。我是打《街头霸王》的高手。一盘游戏我能打很久。我往游戏机里投下一个硬币,时间飞逝,不知不觉,我身后已经站了一个拿着皮带的女人。追逐战开始了。我夺门而出,穿过伊登公园尘土飞扬的街道,翻过围墙,躲进某家人的后院。这在我住的地方是司空见惯的事,所有人都知道,如果那个叫特雷弗的小子从面前闪电般冲过,那他妈妈肯定正在后面紧追不舍。她能踩着高跟鞋飞奔,但如果她真想追上我,她会随时把鞋踢掉然后全力冲刺。她跑起来的姿势很怪,脚踝和脚后跟简直飞离地面但同时又不落下每一步。这时我就会明白,好吧,她进入极速模式了。

我还小的时候,她总能抓得住我,但当我渐渐长大,跑得也越来越快。等她速度跟不上我的时候,就转而开始使用智慧。如果我快跑远了,她就会喊:"站住!抓贼啊!"她就是这么对自己亲儿子的。在南非，没人愿意管其他人的闲事，除非是暴民正义，那样所有人都会来帮忙。她知道自己那一句"抓贼啊"能够将左邻右里都喊出来对付我，我就得同时灵活闪避一大群人，不断地大叫："我不是贼！我是她儿子！"

在那个周日早晨，我最不想做的就是爬进人挤人的小巴，但当我听到我妈说"萨柯拉"的时候，我知道我的命运已经注定。她抱好安德鲁，我们从那辆甲壳虫车上下来，走去搭小巴。

纳尔逊·曼德拉出狱那年，我五岁，差不多快六岁了。我记得在电视上目睹了这件大事，所有人都欢欣雀跃。我并不理解为什么我们会高兴，但我们就是高兴。我注意到，一种叫种族隔离的事要被终结了，而那是件大事，只是我并不理解其中的错综复杂。

我记得且永不会忘记的，是紧随其后的暴乱。民主战胜种族隔离的过程被称为不流血的革命。之所以叫这个名字，是因为在这场革命中，白人没怎么流血受伤。但是革命之后，街道上淌满了黑人的血。

当种族隔离制度废止后，我们了解到，黑人终于可以开始治理这个国家了。问题是，该由哪位黑人领袖接手？因卡塔自由党和非洲国民大会之间发生了无数的暴力冲突。这两大党派的政治斗争很复杂，但有一个很简单的方式去理解，可以把它当成是祖鲁人和科萨人之间的战争。因卡塔自由党主要由祖鲁人组成，是激进的民族主义者。非洲国民大会则是由许多部落组成的联盟，当时的领导阶层主要是科萨人。他们并没有寻求和平的相处模式，反而针锋相对，极尽野蛮对抗之能事。大规模的动乱爆发。上千人被杀。火项链刑非常普遍。这种刑罚指的是在人胸前套一个轮胎,定住他的手臂,然后把汽油泼在他身上,点火,把他活活烧死。非洲国民大会的人会对因卡塔自由党的人做这种事。因卡塔自由党的人也会对非洲国民大会的人做这种事。有一天的上学路上,我就看到了一具已经烧成黑炭的尸体躺在路边。每天晚上,我妈和我都会守在我们家那台小小的黑白电视机前看新闻。20个人被杀。40个人被杀。100个人被杀。

伊登公园的位置紧挨着东兰特镇、特克萨镇和卡托洪镇,这几个地方是因卡塔自由党和非洲国民大会之间冲突暴乱最集中的所在。我们在回家途中,每月至少都会碰见一次街区燃起了熊熊大火。街上有成百名暴徒。我妈会缓缓地开着车从人群中间蹭过去,绕过用燃烧的轮胎制作的路障。没什么东西烧起来能像轮胎那样——狂暴的火焰直冲天际,你简直无法想象。当我们开车绕过那些燃烧的路障,就好像我们身处烤箱之中。我曾对我妈妈说:"我觉得撒旦就在地狱里烧轮胎。"

每当有暴乱发生,所有的邻居都会很识时务地将门关好,躲在家中。但我妈不会。她还是正常出门。我们从路障中间经过时,她会给骚乱者这样一个眼神:让我过去,我和这些破事儿一点儿关系没有。她从来都临危不惧。让我最惊叹的地方就是这一点。不管我们家门口是不是在打仗,她都有必须要做的事、要去的地方。正是这样的固执,使她在车子坏了的情况下还要坚持去教堂。哪怕伊登公园外面有五百个暴徒正在烧轮胎、设路障,我母亲也会说:"穿衣服。我要去上班,你得去学校。"

"可是你不害怕吗?"我会说,"你就一个人,他们那么多人。"

"宝贝，我不是一个人。"她会说，"我有天使在我身后。"

"好吧，如果我们能看到他们就好了，"我会说，"因为我觉得那些暴徒可不知道他们在那儿。"

她会告诉我不要担心，她总是说这句话。"如果上帝和我在一起，谁还能对我不利？"她从来不害怕。即使在她应该害怕的时候，她也不害怕。

那个没有车的星期天，我们依旧在各个教堂之间穿梭，和以前一样，在白人教堂结束了一整天的礼拜。我们走出玫瑰岸教堂的时候，天色已晚，路上只有我们几个人。这一天我们都是在小巴上折腾，从混合教堂到黑人教堂到白人教堂，我要累死了。那会儿已经是晚上九点多了。那段日子并不太平，外面到处都是危险，晚上最好不要出门。我们站在杰里科大道和牛津路的交叉口，正处于约翰内斯堡郊外一个富有白人社区的中心地带，没有小巴，路上空荡荡的。

我好想直接跟我妈说："你看，这就是上帝要我们待在家里的原因。"但是我看到她脸上的表情后，知道还是不要开口比较好。我知道什么时候能跟我妈顶嘴，而现在不是那种时候。

我们等小巴等了很久。在种族隔离制度之下，政府不允许黑人乘坐公共交通，但白人依旧需要黑人来家里擦地板、打扫厕所。有需求，就有市场，黑人创造了自己的交通系统，规划了非正规的民间巴士线路，在法律规范之外，由私人公司承运。小巴生意完全不受任何约束，几乎等同于有组织的犯罪集团。不同的帮会负责不同的线路，因此常常会为了争夺管辖范围而大打出手。这里面充斥着贿赂与暧昧的交易、无数的暴力，以及无数为了避免暴力而上交的保护费。你绝对不能去偷属于对手管辖的小巴线路。偷抢别人线路的司机都会被杀。由于不受制约，这类小巴通常都很不靠谱。来，就来了，不来，也就不来了。

站在玫瑰岸教堂的外面，我几乎都快睡着了。看不到一辆小巴，我母亲终于说："我们试着搭顺风车吧。"我们走呀走呀，感觉几乎走了一辈子，最后总算有一辆车经过，并且停了下来。司机答应载我们一程，我们上了他的车。上车还没开出三米远，一辆小巴就猛地从右边转到车前，把我们拦了下来。

那辆小巴上的司机走下车，手上还拿着一个伊维萨，一种巨大的传统祖鲁武器——差不多就是个粗棍棒。祖鲁人会用这个打碎敌人的头骨。另一个人也从副驾位置上走了下来。两人走到我们那位司机的座位旁边，把他从车上拖下去，然后用棍子朝着他的脸就是一顿猛敲。"你为什么偷我们的乘客？你为什么要载他们？"

看起来他们是要杀了我们的司机。我知道这种事经常发生。这时我母亲开口了："嘿，听好了。他只是在帮我个忙。放过他吧。我们上你们的车。我们本来就是在等你们的车。"所以我们下了车，爬进了那辆小巴。

我们是小巴上唯一的乘客。除了是暴力黑帮以外，南非的小巴司机还有个臭名昭著的习惯，就是喜欢一边开车，一边对乘客滔滔不绝地评头论足。我们遇到的这个司机格外暴躁。他不仅在生气，还是个祖鲁人。在开车途中，他开始教育我母亲，说她居然会上一个不是她丈夫的男人开的车。我妈不喜欢被陌生男人教育，跟他说让他管好自己的事就行了。但他听到我母亲对我们说科萨语时，真正被激怒了。和男人一样，祖鲁女人和科萨女人也被看成两种极端的典型。祖鲁女人行为端正又守本分。科萨女人生活混乱且不忠。现在,他的部落敌人——我妈妈,一个科萨女人,就在他旁边坐着,还带着两个孩子——其中一个还是混血儿。不仅仅是个贱货,还是个和白人睡过的贱货。"哦,你是个科萨,"他说,"这就好解释了。上陌生男人的车。恶心的女人。"

我妈一直让他闭嘴别说了,但他一直骂骂咧咧,坐在前排冲她大吼,在后视镜里对我们比手指,样子越来越吓人,然后他说:"这就是你们科萨女人的问题了。你们都是婊子——今天晚上你就该受点儿教训了。"

他开始加速。车子开得飞快,完全不停,只会在十字路口稍稍减速,看有没有两边来车,就全速前进。死亡从未离我们如此之近。在那个节骨眼上,她很可能会被强奸,而我们很可能会被杀掉。这些都很有可能发生。但是,我还没有完全理解清楚那一刻我们有多危险,我太累了,只想睡觉。而且我妈妈非常镇静,她没有惊慌,所以我也没有慌。她还在试图和他讲道理。

"很抱歉我们惹你生气了,师傅。我们可以就在这儿下车——"

"不行。"

"真的,没事的。我们可以走回——"

"不行。"

他沿着牛津路一路狂奔,整条路上空荡荡的,没有别的车经过。我就坐在小巴的侧拉门旁边。我母亲坐在我旁边,抱着安德鲁。她望向窗外,向我靠过来,轻声说:"特雷弗,他在下个路口减速的时候,我会拉开门,我们要跳车。"

其实她说的话我一个字也没听见,那时我正在打盹儿。当我们靠近路口时，司机稍微松开油门，开始查看左右两侧的路。我妈靠过来，拉开侧门，抓住我，用她最大的力气把我丢了出去。然后她抓起安德鲁，将他环抱在怀里，紧跟着我跳了下来。

一切好像一场梦，直到疼痛袭来。砰！我直接趴在了人行道上。我妈摔在我的右边，然后我们一路滚啊滚啊滚啊滚啊。这时我已全醒了。我从睡眼蒙眬的状态一下子转变为"什么鬼？！"终于停下来后，我爬起来，但已经完全失去了方向感。我看看四周，发现我妈也站起来了。她向我转过来，冲着我大声尖叫。

"跑啊！"

于是我跑了起来，她也跑了起来，没人能比我和我妈跑得还快。

解释起来很难，但我就是知道该做什么。这是动物本能，这是我从一个危机四伏、随时可能爆发灾祸的世界学到的东西。在镇上，当警察带着他们的防爆武器、装甲车和直升机蜂拥而至的时候，我就知道：跑去找掩护，跑去躲起来。我五岁就知道这些了。如果我此前的人生不是那样过的，那么从小巴里被丢出来这件事可能会困扰到我。我可能会像个傻子那样站在原地，说："发生什么了，妈妈？为什么我的腿这么酸啊？"但我不是这样的人。我妈说"跑"，我就跑。我跑得就像逃离狮口的羚羊。

小巴里的人停下车，跑出来追我们，但是他们追不上了，我们把他们甩得远远的。我想他们应该很震惊吧。我仍然记得自己当时回头看了一眼，发现他们的脸上露着一种极其迷惑的表情。发生了什么？一个妇女带着两个小孩怎么能跑得这么快？他们哪知道他们面对的是玛丽威尔学院运动会的蝉联冠军。我们跑啊跑啊，一直跑到一家二十四小时加油站，在那里报了警。但那时，小巴车已经早没影儿了。

我还是不知道到底发生了什么，完全是依靠肾上腺素在跑。等我们停下的时候，我才注意到身上有多痛。我往下一看，胳膊上的皮擦伤了，全身都是伤口，到处都在流血。我妈妈也是这个情形，但是小弟弟安德鲁倒是毫发无伤。我妈妈将他包裹得很严实，他身上一处擦伤都没有。我震惊地看向我妈。

"刚才是什么情况？！为什么我们要跑？！"

"什么叫'为什么我们要跑'？那几个男的差点儿杀了我们。"

"你没告诉我啊！就直接把我从车里丢了出来！"

"我告诉你了。你为什么不跳车？"

"跳车？！我在睡觉啊！"

"所以我应该把你留在那儿，让他们杀了你？"

"起码他们杀我之前会把我叫醒吧。"

我们就这样你一言我一语地互呛。因为自己从车上被丢下来的事，我太迷惑也太生气了，所以我完全没有意识到到底发生了什么——我妈刚救了我的命。

直到我们的呼吸渐渐平和下来，警察过来载我们回家后，她才说："好吧，至少我们安全了，感谢上帝。"

但是我已经九岁了，我明白得多了。这次我再不会保持沉默。

"不，妈妈！这不该感谢上帝！你应该听上帝的话，车子发动不了，就是他跟我们说要待在家里，很明显，今晚发生的事是恶魔诱惑我们出门的诡计。"

"不，特雷弗！这不是恶魔的诡计。这也是上帝计划的一部分，如果他想让我们经历这一切，一定有他的原因……"

说来说去我们又绕回到这个主题上了,讨论上帝的意志到底是什么。最后我说:"妈妈你看。我知道你爱耶稣,但也许你可以问问他,下周要不要来家里见我们。因为今晚的事真的一点儿都不好玩。"

她脸上露出一个大大的笑容,开始放声大笑。我也笑了起来。午夜里,我们站在一起,一个小男孩和他的妈妈,两人的胳膊和腿上满是血污和土渍,罩在路对面加油站的微光中,忍着痛,一起大笑着。

一

种族隔离是种族主义的完美形态，经过了几个世纪的进化才得以成形。1652年，荷兰的东印度公司在好望角登陆，建立了一个贸易殖民地，名为科普斯塔德——也就是后来的开普敦——这里成了来往于欧洲与印度的船只歇脚的地方。为了推行白人统治，荷兰殖民者与本地原住民展开了战争，最终立下了一系列法条，征服并奴役了当地的土著。英国人接管了开普殖民地后，荷兰登陆者的后裔们便迁往内陆，并且发展出了他们自己的语言、文化、风俗，最终成为了独立的民族：南非白人——非洲的白人部落。

英国人在名义上废除了奴隶制，但是在实践中还保留着。这是因为19世纪中期，在这个被看作前往远东征程上的一个没有什么价值的歇脚点上，几个幸运的资本家偶然发现了世界上最大的金矿和钻石矿，于是他们需要可以牺牲的人类劳动力源源不绝地到地底下把金子和钻石挖出来。

大英帝国衰落后，南非白人又崛起了，宣称他们才是南非的合法继承人。为了在这个国家那群不安分的黑人群体面前巩固自己的权力地位，统治阶级意识到他们需要一套更加新颖且强力的手段。他们派出了一支队伍，周游世界，学习各种成熟的种族主义执行技巧。他们去过澳大利亚。他们去过荷兰。他们去过美国。他们看到了什么行得通，什么行不通。然后他们凯旋，写了一份报告。政府利用这些知识，建立起了人类历史上最先进的种族压迫系统。

种族隔离代表着一个警察国家，一个让黑人处于绝对控制下的各种法条和监视系统。若能将所有法条写下来堆到一起，那需要用掉三千多张纸，可重达五千克。但是南非种族隔离的精髓对美国人来说是非常容易理解的，在美国历史上，曾经发生过三件事：把原住民驱赶到保留地、黑人奴隶制、隔离制度。想象一下，这三件事在同一时间内发生在同一群人身上，那就是种族隔离。

第二章
天生有罪

我成长于种族隔离时期的南非，这其实挺尴尬的，因为我生在一个混合种族的家庭里，而我就是那个混血儿。我的母亲帕特莉莎·努拜伊赛罗·诺亚是黑人。我的父亲罗伯特是白人，准确说是瑞士/德国人——瑞士/德国人总会强调这一点。在种族隔离期间，最严重的罪行之一，就是你和其他种族的人发生性关系。很显然，我父母就犯了这样的罪。

在任何将种族歧视当作惯例的社会中，种族融合这件事不仅质疑了这个社会的不公，还揭露了其无法良性运转且不合逻辑的事实。种族融合，不仅证明了不同种族可以融合，而且在多数情况下还希望去融合。一个混血儿就能够折射出社会逻辑的可笑荒谬，因此，种族融合变成了一个比叛国罪还严重的罪行。

人是人，性是性，禁令并不能阻止什么。荷兰的船在塔布尔湾靠岸后的第九个月，南非就迎来了第一拨混血儿的降生。就像在美洲那样，这里的殖民者也知道怎么勾搭本地女人，所有的殖民者似乎都对此驾轻就熟。但和美国不同的是，那里的人只要身上带有一丁点儿黑人的血统，他就会被认定为黑人。而在南非，混血儿被当作一个单独的种群，不是黑人，也不是白人，而是"有色人种"。政府强迫人民将自己的血统记录在案，有色人种、黑人、白人、印度人，根据这些种族区分，数百万人被迫背井离乡，按规定重新安置自己的家。印度人聚居区和有色人种聚居区要分开，有色人种聚居区要和黑人聚居区分开，而他们这几类人全部要和白人社区分开，中间还要隔出一片空无人烟的缓冲地带。之前的法律规定的是严禁欧洲人和本地原住民发生性关系，之后不久，这条法律就修订为，严禁白人和所有非白人发生性关系。

人是人，性是性。政府为了推行这项新法律也是大费周折。违反了这个法条的处罚是蹲五年监狱。有专门的警察小队，别的什么也不管，成天就在别人家后窗边儿上瞄来瞄去——很明显，这类警察自己一定严守法规，才能得以委任。如果一对跨种族的情侣被抓，那就只有祈祷上帝来帮他们了。警察会踢开他们家门，把他俩拖出去，暴打一顿，再带回监狱。至少他们对情侣中的那个黑人会这么做，对于另一个白人，他们会说："呃，看啊，我就说你喝醉了，下不为例，懂了吗？拜拜。"这一般指的是白种男人和黑人妇女的情况。如果抓到一个黑人男子和一个白人妇女发生了关系，男方要不被指控为强奸都算走运。

如果你问我妈，她有没有考虑过在种族隔离政策下生一个混血儿的后果，她会说，没有。要是她想做什么事，就想方设法去做，然后就做到了。你得先拥有她身上的那种无畏精神，才能做出她所做的那些决定。如果你稍有迟疑，稍微顾虑一下结果，那你什么也做不了。尽管如此，这依然是一件疯狂且不计后果的事。长久以来，为了维持日常生活的正常，我们要在一万件事情上如履薄冰。

在种族隔离制度下，如果你是一名黑人，而且又是个男人，那你的工作范围将会是农场、工厂或矿区。如果你是一位黑人女性，你会是工厂女工或女佣。这些是你仅有的人生选项。我母亲不想在工厂工作，又不擅长煮饭，也无法忍受每天被白人雇主使唤来使唤去。所以，根据她的性格，她做出了一个以上既有选项之外的选择：她报名参加了秘书培训课，学习打字。在那时，黑人女性学打字，等同于盲人想学开车。这份努力值得尊敬，但是你不太可能会因为拥有这项技能而找到工作。根据法律，白领和技工的工作都是留给白人的，黑人不能在办公室工作。但是，我妈却是个反叛者，而且很幸运的是，她的反叛恰巧赶上了好时候。

20世纪80年代初，为了缓解国际社会对国内暴乱的抗议和对种族隔离侵犯人权的指责，南非政府开始做出一些小小的改变。在这些改变措施中，有一项就是开始在一些低级的白领工作岗位上雇佣黑人，譬如打字员。通过职业介绍所，我妈找了一份秘书的工作，雇主是ICI，一家跨国制药公司，工作地点在约翰内斯堡郊区的布朗芳田。

我妈开始工作时，还和我外婆一起住在索韦托，那是政府几十年前让我们家搬去的地方。但是我妈在家里住得并不开心，所以满21岁后，她便离开家，搬到了约翰内斯堡市中心。不过，这样做有一个问题：黑人住在那里是违法的。

种族隔离的终极目的，就是要让南非变成一个白人国家，试图取消黑人的南非国籍，将他们全部安置到黑人家园"班图斯坦"去，那里将会成为一个半自治的黑人领地，但其实还是受制于首都比勒陀利亚的傀儡政权。不过这种所谓的白人社会，依旧离不开黑人劳动力的奉献，而这就意味着必须要让一部分黑人住在白人社区附近。政府在城市周边建了一些贫民窟小镇，来安置黑人劳动力，索韦托就是这样的一个地方。你可以住在小镇上，但那只是因为你在城里有工作。如果一旦因为任何原因丢了工作，导致证件不足，你就可能会被遣返回黑人家园。

离开小镇到城市去，不论是去工作或去干别的，你都要带好写有身份证号码的通行证，否则就会被逮捕。另外还有宵禁，到了一个特定时间，所有黑人都必须回到位于小镇上的家中，否则也会被逮捕。我母亲完全不在乎这些，她已经铁了心再也不要回家。所以留在了城里，躲藏在公共厕所过夜，之后，她从一个特别的群体那里学到了操控城市生活的规则，那群人也是硬要留在城市中的黑人妇女：妓女。

城市里很多妓女都是科萨人。她们和我母亲说着同样的语言，并教会了她如何在城市中生存。她们教她穿上女佣的连体工服，这样在城里走动就不会被拦下来质询。她们给她介绍愿意出租公寓给她的白人房东。这类房东通常是外国人，譬如德国人或者葡萄牙人，他们并不在乎禁止跨种族发生关系的法条，很乐意把公寓分租给妓女，并且还能偶尔和她们上上床。好在我母亲有工作，付得起房租，所以对这类交易并不感兴趣。经一位妓女朋友的介绍，她认识了一个德国人，愿意把自己的一套公寓租给她。她搬进了新家，买了几套女佣工服。不过，她时不时还是会被抓，原因是下班路上没带身份卡，或者在白人社区停留太久。等待她的惩罚就是要么蹲三十天牢，要么交五十兰特的罚金，相当于她半个月的工资。她会东拼西凑地凑齐罚金，交了钱后直接回去上班。

我妈妈的秘密公寓位于希尔布洛，房间号203。同一条走廊上，住着一个高个子、棕色头发、棕色眼睛的瑞士/德国人，名叫罗伯特，房间号206。作为前贸易殖民地，南非有着大量的外国移民。人们从世界各个角落来到这里。这里有无数的德国人，还有很多荷兰人。那时的希尔布洛就是南非的格林尼治村，充满了世界主义理想和自由不羁的精神，一派欣欣向荣。那里有很多画廊和地下剧院，艺术家和演员敢于在这样的地方发声，在成群的观众面前批评政府。那里还有很多餐厅和夜总会，多数是外国人开的，而且面向所有人提供服务，不论是对现状不满的黑人，还是觉得种族歧视很可笑的白人，都可以前来消费。在一些由公寓或空地下室改成的俱乐部里，人们还会悄悄地聚会。集会本质上是一种政治行为，但是他们的聚会并不带有政治意味。人们只是聚在一起玩乐，开派对。

我妈妈立刻投入了这样的生活。她总是出去参加聚会，派对、跳舞、见朋友。她是希尔布洛塔的常客，希尔布洛塔是非洲最高的建筑之一，顶层有一个带旋转舞池的夜总会。那是一段快乐的时光，但也同时隐藏着危险，因为这些餐厅和俱乐部有时会被关停，有时不会。那些演员和顾客有时会被逮捕，有时不会。就像掷骰子一样。我妈妈从不知该相信谁，谁又会突然向警察举报她。邻居之间经常相互举报。那些白人的女性朋友有上百种理由去举报一个混迹在他们中的黑人女性——毫无疑问肯定是妓女。你应该记得我之前说黑人也可以为政府工作。在邻居们看来，我妈很可能是一个间谍，她伪装成妓女，平日里打扮成女佣，潜伏在希尔布洛塔的夜总会里，暗中观察那些有违法倾向的白人。警察国家就是这样运作的——每个人都觉得其他人是警察。

在城市里孤单一人生活，不被信任也无法信任别人，我妈妈开始和一个让她有安全感的人越走越近：那个住在走廊另一端的 206 房间的高个子瑞士男人。他 46 岁，她 24 岁。他安静保守，她自由奔放。她会在经过他房间的时候停下来聊聊天。他们会一起去地下派对，在有旋转舞池的夜店跳舞。火花不期而至。

我知道我父母之间的感情是真挚的，我看得出来。但是他们的关系有多浪漫，或者他们多大程度上只是朋友，并不好说。有些事情，小孩子是不会问的。我只知道有一天我妈妈向他提出了一个要求。

"我想要个孩子。"她对他说。

"我不想要孩子。"他说。

"我没说让你要孩子。我想请你帮我，让我有个孩子。我只需要你的精子。"

"我是天主教徒，"他说，"我不能做这样的事。"

她回道："你知道，我可以和你睡完就走，你永远也不知道你会不会有一个孩子。但是你一定不想那样。答应我的请求吧，这样我能问心无愧地活下去。我只想要一个属于自己的孩子，我希望你能给我这个孩子。只要你想见他，随时都可以，而且你不用承担任何责任。你不用陪他玩，也不用给他钱。给我这个孩子吧。"

其实对我母亲来说，这个男人不想和她组建家庭，或说法律不允许他们两个组建家庭，反而增加了这件事对她的吸引力。她只是想要一个孩子，并不想要某个男人介入她的生活。而我父亲那边，我只知道虽然他最终同意了，但之前的很长一段时间内都是拒绝的。只是他为什么会同意，我永远也无法知道答案了。

在父亲同意后的第九个月，1984年2月20日，我妈妈在希尔布洛医院做了剖腹产。由于她和家人关系疏远，还和一个她无法公开关系的男人怀了孩子，所以自己一个人去了医院。医生将她推入产房后，剖开她的肚子，取出了一个身上流着一半白人血液、一半黑人血液的婴儿，这个婴儿违反了无数的法条、章程与规则——所以，我生下来就有罪。

医生把我拿出来后的一瞬间很尴尬。他们说："呃，这个孩子肤色真浅啊。"环视四周，好像没有哪个男人像孩子的父亲。

"孩子的父亲是谁？"他们问。

"他爸爸是斯威士兰人。"我妈妈说。斯威士兰是南非西边的一个小国。

他们很可能猜到了她在说谎，但是接受了这个说法，毕竟他们需要一个解释。在种族隔离制度下，政府会在你的出生证上打上所有的标签：种族、部落、国籍。所有的东西都要被归类。我妈妈撒了谎，说我生在卡恩瓦格尼，那是供斯威士兰人在南非居住的半自治黑人家园。所以我的出生证上没写我是科萨人，其实我是；也没写我是瑞士人，因为政府不允许。我的出生证上写着我来自另一个国家。

我的父亲也没出现在我的出生证上。从法律意义上说，他从来不是我的父亲。我妈妈曾亲口告诉我，她做好了我父亲完全不管我的准备。她自己在朱伯特公园附近新租了一处公寓，那里离希尔布洛很近，她带着我从医院出来后，就径直去了新公寓。过了一周，她去见我父亲，没带我。令她惊讶的是，他问她我在哪儿。"你说你不想和他有关系的啊。"她说。他之前确实是不想，但我出生后，他觉得自己无法接受儿子就住在旁边，但和自己无关的事实。所以我们三个在法律允许的范围内，勉强组成了一个家庭。我和我母亲住在一起，偶尔会偷偷跑去看望我父亲。

大多数孩子是他们父母的爱的结晶，而我是我父母犯罪的结晶。我唯一能和我父亲相处的时间都是在室内。如果我们去外面的话，他就得到路对面走。我和我妈经常去朱伯特公园散步。那是约翰内斯堡的中央公园，有花园、动物园，还有一个巨大的棋盘，每个格子上都能站下一个人。我妈妈有次告诉我，我还小的时候，我父亲曾和我们一起去散过步。在公园里时，他和我们保持了一定的距离，但我却在后面追着大叫："爸爸！爸爸！爸爸！"人们开始看我们，而他吓坏了，拔腿就跑。我当时可能以为这是个游戏吧，所以还在后面一直追着他跑。

我也不能和妈妈一起散步。一个浅色皮肤的孩子和一个黑人女人走在一起，会引发诸多问题。当我还是婴儿的时候，她可以把我包起来，抱着到处去，但很快我就长大了。我小时候长得特别快，我一岁的时候，你会以为我两岁了。我两岁的时候，你会以为我四岁了。她想把我藏起来，但做不到。

于是，就像她是如何租到房子、如何穿女佣衣服在路上走那样，我妈妈又找到了社会系统的漏洞。混血儿（父母一个是黑人一个是白人）是违法的，但是有色人种（父母两个人都是有色人种）是不违法的。所以我妈妈把我当成一个有色人种小孩在养。她在有色人种聚居区找了个托儿所，把我放在那里之后，自己就可以去上班了。我们的公寓楼里有个叫奎恩的女人，她是有色人种。我们想去公园散步时，我妈妈就会邀请她和我们一起。奎恩走在我旁边，装成她是我妈妈的样子，而我妈妈走在我们后面几步远的地方，表现得好像她是奎恩的女仆。我有很多张和奎恩一起散步的照片，我们长得像，但她不是我妈；后面站着的那个看起来好像是闯入照片的路人的黑人女人，才是我妈。如果奎恩没时间和我们散步，有时候我妈也会冒着风险自己带我出去。她会牵我的手，或抱着我，但警察一出现，她会立刻把我放开，假装我不是她的孩子，假装我是一袋大麻。

我出生的时候，我妈妈已经三年没有见过她的家人。但是她希望我能认识她的亲人，也希望他们能认识我，于是，这位在外漂泊的女浪子回家了。我们住在城里，但放假时，我也会去索韦托和外婆住上几周。我对索韦托有无数的记忆，好像那儿也是我的一个故乡。

索韦托的设计思路就是要人口爆炸——这体现了那些种族隔离设计师的远见。小镇本身是一个城市的体量，人口数量接近一百万人，但进出小镇就只有两条路。这样的话，军队就可以轻易地将我们锁在里面，有助于平息任何暴乱。假如这群野蛮猴子发了狂，想要冲破牢笼，空军就可以过来扔几颗炸弹，把所有人炸得屁滚尿流。在成长过程里，我从未意识到我的外婆就住在靶子的中心。

在城里住，尽管出行艰难，我们还是可以想办法解决。因为城里人多，黑人、白人、有色人，大家上班下班，我们藏在人群里不会很显眼。但是索韦托只有黑人。像我这种肤色的人，藏起来会很困难，而且政府在那里查得更严。在白人区，你很少会看到警察，即使看到也是那种文质彬彬的警官，穿着立领衬衫和制服裤子。在索韦托，警察是随处可见的军队。他们不穿立领衬衫，而是用防爆装备全副武装。他们是军人。他们的队伍被称为闪电特攻队，只要需要，他们可以立刻不知道从何处钻出来，驾驶着装甲车——我们称之为"河马"——一种装有巨型轮胎的坦克，侧面还有长圆孔的切口，枪支可以从里面伸出来扫射。你绝不能和"河马"闹着玩。你看到它，就得跑。这是生活的真谛。小镇上冲突不断：总有人在哪里游行抗议，总有人在镇压游行抗议。在外婆家玩的时候，我常常听见枪炮声、尖叫声，还有催泪瓦斯丢进人群的爆炸声。

直到五六岁的时候，我才第一次看到"河马"和闪电特攻队——那时，种族隔离制度终于开始瓦解了。在那之前，我从没见到过警察，因为我不能被警察看到。每次我们去索韦托，外婆都不让我出去。她得看着我："不不不，他可不能出去。"我可以在屋子里或院子里玩，但不能上街。所有的孩子都在街上玩。我的兄弟、邻居家的小孩，他们可以打开门冲出去，在外面疯玩一天，回家时还带着满身泥巴。所以我也求过外婆让我出去。

"求你了。求你了，我能和我的兄长一起玩吗？"

"不行！他们会把你抓走的！"

很长时间里，我一直以为她的意思是其他小孩会把我拐跑，但其实她说的"他们"，指的是警察。小孩是可以被抓走的，曾经就有小孩被抓走过。那些皮肤颜色不"正确"的小孩，如果被发现出现在不该出现的地区，政府会过来剥夺他父母的抚养权，把他丢进孤儿院。为了维持小镇的治安，政府仰赖着一套奸细网络，一群匿名举报者会随时随地监视各种可疑行为。也有给警察局工作的黑人，被称为"黑夹克"。我外婆的邻居就是个黑夹克。每次外婆把我偷偷带回家或带出门时,都要提防这个邻居,确保他看不见我。

我外婆曾告诉我,在我三岁的时候,有一天,我受不了成天被关在家里,就在门边挖了个洞,钻了出去。所有人都吓了个半死,全家出动去找我。我完全不知道我给大家带来了多大的危险:整个家庭都可能会被驱逐出境,我外婆可能会被逮捕,我妈要蹲监狱,而我很可能会被送到专门收留有色人种小孩的孤儿院。

所以我就一直被关在家里。除了那几次在公园散步之外,我的童年记忆几乎全部在室内。我和妈妈在她的小公寓里,我自己待在外婆家。我没有任何朋友,除了兄弟,我不认识任何同龄的小孩。但我不是个孤独的孩子——我还挺擅长一个人待着的。我读书,玩我的那些玩具,脑子里能幻想出一整个世界。我可以在我的脑子里玩。我现在依然可以这样。此刻,如果你让我自己待上几个小时,我仍可以玩得很开心。我有时还得提醒自己,该多和人接触接触。

很显然,我肯定不是唯一一个在种族隔离制度之下由黑人和白人父母结合生下的小孩。现在我在全世界旅行时,总能碰见其他生在南非的混血儿。我们故事的开头总是差不多。我们的年龄也差不多。他们的父母也是在希尔布洛或开普敦的某个地下派对上遇见彼此,他们也住在某个非法公寓里。但我和他们有个不同之处,他们后来几乎都离开了南非。父母中身为白人的那个,会带着他们从莱索托或博茨瓦纳偷渡出去,然后他们分别在英国、德国或瑞士长大成人。毕竟,在种族隔离制度下,成长于混血家庭的生活是难以忍受的。

曼德拉当选后，我们终于可以自由地生活了。一部分曾经流亡海外的人开始回迁。我在17岁的时候遇到了一个回来的孩子。他给我讲了他的经历，我简直难以置信："等等，什么？你意思是，我们还能离开？还有这个选项？"想象一下，有人把你从飞机上丢下去，你摔到地上，全身骨骼粉碎，你去了医院，痊愈了，准备开始面对后面的人生，然后，就在你几乎已经忘了之前的痛时，有人告诉你，有个东西叫降落伞。这就是我的感受。我不理解，为什么那些年我们要留在南非。我径直跑回家，问我妈妈。

"为什么？我们当时为什么不出国？我们为什么不去瑞士？"

"因为我不是瑞士人，"她答道，和以往一样固执，"这是我的国家，我干吗要走？"

南非这个国家是新与旧、古老与现代的综合体，南非基督教就是个绝佳的例子。我们接受了殖民者带来的宗教，但是很多人也保留了祖先传下来的古老信仰，以防万一。在南非，人们信奉圣父圣子圣灵三位一体，也接受巫术，相信咒语，向敌人施加诅咒。

在我成长的国家，人们生病以后，比起去看西医，更愿意去找萨满，即传统医生，这个职业现在会被轻蔑地称为"巫医"。在我成长的国家，人们会因为使用巫术而被判刑——这是写在法律里的。我不是在说1700年的事，我说的是五年前的事。我记得某个人曾在法庭上被指控用雷劈死了另一个人。在黑人家园，这是司空见惯的事。那里没有高楼，也没有很高的树，你和天空之间没有什么东西遮挡，人们总是被雷劈到。而每当有人被雷劈死，所有人都清楚，肯定是有人利用了自然力量干的好事。如果那个人死掉的时候，你正在吃牛排，那你很可能就会面临谋杀的指控，警察会来敲你的门。

"诺亚先生，你被指控谋杀。你用巫术杀死了大卫·柯步库，令他被雷劈死。"

"证据在哪儿？"

"证据就是大卫·柯步库被雷劈死了，可当时并没有下雨。"

然后，你就得上法庭接受审判。法庭上坐着一位法官、一位笔录员、一位检察官。你的辩护律师会竭力论证你缺乏杀人动机，反复分析犯罪现场，为你进行有力的辩护。但这个辩护律师可不能说："巫术并不存在。"不不不，这样你会输的。

第三章
祈祷吧，特雷弗

我成长于一个由女性掌控的世界。我的父亲很爱我，但我只能在种族隔离允许的时间和地点与他相见。我妈妈的弟弟，也就是我舅舅维莱尔，倒是和我外婆一起住，但大多数时候，他都在当地的小酒馆打架。

我生命中唯一一个半正常的男性角色是我的外公，他是你不得不正视的一股力量。他和我外婆离了婚，不和我们一起住，但他时常还会回来。他的名字叫泰普雷斯[1]·诺亚，这很诡异，因为他一点儿也不温和。他很暴躁，爱大吼大叫。邻里之间都喊他"泰特·势煞"，可以意译为"火爆老爹"。他正是这样的人。他爱女人，女人也爱他。他会随便在某个下午穿上他最好的西装，走在索韦托的街道上，把人们逗得开怀大笑，把他遇见的所有女人迷得神魂颠倒。他有着灿烂而迷人的笑容，露着一口亮亮的大白牙——假牙。在家里，他会把假牙摘出来。我看着他摘假牙的样子，感觉就好像他在

---

1 Temperance，意为温和，有节制。——脚注均为译者所加，后同。

吃自己的脸。

随后的生活里,我们发现他有躁郁症,在那之前我们只是以为他是个怪人。有一次他借了我妈的车去商店买面包牛奶,然后他就消失了,直到深夜才回来,那会儿早就过了我们需要面包牛奶的时间了。原来,他在巴士站遇到了一个年轻女人,他的逻辑是,漂亮女人是不该站在这儿等巴士的,他提出要直接送她回家——结果就开了三个小时的路程。我妈妈特别生气,因为他用掉了一整箱汽油,这些汽油足够我们开两周的车上班上学了。

当他临时起意的时候,你没法阻止他,但是他的情绪波动特别大。年轻的时候他曾是一名拳击手,有一天他说我冒犯了他,所以他要和我打一场拳击。那时他八十多岁了,我十二岁。他举起拳头,在我身边转着圈。"开始吧,特雷弗!来!举起你的拳头!打我!我要告诉你我依然是个男人!开始吧!"我没法打他,因为我不能打长辈,而且我之前从来没打过架,我可不想我人生的第一架是和一个八十多岁的老头子对打。我跑去找我妈,她来劝他收手。这之后的一整天,他都坐在椅子里一动不动,一个字也不说。

泰普雷斯住在美多莱,和他组建的第二个家庭生活在一起。我们很少去那边看他,因为我妈妈和我外婆都害怕被下毒。这也是时有发生的情况。第一个家庭是法定继承者,所以很有可能会被第二个家庭下毒,好像穷人版《权力的游戏》。如果我们去那边,我妈妈会警告我:

"特雷弗,不要吃那儿的东西。"

"可是我饿。"

"不行,他们会给我们下毒。"

"好吧,那我为什么不向耶稣祷告?耶稣能帮我把毒去掉吗?"

"特雷弗!萨柯拉!"

所以我只能偶尔见到外公,他不在的时候,整个家都在女人的掌控之中。

除了我妈之外,家里还有姨妈斯彭赫里,她和第一任丈夫丁奇有两个孩子,也就是我的表兄穆隆格斯和布勒瓦。斯彭赫里是个精力旺盛的人,在各种意义上都是个强大的女人,长着大胸,爱照顾人。丁奇,就像他的名字听上去那样,只有一丁点儿大。他是个矮小的男人,还爱家暴,不过也不是,应该说,他喜欢家暴,但是他不太擅长。他总是想活成他想象中的那种丈夫的样子,作为家里的统治者,掌控一切大权。我记得他曾对我说:"你不打老婆,就是不爱她。"这是酒吧里和街头的男人爱说的话。

丁奇总是试图假扮家里的老大,但事实上他不是。他会掌掴我姨妈、揍她,她会忍耐再忍耐,直到有一天实在忍不了了,才会反手扇回去,把他打回他应该待的位置。丁奇总是在家里摆出一副这样的架势:"我管着我的女人。"你就很想告诉他:"丁奇呀,首先呢,你管不到你的女人。其次,你也不需要管着她,因为她爱你。"我记得有一天,姨妈实在忍不了了。我在院子里,看着丁奇尖叫着冲出房子,嘴里喊着杀人了。斯彭赫里在他后面紧追不舍,手上端着一壶滚烫的热水,一边骂他,一边威胁要把这热水浇在他头上。在索韦托,你会经常听说男人被泼热水——这往往是女人唯一的反击手段。而如果只是热水的话,这个男人还算走运。有的女人会用滚烫的热油。如果她用的是水,说明这个女人只是想教训她男人一顿;而用油的话,说明她想结束这一切。

我的外婆弗朗西斯·诺亚,是家里的大家长。她把家管理得井井有条,照顾孩子、做饭、扫除。她身高不到一米五,在工厂的工作让她的背驼得很厉害,但是她很坚强,直到今天都还特别有活力。我的外公那么暴躁,而我的外婆却如此冷静、准确、思路清晰。如果你想知道这个家的历史,哪怕是20世纪30年代的事,她都能告诉你那件事发生在哪一天的哪个地方以及前因后果。她什么都记得。

我的曾外婆也和我们住在一起。我们叫她可可。她年纪很大,差不多九十来岁了,弯腰驼背,身体虚弱,眼睛全瞎。没人搀扶的话,她就没法行走。她常常坐在厨房的煤炉旁边,套着长长的裙子,头上裹着头巾,肩头盖着毯子。因为家里要做饭、供暖、烧洗澡水,所以煤炉总是燃着。我们让她坐在那儿,因为那是家里最暖和的地方。早上有人会叫醒她,搀着她到厨房,坐好。到了晚上,有人再将她搀到床上。这就是她每天要做的事,坐在炉子边,坐一整天。她为此感到满足。只是她看不见,也动不了。

可可和我的外婆会坐在一起长谈。但当时只有五岁的我,并不觉得可可是个真人。因为她的身体不能动,她更像是一个长着嘴巴的大脑。我们的关系仅限于输入指令和获得回复,好像和电脑交谈一样。

"早上好,可可。"

"早上好,特雷弗。"

"可可,您吃饭了吗?"

"吃过了,特雷弗。"

"可可,我出去了。"

"好的,路上小心。"

"再见,可可。"

"再见,特雷弗。"

我成长于一个女性掌控的世界里,这并非偶然。种族隔离制度将我和我父亲分开,因为他是白人,但其实我在索韦托认识的几乎所有孩子,也都和他们的父亲分开了,只不过分开的原因不一样。他们的父亲有些会在远方某个矿场工作,只在放假的时候回来。有些父亲在蹲监狱。有些父亲因为打架而被流放。女人们扛起了生活的重担。在自由抗争时期,她们会唱这样的歌——"Wathint' Abafazi Wathint' imbokodo!"意思是"当你击打一个女人,你就是在击打一块顽石"。从国家的角度,我们尊重女性的力量,但是在家中,女性被认为是要顺从丈夫的。

在索韦托,丈夫不在而带来的空虚感,是由宗教填补的。我曾经问我妈妈,没有丈夫,她一个人拉扯我长大是不是很辛苦。她很自信地回答:"我不和男人住一起,并不意味着我没有丈夫。上帝就是我的丈夫。"对我妈妈、姨妈、外婆以及街上任何一个家庭来说,生活的中心都是信仰。街上的每个家庭会轮流举办祈祷会。这种聚会只有妇女和小孩参加。有一次我妈邀请我的舅舅参加,他说:"要是多点儿男人在场我就参加,我可不能是那里唯一的男人。"结果唱歌和祷告一开始,我舅舅就溜走了。

在那些祈祷会上,我们会挤在主人家狭小的客厅里,围成一圈。每个人按照位置顺着圆圈开始祷告。奶奶们通常会讲她们的生活琐事。"很高兴来到这里,我这周工作很顺利。我升职了,感谢耶稣,为你祈祷。"有时候她们会拿出《圣经》,说:"我对这一节很有感触，希望对你们也有用。"然后，大家会唱一会儿赞美诗。有一种可以缠在手上的皮垫，叫作"节拍"，就好像打击乐器一样。有人会戴着它击掌，在人们唱赞美诗的时候打节拍。人们会唱："Masango vulekani singene eJerusalema. Masango vulekani singene eJerusalema."

这就是整套程序。祈祷，唱歌，祈祷。唱歌，祈祷，唱歌。唱歌，唱歌，唱歌。祈祷，祈祷，祈祷。有时候会持续几个小时，最后以"阿门"结束，不过他们会把这句"阿门"说上至少五分钟："阿门。阿阿阿门。阿阿阿阿门。阿阿阿阿阿阿阿阿阿阿阿阿门。门恩门恩门恩。门门门。阿阿阿阿阿阿阿阿阿阿阿阿阿阿阿阿阿阿阿末末末末末门门门恩恩恩恩恩恩恩恩恩恩恩恩恩恩恩恩恩恩。"然后，大家相互道别，各回各家，第二晚再去另一家，重复一遍这套流程。

星期二，祈祷会在我外婆家办，我总是很兴奋。原因有两点：一是唱歌的时候，我可以给大家打节拍；二是我喜欢祷告。外婆总是说，她喜欢我的祷告。她相信我的祈祷更有力量，因为我是用英文祷告的。所有人都知道，耶稣是个白人，说英语。《圣经》也是用英语写的。好吧，《圣经》最开始不是用英语写的，可《圣经》传到南非来时是英语版本，对我们来说，它就是用英语写的。这样，我的祷告就变成了最棒的，因为用英语祷告可以最先得到回应。我们是怎么知道这个秘密的？看看那些白人就行了。很显然，他们的祷告是有人听的。再加上《马太福音》第 19 章 14 节。"让小孩到我这里来，不要禁止他们。"耶稣说，"因为在神国的，正是这样的人。"所以，让一个小孩用英文祷告？而且是向白人耶稣祷告？这简直是强强联合啊。每次我祷告的时候，我的外婆都会说："这次的祷告将有应答。我能感觉到。"

　　镇上的女人们总有要祈祷的事——钱的问题啊，儿子被抓了啊，生病的女儿啊，酗酒的丈夫啊。每次祈祷会在我们家举办的时候，因为我的祷告特别棒，外婆总是让我替所有人祈祷。她会转向我，说："特雷弗，祈祷吧。"我就祈祷。我喜欢做这件事。外婆让我坚信，我的祈祷总会有应答，我感觉我这是在帮助大家。

　　索韦托总有些奇妙之处。没错，这是殖民者用来囚禁我们的地方，但同时，这地方给了我们一种自主掌控的感觉。索韦托是属于我们的，它有一种自立自强的气息，是你在别的地方找不到的。如果说美国梦就是努力奋斗离开贫民窟的话，那么在索韦托，因为没法离开它，所以这里的梦想就是改变这个贫民窟。

　　索韦托有上百万人口，却没有任何商店、酒吧、餐厅。没有铺出来的道路，供电量极小，下水道也不完善。但当你把一百万人放在一处，他们自会有解决方法。黑市经济系统崛起，人们在自家后院做着各种各样的小生意：修汽车、开托儿所、卖翻新轮胎。

　　最常见的生意是小卖铺和小酒馆。小卖铺就是非正规的百货商店，人们从别处批发来面包和鸡蛋，再在自家车库里面支个摊，把它们一点一点地卖出去。镇上的人买东西都只买一点点，因为大家都没钱。你可能一次买不起一打鸡蛋，那太多了。但是你可以买两个，因为你那天早上就需要两个。你也可以买四分之一条面包和一小杯糖。小酒馆是开在别人家后院的非法酒吧，在后院放上椅子，支起遮阳篷，酒吧就开起来了。那是男人们最爱去的地方，下班了去，女人开祈祷会的时候去，或干脆在那儿泡一整天。

第三章　祈祷吧，特雷弗　　　　　　　　　　　039

人们盖房子的方式和买鸡蛋一样：一次只盖一点儿。政府给每个家庭分配了一块地。你先在你的地块上建个棚子，用胶合板和波状钢条搭出一个临时的棚架结构。慢慢地，你攒了一点儿钱，就再修个砖墙。就修一面墙。等你再攒够钱了，再修第二面墙。过了几年，你修了第三面墙，终于有一天，第四面墙也起来了。这样你就有了一个房间，整个家庭就可以在这个房间里睡觉、吃饭、干活。然后你再攒钱盖个屋顶。然后是窗户。然后再给整个房子抹上水泥。这时候，你的女儿也要结婚了。他们没地方住，所以要和你住一起。你得再盖一个棚子，慢慢地，把它变成一个可以住人的房子。现在你的家就有两个房间了。然后变成三个。或者四个。一代又一代，你们努力地给自己造出了一个家。

我外婆住在奥兰多东部。她有座两室的房子，不是两个卧室，而是总共就两室。一个是卧室，另一个是起居室加厨房加包含其他各种功能的房间。有人可能会说我们住得像穷人，但我更喜欢说我们"住得很有开放性"。学校放假的时候，我妈会和我住在那里。我的姨妈和丁奇吵架之后，也会和表兄一起搬过来住。我们所有人都睡在同一个房间的地板上，我妈妈和我，我姨妈和我的表兄，我的舅舅和外婆以及曾外婆。每个大人都有一个独立的海绵床垫，房间中间会放一个超大的海绵床垫，所有的小孩都睡在上面。

后院有两个棚屋，我外婆会把它们租给移民和季节工。房子的一侧种着一棵小桃树，另一侧是我外婆的私人车道。我一直不理解为什么我外婆会要一个私人车道。她又没有车。她都不会开车。但她有个私人车道。我们所有的邻居家里都有私人车道，有些甚至还装了华丽的铸铁门。可是他们全都没有车。可能索韦托每一千人里大概会有一辆车，但是几乎所有人都有车道。好像修一个车道，就能祈愿到一辆车。索韦托的故事就是车道的故事。这是个充满希望的地方。

令人难过的是，不论你家大门或私人车道有多华丽，总还有一个东西你怎么也改善不了：厕所。我们没有室内的自来水，只有一个公用的户外水龙头和一个铁皮搭的公共厕所，几家共用。里面有个混凝土板，板上有个洞，洞上放了一个塑料马桶坐垫，据说以前曾有盖子，但是后来坏了，就不知道哪儿去了。我们买不起厕纸，坐垫旁边的墙上有一个衣架，上面挂了一叠旧报纸，就用那个擦。报纸不舒服，但起码在上厕所的时候，能看看新闻。

我对这个厕所还有一个受不了的地方，就是苍蝇。大便会掉落到深深的底部，而上面落满了苍蝇。我对此一直怀有一种不够理性但极其强烈的恐惧——它们会飞上来，飞进我的屁股里。

我五岁那年的一个下午，外婆要出去办事，就把我独自留在家里。我躺在卧室的地板上看了会儿书之后，想上厕所，但外面正在下暴雨。我很抵触出去上厕所这件事，想象一下，跑过去这一路会全身淋湿，进到厕所里，雨水还会从头顶上的铁皮棚裂缝里滴下来，旧报纸湿透了，屁股下面还会受到苍蝇军团的袭击。我突然灵光一闪。为什么要出去上厕所啊？我可以在地上铺张报纸，像小狗那样在家里解决啊！于是，我就这么做了。我拿了些报纸，铺在厨房地上，脱下裤子，蹲好，开始。

拉屎时，就是刚刚坐下的时候，你还不会完全进入状态，还不是一个正在拉屎的人，而是要从一个即将拉屎的人，转变成一个正在拉屎的人。你不会立刻拿出手机或报纸。大概要花一分钟的时间，你才会开始拉，然后就会进入舒适期。当你到达那个时刻，一切都会变得很美好。

拉屎是一种非凡的体验，能让你有一种奇妙的感觉，甚至可以说意义深远。我觉得上帝让人类这样拉屎，是想让我们知道脚踏实地，让我们学会谦卑。不论你是谁，我们都一样要拉屎。碧昂丝要拉屎。教皇要拉屎。英国女王也拉屎。拉屎的时候，我们都得放下架子和优雅，忘记自己有多出名或多富有。所有那些都不重要了。

人再没有比在拉屎时更真诚的时刻了。那个时候你会意识到，我是我。这就是我。你尿尿的时候可能不会想什么，但是拉屎的时候不一样。你有没有在一个婴儿拉屎的时候直视过他的眼睛？他在那时会到达自我觉醒的一瞬间。而去外面上那个公共厕所，会毁掉这一切。下雨啊，苍蝇啊，属于你的那一瞬会被夺走。没人该被夺走那宝贵的一瞬。那天蹲在厨房地板上拉屎的时候，我的感觉是，哇哦，没有苍蝇，没有压力，感觉太棒了，我真的很喜欢这样的感觉。我当下就明白自己做了个很棒的决定，我为自己的智慧感到骄傲。而且，我获得了属于我的一瞬，放松做自己的感觉可真好。但接着，我随意地四处张望了下之后，发现在我左边几米之外的煤炉旁边，坐着可可。

随后发生的事，就好像是侏罗纪公园里的场景：孩子们转过头，发现不远处站着一只霸王龙。可可把眼睛睁得大大的，透过上面那层雾蒙蒙的白色，四下张望着。我知道她看不见我，但是她的鼻子皱了起来——她能感觉到有什么东西不对劲儿。

我开始慌了，因为才刚拉到一半。可拉到一半的时候，你唯一能做的就是拉完。我唯一的选择，便是尽量安静而缓慢地拉干净。我决定就这么办。可接着，一小坨便便轻柔地跌落到了报纸上。可可立刻转头朝着声音的方向。

"谁在那儿？哈喽？哈喽？！"

我僵在那儿。屏住呼吸，等待着。

"谁在那儿？！哈喽？！"

我保持安静，等待着，然后继续拉。

"有人在那儿吗？！特雷弗，是你吗？！弗朗西斯？哈喽？哈喽？"

她开始呼唤家里所有人的名字。"努拜伊赛罗？斯彭赫里？穆隆格斯？布勒瓦？谁在那儿？发生了什么？"

就好像一场游戏。好像我在躲迷藏，而一个瞎子女人试图用声呐搜寻我的位置。每次她一叫唤，我就僵住不动。这时会是绝对的安静。"谁在那儿？！哈喽？！"我就暂停，等着她缩回椅子，然后重新开始。

终于，好像经历了一场永恒，我拉完了。我站起来，捡起报纸——这东西太容易发出声响了——缓缓地叠起来。报纸发出窸窸窣窣的声音。"谁在那儿？"我又暂停，等待。然后继续叠，走到垃圾桶前，把它轻轻地放在最下面，再轻轻地用别的垃圾盖在上面。然后踮着脚尖走到另一个房间，蜷缩到床垫上，假装睡着了。我拉完了，没有去外面的厕所，可可也没发现。

大功告成。

一个小时之后，雨停了，外婆也回来了。她一踏进房门，可可就冲她大声叫着。

"弗朗西斯！谢天谢地你回来了！房子里有东西。"

"有什么？"

"我不知道，但我听到了，而且有股味道。"

我的外婆开始嗅空气里的味道。"老天！对，我也闻见了！是老鼠吗？还是什么东西死了？肯定还在这房子里。"

她们反复讨论着，非常紧张。天快黑时，我妈妈也下班了。她一进门，可可就冲她大嚷。

"哎哟，努拜伊赛罗！努拜伊赛罗！房子里有东西！"

"什么？！你这什么意思？"

可可给她讲了一遍，那些声音，那个味道。

我妈妈对气味很敏感，她开始在厨房里走来走去，嗅着。"是的，我闻到了。我可以找到它……我可以找到……"她走到垃圾桶前面，"在这儿。"她把垃圾掏出来，拎出最底部折叠好的那团报纸，打开后，我的那坨便便就在那儿。她拿给外婆看。

"看！"

"什么？！它怎么会出现在这儿？！"

可可，依旧看不见，依旧卡在她的椅子里，急迫地想知道到底发生了什么。

"发生什么了？！"她大叫道，"发生什么了？！你找到了吗？！"

"是屎，"我妈说，"垃圾桶底下有坨屎。"

"怎么会？！"可可说，"可是这儿一直没人啊！"

"你确定一直没人吗？"

"是啊，我叫了所有人的名字，没人来。"

我妈妈倒吸一口冷气："我们被下咒了！有魔鬼！"

对我妈来说，这是一个很有逻辑的结论。因为巫术就是这样做的。如果有人对你或你家下咒，肯定会用到某个物件，譬如一小撮头发或一只猫头，用这些实在的物体来承载灵体，彰显魔鬼的存在。

我妈发现了那坨便便后，天崩地裂。这很严重，她们有证据了。她来到我的卧室。

"特雷弗！特雷弗！醒醒！"

"怎么了？！"我说，假装睡眼惺忪的样子，"发生什么了？！"

"快过来！屋里有魔鬼！"

她抓着我的手，把我从床上拖下来。所有人紧急集合，开始行动。我们首先要出门把那坨便便烧掉。这是对待巫术的正确方法，唯一的销毁方式就是把这个咒语的承载实体烧掉。我们来到后院，我妈把那坨包着便便的报纸放在车道上，划了根火柴，将它点着，然后妈妈和外婆围在燃烧的便便旁边，开始祈祷、唱赞美诗。

这场闹剧并没有就这样轻易结束。因为如果有魔鬼出现，整个社区都会过来，大家齐心合力将其逐出。因为如果你没有来参加祷告，魔鬼可能离开我家之后，径直就去你家咒你了，所以每个人都要来参加。警报已经拉响，大家奔走呼号。我那位矮小的老外婆在家大门口外来回踱步，向每一个路过的老太太传播消息，我们家要开一个紧急祈祷会："快来！我们被下咒了！"

我就站在原地，我的便便正在车道上燃烧，我可怜的老外婆迈着颤颤巍巍的步子，急得在街上团团乱转，我不知道该怎么办。我知道没有所谓的魔鬼，但是承认这一点之后，我也没办法脱身。想想等着我的那场暴揍？老天。如果会被揍，那诚实肯定不是最佳的解决方案。我决定什么也不说。

过了一会儿，拿着《圣经》的老奶奶们从我家大门鱼贯而入，至少有十几个人。她们进到屋里后，把整个房子塞得满满当当。这是我们举办过的最大规模的祈祷会——比这房子里办过的任何一场祈祷会都要声势浩大。所有人围成一圈开始祷告，非常投入。奶奶们开始吟唱，喃喃自语，前后摆动，说方言。我尽量把头低着，希望能够置身其外。但外婆一把揪住后排的我，将我拎到圆圈的中心，看着我的眼睛说：

"特雷弗，祈祷。"

"对！"我妈妈说道，"帮助我们！祈祷吧，特雷弗。祈求上帝帮我们杀死魔鬼！"

我吓坏了。我是相信祈祷的力量的。我知道我的祷告是有用的。如果我祈求上帝杀死那个丢便便的家伙，而那个家伙是我，然后上帝就会杀了我。我僵在那儿，不知道怎么办。但是所有的奶奶都在望着我，等着我祷告。所以我祈祷了，尽我所能，磕磕巴巴地说：

"亲爱的上帝，请保护我们，呃，你知道，将干了这事的人……可是，我们也不明白到底发生了什么，也许是个大大的误会，您知道，当我们不了解事情真相的时候，不应该随意下结论，我的意思是，您肯定是知晓一切的，天父，但是也许这次并不是魔鬼干的，因为谁能说得清呢，所以也许您也不必惩罚他……"

这不是我表现最好的一次，反正我稀里糊涂地说完就坐下了。祈祷会还在继续，持续了很长一段时间。祈祷，唱歌，祈祷。唱歌，祈祷，唱歌。唱歌，祈祷，唱歌。祈祷，祈祷，祈祷。折腾很久之后，所有人终于觉得恶魔已经离开了，生活可以继续了，我们才说完那个长长的"阿门",大家互道晚安,各自回了家。

那天晚上,我感觉糟透了。上床睡觉前,我自己安静地祈祷了一下。"上帝,我真的很抱歉,我知道这不对。"因为我明白,上帝对祷告有应答。上帝是天父,他是在天上看着你、照顾你的那个人。你祷告的时候,他会停下来倾听,而且我知道,这个世界上有很多的痛苦和灾难需要他去解决,但是我却让他听了两个小时老奶奶们的碎碎念,而且还是关于我的便便。

小的时候，电视里会播美国电视剧，譬如《天才小医生》《女作家与谋杀案》，还有威廉·夏特纳出演的《火线救援》。这些电视剧都配过音。《家有阿福》是南非荷兰语的。《变形金刚》是梭托语的。不过如果你想看英语原版的，广播里会同时播放英文的原声道。你只要把电视调成静音，同时打开收音机就可以了。我注意到，电视上的黑人都说非洲话，感觉很亲切。他们说话的方式就好像本该如此。但我听到广播里的原声道后，才发现原来他们都带有美国黑人口音。我对他们的理解发生了变化。他们不再令我感到亲切，好像成了外国人。

语言中蕴含着你的身份和文化背景，或至少感觉上是这样的。如果我们说一样的语言，那么"我们就是一样的"。如果说不一样的语言，"那么我们就是不同的"。种族隔离制度的设计者深谙此道。为了将黑人区隔开，光是从物理空间上分开不够，还要用语言来区分。班图人的学校只教孩子们说班图语。祖鲁孩子们学祖鲁语。茨瓦纳孩子们学茨瓦纳语。就这样，我们掉进了政府的圈套之中，彼此攻击，开始认为我们是不同的人。

不过反过来说，语言也可以让人们相信彼此是一样的。种族主义说我们因为肤色的不同而不同。但种族主义者很蠢，很容易被骗。如果你是个种族主义者，你遇到一个和你长得不一样的人，恰巧他说话的方式和你也不一样，这只会加深你的种族偏见：他和我不一样，智商低。假设一个很厉害的科学家从墨西哥移民到美国，但他的英文说得磕磕巴巴，人们会说："呃，我不相信他。"

"可是他是科学家啊。"

"墨西哥科学吧，我不相信他。"

但是，如果这个人和你长得不同，但是说话方式一样，你那植入了种族主义程序的大脑就会短路，不知道该如何处理此类代码。"等等，"你的大脑说，"种族主义的代码说，如果他长得不像我，那么他和我不同，但是语言代码又说他和我说一样的语言……所以他和我一样？什么地方不太对啊。我想不明白了。"

第四章
变色龙

有一天下午,我和表兄玩游戏。我假装医生,他们假装病人。我用火柴来检查布勒瓦的耳朵,结果不小心刺穿了他的耳膜。天崩地裂。我外婆从厨房跑过来。"kwenzeka ntoni?"——发生什么了?我表兄的耳朵在流血。我们都在大哭。外婆处理了一下布勒瓦的耳朵,把血止住了。但我们还在哭。很显然,我们心里清楚自己干了一件不该干的事,要被惩罚了。外婆处理完布勒瓦的耳朵后,抽出一根皮带,狠狠揍了布勒瓦一顿。然后她又揍了穆隆格斯一顿。但是却没碰我一下。

那晚我妈下班回来,发现我表兄的耳朵上缠着绷带,而外婆则伏在厨房桌子上哭。

"怎么了?"我妈问道。

"啊,努拜伊赛罗,"外婆回道,"特雷弗太淘气了。他是我这辈子见过的最淘气的小孩。"

"那你揍他呀。"

"我不能揍他。"

"为什么?"

"我不知道怎么打白人小孩,"她说,"黑人小孩,我知道怎么打。你打了,他们还是黑的。但是特雷弗的话,你打他,他就青一块紫一块黄一块红一块的。我从没见过这样的。我害怕会把他打坏了。我可不想失手杀死一个白人。我好害怕。我不能碰他。"她确实从来没碰过我一下。

我外婆对待我,好像我是个白人一样。我外公也是,不过他更极端。他叫我"主人"。坐车的时候,他会坚持让我坐后面,好像他是我的司机。"主人要坐在后座。"我从来不反驳他,我能怎么说?"姥爷,我觉得你对肤色的看法有问题。"我不会这么说。我只有五岁,我坐车后座。

在黑人家庭里当"白人",可以获得很多特权,我想假装没有都不行。那段日子特别开心。家里对我的态度和美国司法系统的逻辑差不多:比起黑人小孩,我受到的待遇明显更宽容。犯了同样的错,我的表兄可能会挨揍,但我最多被警告一下,就没事了。可是,我比表兄们淘气太多了,简直没法比。如果什么东西被打碎了,或者有人偷了外婆的饼干,那一定都是我干的。我就是麻烦精。

我妈是我唯一畏惧的力量。她相信不打不成器。但总有其他人在一边帮腔:"不,他不一样。"然后她就会放过我。在这样的环境里长大,我完全了解白人在这种充满特权的系统里可以过得多么舒适。我知道我的表兄会因为我干的错事而挨揍。但我并不想改变外婆的想法,因为那就意味着我也会挨揍了。为什么要那样?会让我感觉好受些?挨揍并不好受。我得做出选择。一边是我在家里进行种族平权运动,一边是我可以随便拿外婆的饼干吃。我选择吃饼干。

小的时候，我并不觉得我享受的特权和肤色有关。我以为那只是因为我是特雷弗。并不是说"特雷弗不挨打，因为他是白人"，而是"特雷弗不挨打，因为他是特雷弗"。特雷弗不能出门。没人看着特雷弗，特雷弗就不能散步。这都只是因为我是我，所以才会这样。我也没有其他的参考对象。身边没有其他混血儿可以比对，我也没法判断说："哦，原来我们都会受到这样的待遇。"

索韦托有约一百万人口。百分之九十九点九都是黑人——另外一个是我。我在左邻右里间很出名，就因为我的肤色。我太特别了，人们甚至会用我来当地标指路："就马克哈里玛街上的那个房子。转角处你会看到一个浅皮肤的小男孩。在那儿右转。"

街上的小孩看到我就会喊"Indoda yomlungu!"——那个白人！他们中有些人会跑掉。有些人则会叫他们的父母出来看我。还有些人会跑过来摸我，看我是不是真的。简直乱七八糟。我当时并不懂，其他孩子其实不知道白人是什么样的。黑人孩子从来不离开小镇，也没几户人家有电视。他们偶尔会看到白人警察在巡逻，但是他们从未和哪个白人面对面接触过。

如果我去参加葬礼，一进门，亡者家属都会停下，抬头看我。他们会开始交头接耳，跟我招手，说："哦！"就好像比起家人的去世，他们对我出现在葬礼现场这件事，感觉更惊讶。我想，人们可能会因为一个白人莅临现场，而觉得死者好像变重要了一些。

葬礼和教会仪式之后，来凭吊的人会去办葬礼的人家吃饭。可能会来一百多个人，你得喂饱他们。一般情况是，要宰一头牛，左邻右里都会过来帮你烹煮。邻居和熟人会在院子和街道上吃，家人在屋里吃。但我去参加的每一场葬礼，我都是在屋里吃的。不管我们认不认识那家人,他们看到我之后,都会让我到屋里来。"Awunakuvumela umntana womlungu ame ngaphandle. Yiza naye apha ngaphakathi"——你可不能让白人小孩站在外头。快带他进来。

作为小孩,我知道人们的肤色不同,但是在我脑海中,白色、黑色、棕色的肤色和不同口味的巧克力差不多。爸爸是白巧克力,妈妈是黑巧克力,而我是牛奶巧克力。但我们都是巧克力。我不知道这和"种族"有什么关系,我也不知道什么是种族。我妈妈从来不会说我爸是白人,或我是混血儿。尽管我只是淡棕色,但总有其他的索韦托小孩叫我"白人",而我则觉得他们搞错了颜色,就好像是理解上出了偏差。"啊,对啦,朋友,你把浅绿色和绿松石色搞混啦。我能理解你为什么搞混。你不是第一个犯这个错的人。"

很快,我就发现了填补种族裂隙最快的方式,是说相同的语言。索韦托是个大熔炉。人们来自不同的部落和家乡。镇上的大多数小孩都只会说自己的家乡话,但是我学会了各种不同的语言,因为我的生长环境让我不得不学。我妈妈确保我的第一语言是英语。如果你是一名生在南非的黑人,英语会助你一臂之力。英语是和钱有关的语言。懂英语等于高智商。如果你要找工作,会不会说英语可以决定你是被雇用还是继续失业。如果你在受审,会不会说英语可以决定你是可以交点儿罚金了事,还是去坐牢。

除英语之外,我们在家里会说科萨语。我妈一生气,就开始飙母语。作为一个调皮的小孩,我很会说科萨语的脏话。那些是我最早学会的句子,主要是为了我自身的安全,譬如"Ndiza kubetha entloko"——我要打爆你的头,以及"Sidenge ndini somntwana."——你这个傻子。嗯,这是一种非常特别充满激情的语言。除了这些,我妈还从各处学了不少语言。她学了祖鲁语，因为祖鲁语和科萨语很像。她也会说德语，因为我父亲的缘故。她会说南非荷兰语，因为会说殖民者的语言还是很有用的。她的梭托语则是在街头学会的。

和我妈在一起，我见识到了她怎么运用语言来跨越种族界限、处理难题、闯荡世界。有一次我们去商店，店主当着我们的面，用南非荷兰语对保安说："Volg daai swartes, netnou steel hulle iets."——跟着这些黑人，以防他们偷东西。

我妈妈转过身，用流畅的南非荷兰语说道："Hoekom volg jy nie daai swartes sodat jy hulle kan help kry waarna hulle soek nie?"——为什么不跟着这些黑人，以防他们要买什么东西找不到，这样你就可以帮他们服务了？

"Ag, jammer!"——啊，对不起！他用南非荷兰语道歉。搞笑的是，他不是在为自己的种族歧视行为道歉，而是在为他把种族歧视用在了我们身上道歉。"对不起啊，我以为你们和那些黑人一样。你知道他们多喜欢偷东西。"

我学会了像我妈那样使用语言。我可以同步转播——用你的口音跟你交流。走在路上，我经常会招来怀疑的目光。他们会问我："你哪儿来的？"不论他们用哪种语言问我，我都会用同样的语言回复他们，并且使用同样的口音。他们脸上会出现一瞬间的迷惑，然后那种怀疑的神情就消失了。"哦，好吧，我以为你是外地人。没事了。"

这简直成了我受用终身的工具。有一次，我一个人走在街上，一群祖鲁人在后面跟着我，离我越来越近，我听到他们在讨论怎么抢劫我。"Asibambe le ndoda yomlungu. Iya ngakwesokunxele sakhe mina ngizoqhamuka ngemuva kwakhe."——咱们对这个白人下手吧。你去他左边，我到他后面。我不知道怎么办。我跑不掉了，于是迅速转身，对他们说："Kodwa bafwethu yingani singavele sibambe umuntu inkunzi?Asenzeni.Mina ngikulindele."——哟，伙计们，我们干吗不一起去抢别人呢？我准备好了，咱们一起干吧。

在那一瞬间，他们大惊失色，然后开始哈哈大笑。"不好意思啊，伙计，我们以为你是别人。我们不想从你这儿拿什么。我们是准备去抢白人东西的。祝你开心啊，朋友。"他们本来是打算伤害我的，但发现我可能和他们同属一个部落后，就没事了。这样的事以及其他类似的小事，都让我意识到，比起肤色，语言更能决定你是谁。

我成了一个变色龙。我的肤色不变，但我能改变你眼中的我的肤色。如果你对我说祖鲁语，我就回你祖鲁语。如果你对我说茨瓦纳语，我就回你茨瓦纳语。也许我和你长得不一样，但我们讲的话一样，我就和你是一伙的。

在种族隔离制度行将终结的时候，南非的一些精英私立学校开始接收不同肤色的学生。我妈上班的公司给贫困家庭的孩子准备了助学金和奖学金，于是她便把我弄进了玛丽威尔学院，一所很贵的私立天主教学校。这里由修女授课。周五做弥撒。教会学校那一整套东西都很全面。从三岁开始，我就在那里读学前班，从五岁开始上小学。

我的班里有各种各样的孩子：黑人小孩、白人小孩、印度小孩、有色人种小孩。大多数的白人小孩家里都比较富裕，其他肤色的小孩一般都比较穷，但因为有奖学金，我们都坐在同样的桌子前，都穿着一样的褐红色夹克、灰色的裤子或裙子，用着一样的书，有一

第四章 变色龙

样的老师。在这里没有种族的区隔,每个小团体都包含各种肤色的孩子。

当然,小孩子之间还是会相互取笑和相互欺负,但都是因为一些幼稚的事,比如因为谁胖谁瘦、谁高谁矮、谁聪明谁笨。我不记得有任何人会因为自己的肤色而被嘲笑。我也不知道应该喜欢谁、不该喜欢谁。那里有广阔的空间让我尽情探索内心的悸动。我暗恋过白人女孩,也暗恋过黑人女孩。没人问我我是什么人。我就是特雷弗。

那是一段很棒的经历。但从另一方面看,它也让我远离了现实。玛丽威尔是一块现实沙漠中的绿洲,一个非常舒适的地方,我在那里不需要做什么困难的抉择,但在现实中,种族歧视依然存在,人们依然会因此受伤。仅仅因为它没有发生在你身上,并不意味着它就不存在。在某一个时刻,你必须做出选择,黑人还是白人,你得站个队。你可以试着逃避,你可以说:"哦,我不站队的。"但在某个时刻,生活会强迫你站队。

六年级末,我离开了玛丽威尔,去 H.A. 杰克小学上学,这是一所公立学校。入学前我得做一个能力摸底测验,根据测验结果,学校辅导员告诉我:"你被分到了优等班,甲班。"入学那天,我走进教室,发现里面有大概 30 个同学,几乎全是白人,只混了一个印度小孩和一两个黑人小孩,然后就是我了。

课间休息时,学生们都跑到了操场上,到处都是黑孩子。那里简直是黑人小孩的海洋,就好像有人打开水龙头,黑人孩子都倾泻而出。我在想,他们之前都藏到哪儿去了?那天早上遇见的白人同学们,都往一个方向跑去,而其他的黑人孩子,都向另一个方向跑去，剩我一人站在中间，摸不着头脑。我们一会儿还集合吗？我不知道发生了什么。

那时我已经 11 岁了，但好像才第一次真正认识我的国家。在小镇上，你感觉不到种族隔离，因为每个人都是黑人。在白人世界里，每次我妈带我去白人教堂，我们都是那里唯一的黑人，我妈不会把自己和别人区分开，她完全不在乎，她会径直走去和白人坐在一起。而在玛丽威尔，各种肤色的小孩都混在一起玩。在那天以前，我从来没见过人们明明在一起却又不在一起的样子，他们明明处于同一个空间之中，却选择互相不进行任何接触与交流。那一刻，我忽然看到、感觉到了人们之间存在的界限。不同肤色的孩子，按肤色组成各自的小队伍，结伴穿过操场，走上楼梯，走进大堂。这太疯狂了。我望向那天早晨遇到的白人同学。十分钟以前，我还以为他们是这个学校的主流人群。现在我才意识到，比起其他肤色的孩子，他们的人数实在是太少了。

我站在操场的中心，一脸窘迫，身边空无一人。幸运的是，那个和我同班的印度孩子解救了我，他叫提桑·菲力。提桑是学校里唯一的印度孩子，他立刻注意到了我，因为我是除他以外另一个很显眼的局外人。他跑过来自我介绍："你好啊，奇怪的家伙！你和我一个班。你是谁？你从哪儿来？"我们开始聊天，一拍即合。他用自己的羽翼罩着我，好像《雾都孤儿》里面的神偷道奇罩着迷惘的奥利弗。

在谈话中，提桑发现我可以说好几种非洲语言，觉得一个有色人种的小孩会说黑人语言简直是不可思议。他把我带到几个黑人小孩面前，对他们说："你们随便说点儿啥，他都能懂。"一个小孩说了祖鲁语，我用祖鲁语回复他。大家一阵欢呼。另一个孩子说了句科萨语，我用科萨语回复他。大家又一阵欢呼。休息时间的后半部分，就是提桑带着我到操场上各组黑人小孩的面前显摆："快表演一下，你能说多少语言。"

那些黑人小孩都被我迷住了。在南非，你很难找到一个白人或有色人种能说非洲语言。在种族隔离时期，人们会被灌输一种观念——本土语言是低等语言。而我能说非洲语言这件事，立刻让我获得了黑人小孩们的好感。

"你怎么会说我们的语言？"他们问。

"因为我是黑人啊。"我说，"和你们一样。"

"你不是黑人。"

"我是。"

"不，你不是。你看不到你自己的样子吗？"

一开始他们都很迷惑。因为我的肤色，他们觉得我是个有色人种，但是我又能和他们说一样的语言，这说明我和他们是一族的。他们想了好一会儿。我也想了好一会儿。

过了一会儿，我问他们当中一个人："嘿，为什么我在班上看不到你们啊？"结果我发现，他们都在乙班，乙班恰好等于黑人班。那个下午，我回到甲班继续上课，到快放学的时候，我突然意识到我不属于这儿，我明白了自己属于哪一类人，而且我想和他们在一起。于是，我跑去找学校辅导员。

"我想换班，"我跟她说，"我想换到乙班。"

她很不解："哦，不要，我觉得你不会想换班的。"

"为什么不会？"

"因为那些小孩……你知道的。"

"我不知道。什么意思？"

"听着，"她说，"你是个聪明的小孩。你不会想去那种班的。"

"可是哪个班不都一样吗？都教英语，都教数学。"

"是，可是那个班……那些孩子会拖你后腿。你应该留在优秀的班里。"

"乙班肯定也有优秀的孩子啊。"

"不，那儿没有。"

"可是我的朋友都在那儿。"

"你应该不会想和他们做朋友。"

"我想。"

我们就这样来回拉扯。最后，她给了我一个严肃的警告。

"你明不明白这个决定会影响你的未来？你明白你放弃了什么吗？这个决定会改变你后半辈子的机遇。"

"那就让我碰碰运气吧。"

我转去了乙班，和那些黑人小孩在一起。我决定，宁可被我喜欢的人拖后腿，也不想和我不认识的人一起前进。

在 H.A. 杰克小学，我才意识到我是个黑人。在那个午间休息之前，我从来不需要做这种选择，但当我必须选的时候，我选择了黑人。整个世界看着我时，都觉得我是个有色人种，但是我一辈子又不是盯着自己看。我一辈子都在看别人，在我看来，我和我身边的人一样，而他们都是黑人。我的表兄是黑人，我妈妈是黑人，我外婆是黑人，我在黑人中长大。虽然我有个白人父亲，我上的是白人的主日学校，我能和那些白人小孩玩得来，可我并不是他们中的一员。我虽然不属于某个黑人部落,但是黑人孩子接纳了我。"来吧,"他们对我说,"你和我们玩。"和黑人小孩在一起时,我不必总是努力去做谁。和黑孩子在一起时,我做自己就行。

在种族隔离以前，南非黑人接受的正规教育都是从欧洲传教士那边获得的。传教士对传播基督教文化充满热忱，希望本地原住民尽快西化。在教会学校里，黑人可以学到英文、欧洲文学、医药学以及法律。反对种族隔离运动中的每一任黑人领导，不论是纳尔逊·曼德拉还是史蒂夫·比科，都接受过传教士的教育，这并非偶然——知识使人自由，或者起码渴望自由。

因此，让种族隔离可行的唯一方法，就是削弱黑人的思考能力。在种族隔离制度下，政府建立了鼎鼎大名的班图学校。班图学校不教科学，不教历史，不教公民学，只教度量方法和农业知识：怎么数土豆，怎么铺路、切木头、犁地。"班图人不适合学历史和科学，他们还未开化，"政府这样说，"你给他们看一片草地，可他们又不被允许去里面吃草的话，只会误导他们。"这一点值得表扬，人家还挺诚实的。为什么要教育奴隶呢？如果一个人唯一的用途就是在地上刨坑，那教他拉丁语干啥？

教会学校收到指示，要么遵循新课程安排，要么关门。大多数教会学校都关门了，黑人小孩只好被迫挤进破旧的班图学校课堂，可那里的老师自己都不识几个字。我们的父母和祖父母都上过这种学歌谣的白痴课程，和学前班的小孩学习颜色和形状的方式差不多。我外公还记得自己学的那些歌有多傻。二乘二等于四。三乘二等于六。啦啦啦啦啦。一代一代的青壮年接受的都是这种教育。

教会学校和班图学校，这两种在南非的教育模式，体现了英国人和南非白人[1]这两股白人殖民势力对待原住民的不同态度。英国种族主义和南非白人种族主义的不同在于,英国人至少给了原住民一点儿追求的希望。假如他们学会说标准的英语,穿合适的衣服,假如他们变得英国化,或说变得开化,终有一天他们也许可以在社会中获得一席之地。而南非白人从来没有给我们这个选择。英国种族主义说:"如果猴子能像人一样走路、说话,那么也许他就是个人。"南非白人种族主义则说:"为什么要给猴子看书?"

---

[1] 南非白人:祖籍欧洲尤其是荷兰的南非人。

第五章
第二个女儿

我母亲曾对我说:"我选择生下你,是因为我想要去爱某样东西,并且它也会无条件地爱我。"我是她追求归属感的产物。她从来没觉得自己属于哪个地方,她不属于她的母亲,不属于她的父亲,也不属于她的兄弟姐妹。没有什么东西陪伴她成长,她想要一样属于她自己的东西。

我外祖父母的婚姻并不美满。他们在索菲亚相识并结婚,但一年之后军队就把他们赶了出来。政府掠夺了他们的家,把整块地方推平,重新建起了一座高级、崭新的白人社区迪莫福,意为胜利。和成千上万的黑人一起,我的外祖父母被迫迁居到索韦托,住在一个叫作美多莱的街区。不久之后,他们就离婚了。我的外婆带着我妈、我姨妈和我舅舅,搬去了奥兰多。

我妈是个问题少女,假小子一个,执拗又叛逆。我外婆拿她一点儿办法都没有。她们之间的亲情,在持续不断的对抗中被消磨殆尽了。但我妈妈特别喜欢她父亲,那位迷人、魅力非凡的泰普雷斯。在他一切没有意义的玩乐里,她都紧随不舍。他去小酒馆喝酒,她也跟着。她只想讨他欢心,和他在一起。泰普雷斯身边的不同女友经常把我妈赶跑,她们不喜欢看到他第一段婚姻的拖油瓶总在眼前晃来晃去,但这只会让我妈更想和她父亲在一起。

我母亲九岁的时候,和我外婆说,她不想和她再住一起了,想和父亲去住。"如果那是你想要的,就去吧。"外婆说。泰普雷斯过来接我母亲,她高高兴兴地跳上车,准备和她深爱的父亲一起生活。但是,他并没有把她带回美多莱,也没解释为什么,就把她打包送到了他姐姐住的地方——科萨族的黑人家园特兰斯凯——他也不想要她。我妈妈在家里排行中间。她的姐姐是老大,家里第一个孩子。她的弟弟是唯一的儿子,是家里的命根子。他们都住在索韦托,由父母精心照料。但是我母亲排行老二,没人想要她。

接下来的12年里,我妈妈再也没见过她的家人。她和14个兄弟姐妹住在一个棚屋里。这14个孩子分别来自14个不同的家庭,有14对不同的父母。所有的父亲或叔叔舅舅们都到城里去打工了,所以那些没人要或者养不起的孩子,就被送到这个黑人家园,住到了姨妈的农场里。

从表面上看,黑人家园就是南非部落的原址,它们是主权或半主权的"国家",在这里的黑人都是"自由的"。当然了,这是个谎言。首先,黑人人口占了整个南非人口的80%之多,但黑人家园的领土只占整个国家领土的13%。那里没有自来水,没有电,人们住在棚屋里。

南非白人区的乡村苍翠繁茂、水源丰富、草木葱茏。而黑人区的乡村则是人口密集之地,土地由于过度放牧而变得贫瘠不堪。除了依赖从城里寄回来的那点儿工资,一般家庭都是靠着农场的土地,有啥吃啥，勉强糊口。我母亲的姨妈接纳了她可不是为了做慈善，她得在那里干活。我母亲后来说："我就是里面的一头母牛，也是一头公牛。"她和兄弟们早晨4点半就要起床，犁地、放牧，因为再晚一点儿，太阳就会把土地烤成硬邦邦的水泥地，酷热曝晒之下，除了树荫里，哪儿也不能待。

晚饭里可能会有一只鸡，14个孩子分着吃。我妈妈得和比她大的孩子打架，才能抢到一块肉、一勺汤，或者一块骨头让她可以吸点儿骨髓，这还是有晚餐的情况。如果没有，她就去偷猪食或者狗食。农民会给家里的牲畜倒一点儿残羹剩饭，我妈就去抢来吃。她太饿了，让动物们自己解决温饱问题吧。有几次，她甚至吃了土。她到河边去，从岸上挖了些泥巴，用水稀释了，做成了一碗灰不溜秋的"牛奶"，然后全喝了，感觉吃饱了。

但是我妈妈还算幸运的，尽管政府实施了班图教育政策，这个村子里有一所教会学校还在坚持开门。她在那里遇到了一位白人牧师，教她学英语。尽管她没有吃的，没有鞋，连一套内衣都没有，但她学会了英语。她可以读，可以写。长大一点儿后，她就离开了农场，去隔壁镇的工厂找了份工作。工作是坐在缝纫机前缝校服，每天的报酬是一盘食物。她经常说，那是她吃过最好吃的东西，因为那是她自己挣来的。她自己照顾自己，不再是任何人的负担，也不欠别人任何东西。

我妈妈21岁的时候，姨妈病了，她没法再待在特兰斯凯。我妈写信给我外婆，问外婆能否给她寄一张火车票的钱，大概30兰特，她想回家了。回到索韦托后，我妈妈报名了秘书课程，这令她抓住了白领世界的尾巴。她努力工作，但是，和我外婆住在同一屋檐下，她挣来的钱完全不能留作己用。作为秘书,我妈妈挣的钱比家里任何人都多,但是我外婆坚持要她上交所有的工资贴补家用。家里不论是需要一台收音机,一个烤箱,还是一个冰箱,都需要我妈来买。

有太多的黑人家庭穷极一生在填补过去的缺口。这是身为黑人以及贫穷的诅咒,这也是一代代人无法逃离的梦魇。我母亲将其称为"黑人债"。因为你的长辈们已经被剥夺殆尽,你不能把这些钱用在自己身上,让自己进步,你只能把你挣来的钱给他们,把他们拉回生活的起点。在索韦托的家里,我妈妈获得的自由并不比在特兰斯凯的时候多,所以她又逃离了。她径直跑到火车站,跳上一列车,消失在了城市中。她下定决心,哪怕要睡在公共厕所,哪怕要依赖好心妓女们的善意帮助,她也要自己闯出一片天。

我妈妈从来没有坐下和我好好讲过她在特兰斯凯的故事。她只是偶尔爆一两句料,随便讲一点儿细节,譬如怎么在村庄中保持警惕,不被陌生男人强奸这种事。每当她跟我讲起这些,我就想,女士,你可能不知道十岁的小孩适合听什么样的故事。

由于我妈妈跟我讲的这些过往,我从来不觉得现在的生活是理所当然的,不过她从来不会自怨自艾。她常说:"了解你的过去,才能变成更好的人。但是不要总为过去悲泣。生活是充满痛苦的,让这些痛苦将你变得更强,不要执着于它。不要怨天尤人。"她从来不会怨天尤人。哪怕她没有经历过正常的童年,还遭受了父母的背叛,她都没有抱怨过一句。

她走出了过去的阴影,并决心不会再重复过去:我的童年绝不能像她的一样,从取名开始。科萨家庭给自己小孩取的名字总要带有点儿什么含义,而且这个含义总能在他后面的人生中有所体现。譬如我的表哥穆隆格斯的名字意为"修补的人"。他真的就是这样的人。每当我遇到麻烦,他总会过来帮我摆平事情。他是一贯的好孩子,会做家务,处理家事。而我的舅舅维莱尔,他是意外怀孕生下的孩子,名字的意思是"不知从哪儿冒出来的人"。而这基本就是他一生的写照,他总是动不动就消失,然后又突然出现。他可以跑去喝酒狂欢,人就不见了,然后一个星期后不知道从哪儿又冒出来。

我妈妈的名字叫帕特莉莎·努拜伊赛罗·诺亚,意思是"奉献的人"。这也是她一直在做的事。她总是在奉献,奉献,奉献。当她还是个住在索韦托的小女孩时,就已经是这样了。她在街上玩的时候,经常碰到三四岁大没人管的小孩满街乱跑,这种孩子的父亲应该是不在身边,而母亲则一直酗酒。我母亲只有六七岁大,但她会把这样的小孩全都聚到一起,带着他们一起到小酒馆去。他们会从那些醉倒的大人身边捡空酒瓶,带去可以换瓶子的地方,拿到找回的零钱。然后她会带着这些钱,到小卖部买吃的,给这些小孩吃。她是一个会照顾小孩的小孩。

到了该给我取名字的时候,她挑了"特雷弗",这个名字在南非没有任何意义,在家族中没人叫过,甚至都不是从《圣经》上来的。这就是个名字而已。我妈妈希望她的孩子不要被命运束缚。她希望我可以自由地去任何地方,做任何事,成为任何人。

她也给了我能自由生活的本事。她让英文成为我的母语。她常常给我读书。我读的第一本书,就是那本书——《圣经》。我们其他的书,也基本都是从教堂得到的。我妈妈常常带着白人捐赠的盒子回家，里面装满了图画书、故事书，任何她能找到的书。她还报名参加了一个订阅会，我们经常能收到邮寄过来的书。通常都是那种指南书籍。譬如，如何成为好伙伴，如何变得诚实。她也买了一整套的百科全书。不过是 15 年前的版本，早就过时了，但我能一直坐在那儿，仔细钻研。

我的书就是我的珍宝。我把它们摆在书架上，特别骄傲。我很爱惜我的书，要让它们保持崭新完好的样子。尽管我反复阅读，但从来不会折书角，或弄弯书脊。每本书我都很珍惜。等长大一些后，我开始自己挑书来买。我喜欢幻想故事，喜欢沉浸于那些不存在的世界里。我记得有些书是讲白人小孩解谜还是什么鬼的，我可没时间读那些。我要读罗尔德·达尔，《飞天巨桃历险记》《好心眼儿巨人》《查理的巧克力工厂》《亨利·休格的奇妙故事》。这才是我的主攻方向。

为了一套纳尼亚传奇，我得跟我妈软磨硬泡。她不喜欢那套书。

她说："那个狮子，是假神——假偶像！你记得摩西拿到法板下山之后发生了什么吧……"

"是的，妈妈。"我试图解释，"但是那头狮子是基督的形象。准确地说，它就是耶稣。这是一个阐释耶稣的故事。"

她对此并不买账："不不不，朋友，那是假偶像。"

最后她还是给我买了。这是一次大大的胜利。

如果说我妈对我的教育只有一个目标，那就是解放我的思想。我妈妈跟我说话就像和其他大人说话一样，这并不寻常。在南非，小孩和小孩玩，大人和大人聊天。大人会监督你，但是他们不会压低身段来和你对话。但我妈妈会。一直以来，我都是她最好的朋友。

她总是在给我讲故事，给我上课，尤其是《圣经》课。她特别喜欢旧约中的诗篇，我以前每天都要读那些诗篇。她还会考我："这一段是什么意思？对你意味着什么？你要怎么在生活中运用这层含义？"这就是我的日常。我妈妈教了我学校不会教的东西——她教会了我如何去思考。

种族隔离的终结是循序渐进的，并不像柏林墙那样在一天之内倒塌。种族隔离的墙是悄悄地产生裂隙，经年累月后才最终破碎。逐渐地，各个领域都或多或少地出现一些让步，有些法条被废了，有些就干脆不实施了。在曼德拉被释放的几个月之前，到了一个临界点，让我和我妈觉得，我们似乎可以不用那么辛苦地躲藏了。那是我妈决定要搬家的时刻。她感觉我们已经在镇上的小公寓里躲了够久。

现在国家开放了。我们应该去哪里呢？去索韦托的话还是会有牵累，我妈妈还是想摆脱家庭的阴影。而且，现在如果我妈牵着我走在索韦托的街道上，依然会有人在旁边指指点点："看那个妓女带着她和白人生的小孩。"在黑人区她依然会被这样看待。既然我妈不想搬去黑人区，也没钱搬到白人区，她决定搬到有色人种区去。

伊登公园位于东兰德，紧邻几个黑人小镇，是一片有色人种社区。在这里住着一半的黑人，一半的有色人种，她想，那不正和我们俩一样。我们可以在里面好好地伪装起来。但现实并没有那么理想，后来我们完全融不进当地的社区。但是当初决定搬家的时候，她是这么盘算的。而且，那是一个买房子的机会——我们自己的房子。伊登公园是一个"郊区"，虽然离城市边缘地带还有很远的距离。对于这种地方，地产开发商的说辞通常是："嘿，穷人们，你们也可以过上很好的生活哦。看这个房子，虽然哪哪儿都不挨着，但是，你有个花园！"不知什么缘故，伊登公园的路都是用车名来命名的：捷豹街，法拉利街，本田街。我也不清楚是不是巧合，但是南非的有色人种确实是以钟情豪车而出名。这就好像一个白人街区把所有的路用不同的葡萄酒命名一样。

我还能记起搬家过程中的一些细节片段，我们开车来到一片我从没来过的地方，见到一群我从没见过的人。那是一个平坦的地方，没有多少树，地上有着和索韦托一样的红色泥土和草，但是那里有更体面的房子，铺好的路面，还有一种郊区的气息。从丰田路右转进来就是我们的小房子。房子装修很简陋，有点儿狭窄，但是走进去的那一刻，我想，哇哦，我们真正开始生活了。我拥有了自己的房间，这太疯狂了。我一点儿也不喜欢。在此之前，我都是和我妈妈以及表兄弟睡在同一个房间的地板上。我习惯了身边有其他人的存在，所以搬过去后，大多数时候我还是和我妈睡在一起。

那时家里还没有继父的存在，晚上也没有小弟弟的哭声。只有我和妈妈，两个人。就好像我们两个人在经历一场盛大的冒险。她曾对我说："这是你和我在对抗整个世界。"我从很小的时候就明白，我和她不仅仅是母亲与儿子的关系。我们是一个团队。

搬去伊登公园后，我们终于有了车，就是那辆破旧的橙色大众甲壳虫，我妈买的二手车，没花多少钱。那车平均五次就有一次发动不起来。没有空调。每次我不小心开了风扇，通风口能把枯叶碎屑和灰尘喷我一身。每当它坏掉，我们就得去搭小巴，或者搭顺风车。我妈会让我蹲在路边的树丛里，因为她知道男人们会为一个单身女人停下车，而对带小孩的女人就不见得了。她站在路边，司机靠边停下，她打开车门，吹个口哨，我就冲过来。我能看到那些司机的脸立刻拉了下来，他们迅速意识到自己并非接上了一位很有魅力的单身女子，而是接上了一个很有魅力的单身女子带着一个大胖小子。

而当车子可以发动的时候，我们会把车窗摇下来，一路灌着风，在酷热烘烤中前行。一直以来，那辆车的收音机都只停在一个台上。那个台叫"讲道台"，名字就暗示了这个台只播讲道音频和赞美诗。我妈不允许我换台。如果收音机收不到讯号，她就会塞进一盘吉米·斯瓦加特的传道磁带。（后来我们才知道那个丑闻[1]。天，那可不好受。）

就算我们的车再破，那也是辆车，是自由的象征。我们不再是因为黑人小镇，需要等公交车才能出行的黑人家庭了，我们是闯荡世界的黑人一家。我们是醒来后可以说"我们今天要去哪里"的黑人一家。在我妈的工作地点和我的学校之间，有一长段路完全荒无人烟。那时候我妈就会让我来开车。在高速路上。那时我才六岁。她把我放在她腿上，让我掌控方向盘和指示灯，而她负责踩踏板和换档。这样开了几个月后，她又教了我怎么换档。她依然控制着离合，但我则会爬到她腿上，握住档，在开车过程中，她会告诉我要换几档。我们中途会经过一段路，那路会向下降到山谷深处，然后又从另一端升起来。这时候我们会先加速，然后换空档，松开刹车与离合，呜呼！俯冲下山，而后，急速上升！我们就已经喷射到路

---

1 美国传道人吉米·斯瓦加特在电视上劝诫八百万信众不要通奸乱伦，但不久后却被记者拍到了他嫖妓的照片。

第五章　第二个女儿

的另一头了。我们是飞过来的。

如果不用上学、工作或去教会的话，我们就会出去探索世界。我妈妈的态度一直是："我选择了你，孩子，我把你带到这个世界上，我要把我没有经历过的东西都给你。"她全身心地给予了我一切。她会找那种可以带我去玩又不用花钱的地方。我们走遍了约翰内斯堡的每一个公园。我妈妈会坐在树下，读《圣经》，我则会到处跑到处玩。礼拜天下午离开教堂后，我们会开车去乡村郊游。我妈妈会找到那种风景好的地方停下车，我们在那里野餐。我们从来没有野餐篮或野餐盘那样高级的东西，只有用厚纸包着的熏肠棕面包黄油三明治。直到今天，熏肠棕面包黄油还能立刻把我带回当时的场景。你可以把全世界所有的米其林餐厅摆在我面前，但只需要给我熏肠棕面包黄油，我就能飘飘欲仙。

食物，或者获得食物的途径，总能体现出我们生活得好还是不好。我妈妈总是说："我的任务就是喂饱你的身体，喂饱你的精神，喂饱你的思想。"这正是她所做的，她会用所有的钱来买食物和书，几乎完全不会花钱在别的地方。她的节俭堪称传奇。我们的车几乎就是长着轮子的罐头皮，我们住在远离城镇的地方，我们的家具都极其陈腐，旧沙发上满是破洞。我们有一个小小的黑白电视机，顶上带天线的那种。我们得用钳子换台，因为电视按钮都失灵了。大多数时候，你得眯着眼睛才能看清电视里在演什么。

我们穿的衣服都是二手的，来自亲善商店或者教会里白人的捐赠。学校里的其他小孩都会穿名牌，比如耐克或阿迪达斯。我从来没穿过带牌子的衣服。有一次我想让我妈给我买一双阿迪达斯的运动鞋，我妈给我带回一双假冒的，阿比达斯。

"妈，这是假的。"我说。

"我看不出有什么差别啊。"

"看这个标，这里有四条杠，真的只有三条。"

"走运啦你，"她说，"你比别人多一条杠。"

虽然我们其他什么都没有，但我们一直有教会，有书，有食物。说明一下，并不一定是特别好的食物。肉对我们来说是奢侈品。如果我们最近过得不错，我们会吃鸡。我妈妈会把鸡骨头敲碎，把里面的骨髓吸得干干净净。我们不是在"吃"鸡，我们是在彻底消灭一只鸡。我们家是考古学家的噩梦，因为我们一丁点儿骨头都不会剩。如果我们说一只鸡吃完了，通常只会剩下鸡头。有时候我们仅有的肉是从屠夫那边买的"肉屑"。真的就是在切肉的时候掉下来的那些碎屑，带点脂肪，有的没的，店家会把这些碎屑扫到一处，装进袋子里卖。这一般是给狗吃的，但我妈会买回家来吃。有很长时间，我们只有肉屑吃。

屠夫也会卖骨头。我们管那个叫"汤骨"，但其实店里打的标签是"狗骨头"，人们买这个回家给狗当奖赏吃。如果那段日子真的很穷，我们就会依赖狗骨头。我妈妈会用它们炖汤。我们把骨髓都吸出来吃掉，吸骨髓是穷人从小就掌握的技能。我还记得我长大后第一次去一家高级餐厅，有人跟我说："你得尝尝这里的骨髓。特别好吃，简直神了。"他们点了，侍者端了上来，我的反应是："狗骨头。去你妈的！"我一点儿也不觉得这玩意儿好吃。

尽管我们在家过得很节俭，但我从来不觉得我们穷，因为我们的生活实在是丰富多彩。我们总是在外面干这干那，去某个地方玩。我妈妈还经常开车带我去高级白人社区转悠。我们去看人们的房子，看他们的豪宅。主要看的是他们的墙，因为我们在路上也只能看到墙。我们会看着一堵墙从街区的这头一直延伸到那头："哇哦，这只是一栋房子。那么大一片地方只是给一家人住的。"有时候我们会靠边停车，走到墙边，她把我举在肩上，我就像一个小小的人形潜望镜，越过墙看里面的庭院，描述我看到的一切："有个大白房子！他们有两只狗！有棵柠檬树！他们有游泳池！还有个网球场！"

我妈妈会带我去其他黑人永远不会去的地方。她不会被那些可笑的固化思维限制，比如黑人能干什么，不能干什么之类的。她曾带我去冰场溜冰。约翰内斯堡还有一个汽车影院叫"顶星汽车影院"，位于城外一处矿山废石堆上，我妈妈会带我去那看电影。我们带上零食，把喇叭挂在车窗上。从顶星影院的位置，可以360度观赏整个城市的风景，城区，郊区，索韦托，一览无余。站在那里往任何一个方向眺望，我的视野都可以延伸好几英里。我感觉自己身处世界之巅。

我妈妈抚养我的方式，就好像没有任何限制，没哪里我不能去，没什么我不能做。当我回头想想，她养我的感觉，就好像我是一个白人孩子——不是让我学白人文化，而是让我相信，世界是我的，我可以为自己发声，我的想法和决定都是重要的。

我们常和人说，你要追随你的梦想，但是你的梦想只能是在你能想象的范围内，而且这取决于你来自哪里，所以你的想象是会受限制的。在索韦托长大，我们的梦想就是在房子里多加个房间，也许门口再加个车道。也许有一天，在车道的尽头，还能再加一道铁门。因为那是我们所熟悉的世界。但是世界的可能性远远超出了你所能看见的部分。我妈妈让我看到了世界的可能性。让我惊讶的是，从来没人告诉过她这些。没人选择她。她自己做到了这一切。她仅凭借强大的意志力，找到了自己的路。

也许更令人惊讶的是，我妈妈在完全不知道种族隔离将要终结的情况下，就启动了她的小计划——我。在那时，没人能想到种族隔离会终结，一代代的人都是这么过来的。在我快六岁的时候，曼德拉被释放。十岁的时候，南非迎来了民主。但是她在完全不知道自由何时会到来的情况下，就让我过上了自由的生活。摆在桌面上的选择其实不多，无非是要么在镇上过苦日子，要么把我送到有色人种孤儿院，但我们从来没有那样生活过。我们只是往前走，快快地走，等到法律和所有人找上门时，我们已经远在好几公里之外，坐着那台亮橙色的狗屎一样的甲壳虫车飞翔在高速路上，窗户大开着，磁带里的吉米·斯瓦加特正在声嘶力竭地赞美耶稣。

人们会觉得我妈疯了。冰场，汽车影院，郊游野餐，这些都是白人的活动。大多数黑人的头脑里已经植入了种族隔离的逻辑，形成了根深蒂固的思维模式。为什么要教黑人小孩做白人的事？邻居们和亲戚们常常来烦我妈，问她："为什么要做这些事啊？他一辈子都没法离开贫民窟的，为什么要给他看外面的世界？"

"那是因为，"我母亲会说，"哪怕他一辈子都离不开贫民窟，他也能知道，贫民窟不是整个世界。哪怕我只能让他明白这个道理，那也够了。"

尽管种族隔离制度很强势，但它在本质上有着致命的缺陷。首先，它完全没道理。种族主义没有逻辑。试想一下：在南非，中国人被归类为黑人，并不是说他们的行为举止上类似黑人，他们就是中国人，但是和印度人不同，在南非的中国人数量不多，不足以形成一个确定的分类。尽管种族隔离是非常复杂且力求精确的制度，依然不知道怎么归类中国人，直到政府说："呃，我们就叫他们黑人。这样简单多了。"

有趣的是，与此同时，日本人却被归为白人。原因是南非政府希望和日本保持良好的关系，以便于进口他们的汽车和电子产品。所以日本人获得了白人的荣耀身份，而中国人还是黑人。我总是会想，一个南非的警察应该是分辨不出中国人和日本人的差别，但他们的工作又是要确保肤色不正确的人不要做不正确的事。如果他看到一个亚裔人坐在只有白人能坐的长椅上，他会说什么？

"嘿，从那椅子上起开，中国人！"

"不好意思，我是日本人。"

"哦，非常抱歉，先生。我不是故意要种族歧视。祝您下午愉快。"

第六章
漏洞

我妈妈曾告诉我："我选择生下你，是因为我想要去爱某样东西，并且它也会无条件地爱我——然后我就生下了这个世界上最自私的玩意儿，成天就知道哭啊吃啊拉啊，还一个劲儿地喊'我我我我我'。"

我妈妈以为有了孩子就好像有了伙伴，但其实每个小孩生下来都以为自己是宇宙的中心，并不理解自己需求以外的世界，我也不例外。我是个贪婪的小孩，看完了成箱的书，还想要看更多，更多，更多。我吃起来就像一头猪。我吃东西的样子很像要得肥胖症一样。甚至我家人都以为我肚子里长了虫。每次带我去表兄家，我妈还要带上一包西红柿、洋葱、土豆和一大袋玉米面。这样她就能先发制人，扼杀那些关于我太能吃的抱怨。在我外婆家，我总能加餐，其他孩子都没有这待遇。我外婆会递给我一口锅，说："吃光它。"如果你不想洗碟子，叫特雷弗来。他们都叫我垃圾桶，因为我可以一直吃下去。

我还多动。我随时都在追求刺激，动个不停。当我在学走路的时候，走在马路上，如果你没有死命抓着我的胳膊，我就会挣脱你的手，向车流全速冲过去。我喜欢被人在后面追的感觉。我以为这是在玩游戏。我妈在工作的时候会雇一些老奶奶来照顾我，她们后来怎么样了？全被我弄哭了。我妈每每回到家，她们肯定在哭。"我不干了。我干不了这活儿。你儿子就是个暴君。"我的学校老师、主日学校老师，都有同样的感受。你不带我玩？那你麻烦大了。我并不是对人态度不好。我不会吵闹，也没有被宠坏。我很有礼貌。我只是精力太充沛，而且特别有主意。

我妈妈以前会带我去公园，让我在里面疯跑，把精力发泄掉。她会带个飞盘，扔出去，我狂跑着去接，拿回来给我妈。如此反复。有时候飞盘会换成网球。黑人家的狗一般都不会玩这种取物游戏，因为人只会给它们丢吃的。直到我到了公园，看到白人是怎么在遛狗的，我才意识到，我妈原来是把我当成狗在训练。

如果我还有多余的精力没有发泄完，那肯定得想尽办法去调皮捣蛋。我自诩为恶作剧之王，并引以为傲。上学的时候，老师会用投影机把大纲笔记投在墙上，而我有一天转了一大圈，去每个教室把每台投影机里头的放大镜镜头都取走了。还有一次，我拿了一只灭火器，把里面的东西倒进学校的钢琴里，因为我知道第二天我们会到这里集合看表演。演奏者坐下来，刚按下琴键，嘭！所有的泡沫都从钢琴里爆了出来。

我最喜欢的两样东西，一个是火，一个是刀。对这两样，我简直是如痴如醉。刀还好，我可以从当铺和庭院甩卖摊子上收集到各种刀：弹簧刀、蝴蝶刀、兰博猎刀，还有鳄鱼邓迪刀。但火简直是我的本命，我尤其喜欢烟火。11月的时候，我们会庆祝盖伊·福克斯日，每年到那时我妈都会买一大堆烟火，家里简直像购置了一个迷你军火库。我想到，我可以把所有烟火里的火药倒出来放到一块儿，自己做一个巨大的炮仗。有一天下午我真这么干了，我和表哥闲着无聊，把一大堆火药取出来塞进一个空花盆里，然后我的注意力被黑猫爆竹吸引了过去。黑猫爆竹的牛逼之处在于，它不仅仅是能点燃然后爆炸，你还能把它折成两半再点燃，它就能变成一个迷你的喷火器。我在做巨型炮仗的途中，忽然去玩了一会儿黑猫爆竹，不知怎么地，一根火柴落在了火药堆上。整堆火药炸了，一个巨大的火球直接腾空而起，飞到我脸上。穆隆格斯尖叫起来，我妈妈惊慌失措地跑到院子里。

"发生什么了？！"

我佯装镇定，尽管我还能感受到那个火球正在我脸上灼烧。"哦，没事儿。啥事儿也没有。"

"你玩火了？！"

"没啊。"

她摇摇头，"你知道吗？我可以揍你一顿，但耶稣已经揭发了你的谎话。"

"哈？"

"去厕所自己看看吧。"

我走到厕所，望向镜子。我的眉毛全没了，前面的头发大概也烧掉了几厘米的样子。

从大人的角度看，我是个破坏力极强，而且也管不住的小孩。但是作为一个小孩，我一点儿也不这样认为。我从来没想过要破坏什么。我是想要创造些什么。我不是要烧掉我的眉毛。我是要创造

第六章　漏洞　　　　　　　　　　　　　　　　　　　　079

火。我不是要弄坏投影仪,我是想制造混乱,看人们如何应对。

而且我没法控制自己。孩子们总是为此烦恼,他们好像都有强迫症,强迫自己做不理解的事。你可以跟一个小孩说:"做什么都行,就是别往墙上乱画。你可以画在纸上,或者这本书上,你想在任何地方画都行,就是别往墙上乱写乱涂。"那小孩会呆滞地看着你,说:"明白了。"十分钟后,这个小孩就会画到墙上去。你开始对这小孩尖叫:"你为什么还往墙上画?!"小孩会望向你,他真的不知道为什么要往墙上画。作为小孩,我记得自己总是处于这样的迷茫之中。每次我被惩罚,一边被我妈打屁股,一边心里在纳闷,为什么我刚才要那样做啊?我知道不该那么做的。她让我别那么做的。挨完揍,我对自己说,从现在起我要好好表现。我一辈子都不要做坏事了,再也再也再也不做了——为了要把再也不做坏事记下来,我得把这句话写在墙上提醒自己……然后我会拿起一只蜡笔,直接往墙上开始写,我至今也不明白为什么自己会这样。

我和我妈的关系很像电影里的警察与罪犯,她有着冷静无情的刑侦能力和复杂的谋略,致力于逮到我的犯罪事实。我们是劲敌,同时,我的老天,又极其尊重对手,有时候甚至会发展为互相欣赏。有时候我妈快要抓到我了,但就差一步,又被我逃掉,这时她会给我一个这样的眼神:总有一天,小子。总有一天,我要逮住你,让你下半辈子都逃不掉。这时我会冲她点个头。祝您晚安,警官。这贯穿了我的整个童年。

我妈妈一直试图管住我。经年累月,她的策略发展得越发复杂。如果说我的优势是年轻与无限的精力,那么她的优势就是狡猾,她会变着法地对付我。有一次周日，我们去超市买东西，货架上摆了一大排的太妃糖苹果。我特别喜欢太妃糖苹果，于是我一直缠着我妈要她给我买。"求求你，可以给我买一个太妃糖苹果吗？求求你，可以给我买一个太妃糖苹果吗？求求你，可以给我买一个太妃糖苹果吗？求求你，可以给我买一个太妃糖苹果吗？"

终于，当我们拿完所有东西，准备去付账的时候，她松口了。"好吧，"她说，"去拿一个太妃糖苹果吧。"我迅速冲过去，拿了一个太妃糖苹果，冲回来，把它放在结账台上。

"加一个太妃糖苹果。"我说。

收银员用怀疑的眼神看着我："你等等，小朋友。我先给这位女士结账。"

"不是啦，"我说，"她给我买。"

我妈妈转过来对着我说，"谁给你买？"

"你给我买呀。"

"不对不对，不该是你妈妈给你买吗？"

"啥？我妈妈？你是我妈妈啊。"

"我是你妈妈？不，我不是你妈妈，你妈妈去哪儿了？"

我蒙了，"你是我妈妈啊。"

收银员看看她，又看看我，又看看她。我妈耸耸肩，好像在说，我真不懂这小孩在说什么。然后她看着我，那样子好像她这辈子都没见过我。

"你是迷路了吗，小朋友。你妈妈在哪儿？"

"是啊，"收银员附和着，"你妈妈在哪儿？"

我指着我妈："她就是我妈妈。"

"什么？她不可能是你妈妈，小朋友。你看，她是黑人，看不出来吗？"

我妈妈摇摇头："可怜的有色人种小朋友找不到妈妈啦。好可怜啊。"

我开始慌了。我疯了吗？她不是我妈妈？我开始哭着大叫。"你是我妈妈！你是我妈妈。她是我妈妈。她是我妈妈。"

她再次耸耸肩，"好可怜。我希望他能赶快找到他妈妈。"

收银员点点头。她付了钱，拿上我们买的东西，走出了超市。我丢下太妃糖苹果，哭着冲出去追她，在车那边追上了她。她转过来，放声大笑，好像她终于狠狠治了我一顿。

"你哭什么？"她问我。

"因为你说你不是我妈。为什么你要说你不是我妈？"

"因为你一直在那儿吵吵着要太妃糖苹果。上车，我们走了。"

等到我七八岁的时候，我已经变聪明了，不会再被这种小伎俩骗到，于是她又改变策略。那时我的生活变成了法庭戏，两个律师轮番上阵，试图抓到对方的逻辑漏洞。我妈妈很聪明，并且巧舌如簧，但是我能更快地给出论点。我妈一跟不上我的节奏就会乱了阵脚。于是她开始给我写信。这样她就能更清晰地阐述自己的观点，不用和我吵来吵去。假设我今天需要干家务，回家后就会看到门底下塞了个信封，就像是房东留的。

亲爱的特雷弗：

"你们做儿女的，要凡事听从父母，因为这是主所喜悦的。"

——歌罗西书 3:20

作为我的孩子，以及一个负责任的年轻人，我对你怀有一些期冀。我希望你能整理自己的房间。我希望你能打扫屋子。你还要整理好你的校服。我的孩子，我希望你，谨遵我的要求，这样我也会尊重你。现在，我希望你去把碗洗掉，再到院子里去除草。

谨启，妈妈

我会乖乖做家务，如果我有什么要表达的，我也会回封信给她。我妈妈是秘书，放学后我常常去她办公室玩，在那里学到了很多商务通信技巧。我对我的写信能力非常骄傲。

敬启者：

亲爱的妈妈，早前收到了您的来信。很高兴地告诉您，洗碗的工作已经开始了，接下来的一小时我会继续完成这项工作。请留意，花园地面潮湿，此刻我无法做杂草清理的工作，但我保证这项任务将会在周末结束前完成。另外，我完全赞同您关于尊重一事的言论，我会将我的房间清洁保持在一个令人满意的标准之上。

谨启，特雷弗

这些是很有礼貌的通信。如果我们争执得很厉害，或者我在学校惹了什么麻烦，回家后会有言辞更为苛责的信件在等着我。

亲爱的特雷弗：

"愚蒙迷住孩童的心，用管教的杖可以远远赶除。"

——箴言篇 22:15

第六章 漏洞　　　　　　　　　　　　　　　　　　083

你这个学期的成绩很不理想,并且仍旧喜欢在课堂上捣乱,没有礼貌。很显然,你这样做既不尊敬我,也不尊敬你的老师。你要学着去尊敬你生活中遇到的女性。你对待我和你老师的态度,就是将来你对待这个世界上其他女性的态度。悬崖勒马,未来你才会成为更好的男人。由于你的表现不佳,这周你被禁足了,不能看电视,不能打游戏。

谨启,妈妈

而我,当然觉得这惩罚完全不公平。我得写封信来回击。

"我能和你谈谈吗?"

"不可以。你想回复,就给我写信。"

我回到房间,拿出纸笔,趴在桌子上,开始一条条地反驳她的论据。

敬启者:

亲爱的妈妈,首先,这个学期很难,您说我的成绩不好,这很不公平,尤其考虑到您以前在学校成绩就不好,而我,毕竟是您的孩子,如果您在学校表现都不好,那为什么要求我就非要表现好,毕竟我们有一样的基因。外婆总是说您以前有多调皮,很显然,我调皮是您遗传的,所以我认为您那样指责我是不正确、不公平的。

谨启,特雷弗

我会把信拿给她,站在原地看着她读。每次她读完都会把信撕了,丢进垃圾桶。"垃圾!这是垃圾!"然后她会开始试图训我,我会说:"啊啊啊。不行,你得给我回信。"然后我就回屋,等着她回信。这样来来回回可能会持续上好几天。

我犯了小错,我妈会写信。如果我惹了大麻烦,我妈会打我屁股。和大多数南非父母一样,我妈在惩罚小孩的方式上很传统。如果把她逼急了,她就会去拿皮带或者鞭子。那段日子就是这么过来的。我所有的小伙伴几乎都是一样的遭遇。

如果我愿意,我妈是可以坐下来好好打我屁股的,但是她永远抓不住我。我外婆叫我"跳羚",地球上速度第二快的哺乳动物,仅次于猎豹。我妈为了打到我,要化身游击队,哪里能打到我,她就在哪里打,随手抄着皮带鞭子或者拖鞋打,灵活机动。

我很佩服我妈的一点是,揍完我,这事就过去了,绝不会让我留有疑问。我挨揍不是因为她心情不好或生气,而是出于她对我的爱。我妈妈一个人带着我这样一个疯狂的小孩,我破坏钢琴,在地板上大便,我会做错事,她会把我暴打一顿,给我时间让我哭一会儿,然后她会再次跑进我的房间,脸上带着笑容说:"吃不吃饭?想看《火线救援》的话,咱们就得快点儿吃。来吃饭不?"

"什么?你是有毛病吗?你才揍了我!"

"是啊。因为你做错事了,这又不意味着我不爱你了。"

"什么?"

"看,你是不是做了错事?"

"是的。"

"然后呢?我揍了你。这件事就过去了。干吗还坐在这哭?该看《火线救援》了。威廉·夏特纳在等你呢,你来不来?"

第六章　漏洞

说到惩戒，天主教学校可不是闹着玩的。在玛丽威尔的时候，每当我犯错，修女们会用铁尺的边缘抽我的指关节。如果我骂了脏话，她们会用肥皂洗我的嘴巴。如果犯了更严重的错，我就会被叫去校长办公室。只有校长才能给你正式的惩戒。你要弯下腰，他会用一种好像鞋底一样平平的橡胶物体，打你的屁股。

每当校长打我，他都好像怕下手太重。有一天我在被校长打的时候想，天，要是我妈能像这样打我就好了，结果我开始笑。实在憋不住。那是学校第一次让我妈把我带去看心理医生，之后还去了两次。校长深感不安："如果挨打的时候还笑个不停，那你脑子肯定有问题。"

学校让我妈带我去看过三次心理医生，那次是第一次。每一个心理医生在给我做完检查之后都说："这孩子没毛病。"我没有多动症。我没得精神病。我只是太有创造力，太独立，而且精力过于充沛。那些医生给我做了一系列的检查，都会得出一个结论，我将来要么会成为一个杰出的罪犯，要么就会变成一个善于抓罪犯的人，因为我总能找出法规中的漏洞。每次发现一个法规不合逻辑的地方，我就会绕着走。

譬如关于周五弥撒圣餐仪式的规定，就完全没道理。在集会的一个小时里，我们要先跪着，再站着，再坐下，再跪着，再站着，再坐下，再跪着，再站着，再坐下，到最后，我都饿死了，但是我从来不能领圣餐，因为我不是天主教徒。其他孩子都可以吃耶稣的身体，喝耶稣的血，但我不能。而且耶稣的血是葡萄汁，我超爱葡萄汁。葡萄汁和饼干——哪个小孩不想吃？他们就不让我吃。我总是在和修女牧师争辩。

"只有天主教徒才能吃耶稣的身体、喝耶稣的血，对吗？"

"是的。"

"但是耶稣不是天主教徒。"

"他不是。"

"耶稣是犹太人。"

"嗯，是的。"

"所以你的意思是，假设现在此刻耶稣走进我们的教堂，他本人也不能吃耶稣的身体，喝耶稣的血？"

"嗯……呃……嗯……"

他们从来没给出令我满意的答案。

有一天早晨，在弥撒之前，我决定要吃到耶稣的身体、喝到耶稣的血。我悄悄潜伏到圣餐台的后面，喝了一整瓶的葡萄汁，吃掉了一整包的圣餐，把我之前没吃到的都补回来了。

在我的理解里，我没有违背规定，因为那些规定根本没道理。我被抓只是因为打破了他们心里的规定。有一个小孩在忏悔的时候出卖了我，然后神父揭发了我。

"不对，不对，"我抗议着，"你才违背了规则！神父是不能把别人忏悔的话讲出去的！"

他们才不在乎。只要他们想，学校可以打破任何规则。校长痛斥了我。

"什么样的人才会吃光耶稣的身体、喝光耶稣的血啊？"

"很饿的人。"

我又挨了一顿揍，然后第二次被送去看心理医生。我第三次去看心理医生，也是压垮校领导的最后一根稻草，发生在六年级。一个小孩欺负我,说他要暴打我一顿,我就带了一把刀去学校。我没有打算要用它,我只想带着防身。但学校不管我说什么,这对他们来说是最后一根稻草。严格来说,我不是被开除的。校长还是让我坐下来,告诉我:"特雷弗,我们可以开除你。你要好好想清楚,明年还想不想继续在玛丽威尔上学了。"他是在给我下最后通牒,希望我能改过自新。但是我觉得他是在给我打开大门,于是我就接受了。"不,"我告诉他,"我不想在这儿待了。"我在天主教学校的日子结束了。

有趣的是,这件事发生以后,我妈没有找我麻烦。回家后,我并没有挨揍。从ICI离职后,她就没有奖学金补助了,供我去私立学校上学将会是一笔很大的负担。可即使这样,她也觉得是学校反应过度了。事实上,在和玛丽威尔的对抗中,她通常是站在我这边的。对于这次的圣餐事件,她百分百支持我。"我就直说了,"她对校长说,"就因为一个小孩想要分享耶稣的身体和耶稣的血,你就惩罚他?他为什么不能吃那些东西?他当然可以吃。"当他们因为我被校长惩罚而笑个不停,便把我送去看心理医生时,我妈也跟学校说,这事简直荒唐。

"诺亚女士,您的儿子在我们惩戒他的时候一直在笑。"

"好吧,很显然你不知道怎么打小孩。这是你的问题,不是我的。可以告诉你,我打特雷弗的时候他从来不笑。"

这是我妈有点儿怪同时也有点儿牛的地方。如果她同意我的想法,觉得一个法规是愚蠢的,那么当我违背这个法规的时候,她不会惩罚我。她和心理医生都觉得是学校有问题,而不是我有问题。天主教学校并不是一个富有创造力和独立精神的地方。

天主教学校和种族隔离一样，都是无情的独裁者，而且权力中心所仰赖的那一大堆法条完全没有任何逻辑。在我妈妈的成长过程里，她遇到了各种各样的规则，而她会质疑这些规则。如果规则没有拦在她面前，她就直接绕着走。我妈心里唯一的权威就是上帝。上帝是爱，《圣经》是真理——所有其他事情都可以辩驳。她唯一头疼的就是我总在试图挑战并质疑她。

我七岁那年，我妈妈开始和她的新男友约会——他叫亚伯。他们交往了一年，那时我还小，还不懂他们之间是什么关系，我只是觉得："嘿，那是我妈的朋友，他经常来找我们。"我挺喜欢他，他人很好。

那个时候，一个黑人要想住在郊区的话，你就得去找一个白人家庭，租他们的佣人房或者车库来住，亚伯就是这么做的。他住在一个叫橘子苑的街区，租了一个白人家庭的车库，改装成了一个类似小木屋的住所，里面配有轻便电炉和一张床。有时候他会来我们家，有时候我们去他家。在我们有自己的房子的前提下，住车库并不是很理想的选择，但是橘子苑离我的学校和我妈上班的地方都很近，所以这也有它的优势。

这个白人家庭还有一个黑人女佣，住在后面的佣人房里。每次去亚伯那儿住，我都会和那个女佣的儿子玩。那个年龄段的我，是真心爱玩火。那天下午，所有人——我妈、亚伯和白人夫妇——都去上班了，女佣在屋子里打扫，我和她儿子玩。我那时候很喜欢干一件事，就是用放大镜把我的名字烧在一片木头上。你要调整镜片的角度，把太阳光聚焦到一点上，木片上会出现灼烧的痕迹，然后你缓缓移动，就可以烧出想要的形状、字母或图案什么的。我为此痴迷不已。

那天下午，我把这个小技巧教给那个小孩。我们待在佣人房里，这个房间更像是连接主屋的工具间，礼帽堆满了木梯子、整箱的旧画，还有松节油。我带了一盒火柴，这是我的日常打火工具。我们坐在一张旧床垫上，是他们以前睡在地板上垫的，基本就是一包塞满的稻草。太阳光从窗口射进来，我给那个小孩演示，该怎么把名字烧在一块胶合板上。

忽然我们想休息下，拿点儿零食吃。我把放大镜和火柴丢在床垫上，和他一起离开了屋子。几分钟后我们回来时，发现这个小木屋的锁从里面自动锁上了，我们进不去，除非去找他妈妈帮我们，于是我们决定先在院子里玩一会儿。又过了几分钟，我注意到窗户的缝隙里有烟冒出来。我跑过去往里面看，在我们放火柴和放大镜的地方，有一小团火苗正在草垫中间燃烧。我们跑去叫女佣。她来了，但她也不知道怎么办。门锁住了，在我们想到破门方法之前，所有的东西都烧起来了——草垫、梯子、画、松节油，所有的东西。

火焰移动速度很快。很快，屋顶也着了，火舌从那里开始向主屋接近，整个房子都烧了起来，黑烟直冲天际。一个邻居叫来了火警，警笛大作。我和女佣还有女佣的小孩都跑到人行道上，看救火员灭火，但是等火熄灭的时候，一切都完了。什么都没剩下，只有一个烧焦的砖头水泥空壳，屋顶没了，屋里东西全毁了。

白人一家回来后，就站在人行道旁，望着他们家的残骸。他们问女佣到底怎么回事，女佣问她儿子，她儿子直接告发了我。"特雷弗带了火柴。"白人家庭什么也没对我说。我觉得是他们不知道该说什么。他们目瞪口呆，没有叫警察，也没有要告我。他们能怎么做呢，逮捕一个七岁的小孩，告他纵火罪？而且我们家很穷，告我们也拿不到什么钱。何况他们有保险，所以这事就完了。

他们把亚伯从车库里赶走了。我觉得这有点儿滑稽，因为车库和其他房子不挨着，是整个家唯一没有受到损伤的地方。亚伯其实没理由离开，但是他们赶走了亚伯。我们收拾了他的东西，放进车里，一起载回了伊登公园。从那时起，亚伯就和我们住在一起了。他和我妈大吵了一架："你儿子烧毁了我的生活！"但那天我没有受罚，我妈太震惊了。淘气是一回事，而烧掉白人的房子是另一回事。她也不知道该怎么办。

我对这件事一点儿都不觉得愧疚，现在也不觉得。我心中的律师告诉我，我是无罪的。那儿有一盒火柴，一个放大镜，一个草垫，这是一系列不幸的偶然事件。有时候东西就是会着火。这也是为什么我们需要消防部门。如果人们以前觉得我只是淘气，在这场火灾之后，我变得臭名昭著。我的一个舅舅不再叫我特雷弗，他叫我"特雷"（意为"恐怖"）。他常说："别把那孩子一个人留在你家，他会把房子烧没的。"

时至今日，我的表兄穆隆格斯依然无法理解，我怎么可以一直调皮捣蛋地活到今天的，我怎么能经得住那么多次暴揍，却一直不长记性。我的表兄弟都非常乖。穆隆格斯大概一辈子就挨过一次打，在那之后他说他再也不想挨打了，于是变得非常循规蹈矩。但是我还从我妈身上继承了一个特点，就是擅长忘记生活中的痛苦。我记得留下创伤的原因，但是我不会揪着创伤不放。我从来不会让回忆的痛苦阻碍我对新东西的尝试。如果你总是想着你妈妈会打你，或者生活会惩罚你,你就不会再突破界限,打破规则。最好的是,你挨完打,哭一会儿,第二天醒来继续生活。身上可能会留下几块淤青,提醒你发生了什么,但没事的,过一段时间,淤青会褪去,而且它们褪去是有原因的——又到了该干点儿什么坏事的时候了。

我生长于这个黑人国家的黑人社区的一个普通黑人家庭中。我造访过这片黑人大陆的许多黑人国家的黑人城市。我从来没见过哪个地方的黑人喜欢猫。就拿南非来说，最大的原因是，人们觉得只有女巫养猫，于是所有的猫都是女巫。

　　很多年前，奥兰多海盗队足球赛上发生过一起著名的事件。一只猫跑进了运动馆，穿过人群，进入了正在比赛的场地上。一个保安看到了这只猫，他做了所有正常黑人都会做的事。他对自己说，"这只猫是个女巫。"在直播中，他抓住了这只猫，用脚踢、踩、跺，最后拿一根粗皮鞭把那只猫弄死了。

　　这上了全国新闻的头条。白人们全都受不了了。我的天哪，这太疯狂了。这个保安被逮捕，受审，并被判虐待动物罪。他交了巨额罚金，才免掉了几个月的牢狱之灾。讽刺的是，白人已经看了很多年白人把黑人打死的视频，也没怎样，但是一个黑人打猫的视频，就能让他们崩溃。黑人群体觉得很困惑。他们不觉得那个保安的做法有什么问题。他们认为："很明显那只猫就是女巫。否则一只猫怎么能知道要闯进足球场？肯定是有人派它来给其中一只球队下咒的。保安必须得杀了那只猫，他是在保护运动员。"

　　在南非，黑人只养狗。

第七章
芙菲

在搬去伊登公园一个月后,妈妈带回家两只猫。黑猫。极美的生物。她的同事有一窝小猫要送掉,她要了两只。我特别兴奋,因为我从来没有养过宠物。我妈妈也很兴奋,她特别喜欢动物,完全不信那些关于猫的瞎话。这也是她叛逆的一个方面——她从来不会因为大家觉得黑人该做什么或不该做什么而跟风。

但在黑人社区,没人敢养猫,尤其是黑猫。这几乎就像是身上戴了个牌子写着:"哈喽,我是女巫。"这种行为和自杀差不多。由于我们搬去了有色人种社区,我妈妈觉得在这边养猫应该没事了。小猫长大后,我们让它们白天出去四处游荡。有天傍晚,我们回到家发现,两只猫被人用尾巴系在我们的前门上,它们被挖了内脏,剥了皮,放完了血,头也被砍掉了。在我们的墙上,有人用南非荷兰语写着一个词,heks——女巫。

有色人种,很显然,在对待猫的态度上并不比黑人进步多少。

我并没有特别伤心。我觉得我和那两只猫相处的时间不够长,还没有产生很深的感情。我甚至不记得它们的名字了。而且猫大多数时候挺混蛋的。我再怎么努力，它们也不像真正的宠物。它们不会向我表达感情，也不接受我的感情。要是猫能和我更亲密一些，可能我当时会更难过。但是，作为小孩，我看着这些死去的动物残肢，我想的是："好吧，就这样了。如果它们能乖一点儿，可能就不会发生这样的事了。"

猫死了之后，我们有一段时间没有养宠物。然后我们开始养狗。狗很棒。我认识的每一个黑人家庭都养狗。不管你多穷，你都有只狗。只不过我们对待狗的方式和白人不一样。白人对待狗，就好像狗是他们的小孩或家庭成员。黑人的狗通常就是看家护院，是穷人的警报系统。你买回一只狗，只能把它放在院子里。黑人根据狗的特点给狗起名。如果身上有条纹，就叫它老虎。如果很凶，就叫它危险。如果有斑点，就叫点点。由于狗身上的特征有限，所以很多人家的狗名字都一样。人们就反复利用这些名字。

我们在索韦托没有养过狗。有一天，我妈的另一位同事给了她两只小狗，不是纯种狗，是这个同事家的马耳他犬和隔壁的牛头梗交配生下来的奇怪杂交种。我妈妈说她两只都要了。她把她们带回家后，我成了世界上最快乐的小孩。

妈妈给她们起名叫芙菲和豹子。芙菲，我不知道这个名字是什么意思。豹子有个粉鼻头，所以她是粉红豹，然后就简化成了豹子。她们互相照应，但也经常打架。是真打，会流血的那种撕咬与抓挠。她们之间的关系奇怪又可怕。

豹子是我妈妈的，芙菲是我的。芙菲很漂亮，身上有着清晰的条纹，脸上总是带着开心的表情。她看起来就是一只完美的牛头梗，只不过要瘦一些，因为混了一点儿马耳他犬的血统。豹子则是又像牛头梗又像马耳他犬,看上去就比较怪,乱七八糟的。豹子很聪明,芙菲则笨到了家。至少我们觉得笨。每次叫她们俩,豹子会立刻跑过来,芙菲则毫无反应。豹子会再跑回去叫芙菲,她们俩再一起跑过来。后来我们才知道,芙菲听不见。很多年后,芙菲死于一场意外,有个小偷想进我们家偷东西,他推倒了门,门砸在芙菲的身上,砸断了她的脊柱。我们带她去找兽医,兽医将她安乐死了。在给她做过检查后,兽医对我们说。

"和一只耳聋的狗相处应该蛮奇怪的吧。"医生说。

"什么?"

"你们不知道这只狗听不见?"

"不知道,我们以为她只是笨。"

那时我们才意识到,原来她们一辈子的相处模式都是由一只狗告诉另一只狗该做什么。聪明且听得到的那只,一直在帮助蠢笨又听不到的那只。

芙菲是我的最爱,漂亮又愚蠢。我养大了她,教会了她怎么上厕所,睡在我的床上。作为小孩,能拥有一只狗是一件超棒的事,就好像拥有了一辆有感情的自行车。

芙菲有很多本事。譬如她跳得很高,我是说,她特别能跳。如果我把食物举过头顶,她也可以跳起来一口咬掉,轻轻松松。如果那会儿就有视频网站的话,芙菲早就红了。

芙菲也有点儿狡猾。我们把她们养在后院,后院的墙至少有一米五高。养了一段时间后,我们每天傍晚到家时,发现芙菲都坐在门外,等着我们开门。我们很困惑,是有人把门打开过吗?怎么回事。我们从来没想到,芙菲可以跳过一米五的围墙,但真的是这样。

每天早晨,她都等着我们出门,然后跳过围墙,在周围转悠。

有天我把她抓了个现行。那天学校放假,我妈妈去上班了,我在客厅待着。芙菲不知道我在家,以为我走了,因为车子开走了。我听到豹子在院子里叫,望出去,看到芙菲正试图越过围墙。她高高跳起来,在接近墙头的位置用爪子抓拉几下蹬了上去,然后就消失了。

我简直不敢相信。我跑出前门,抓起自行车,跟着她,看她要去哪里。她跑了很远的路,穿过许多条街,到了另一个街区。她径直走向其中一栋房子,跳过围墙,跳进了那家人的后院。她到底在干吗啊?我跑到前门,按响门铃。一个有色人种小孩打开门。

"有什么事吗?"他说。

"我的狗跑到你家院子里了。"

"什么?"

"我的狗。她在你的院子里。"

这时芙菲走过来,站在我俩中间。

"芙菲,过来!"我说,"咱们走!"

这个小孩看着芙菲,用另一个蠢名字叫她,点点还是什么鬼。

"点点,回屋。"

"什么?"我说,"点点?那是芙菲!"

"不,这是我的狗点点。"

"不不,这是芙菲,我的朋友。"

"不,这是点点。"

"这怎么可能是点点?她身上根本没有斑点。你在瞎说什么啊。"

"这是点点!"

"芙菲！"

"点点！"

"芙菲！"

当然了，芙菲听不见，所以她对"点点"和"芙菲"这两个名字都没有反应。她只是呆呆地站在原地。我开始骂那个小孩。

"把我的狗还给我！"

"我不认识你，"他说，"你最好赶紧离开我家。"

然后他跑回去喊他妈妈，他妈妈走了出来。

"你要干吗？"她问。

"那是我的狗！"

"这是我们家的狗。走开！"

我开始大哭。"你们为什么要偷我的狗？！"我转向芙菲，开始乞求她。"芙菲，你为什么要这么对我？！为什么，芙菲？！为什么？！"我不断叫她名字，我求她过来。芙菲听不到我的乞求，她什么也听不到。

我跳上自行车，冲回家，一路涕泪横流。我是那么爱芙菲。我养了她这么久，我们在一起度过了那么多个夜晚，现在却看到她和另一个男孩在一起，好像不认识我一样，我伤心欲绝。

那天傍晚，芙菲没有回来。因为另一家人觉得我会去偷狗，决定把芙菲锁在家里，所以它没能像以前那样回家，在门口等我们。我妈下班了，我仍在哭，我告诉她芙菲被拐跑了。我们回到那个人家，我妈妈按响了门铃，见到了那个小孩的妈妈。

"你好，这是我们的狗。"

那个女人当着我妈的面撒谎："这不是你的狗。这狗是我们买的。"

"你并没有买过这条狗,这是我们的狗。"

她们像这样来回拉扯。那个女人不肯让步,所以我们回家去找证据:我们和两只狗的照片,还有兽医的证明。全程我一直在哭,我妈开始对我失去耐心了:"别哭了!我们会把狗拿回来的!镇静点儿!"

我们把所有的证明文件准备好,又去了那人家。这次我们带上了豹子,也算是证据之一。我妈妈给这个女人看了照片和兽医证明,但她还是不肯把芙菲还给我们。我妈妈威胁要报警。事情越闹越大。最后我妈妈说:"好吧,我可以给你一百兰特。"

"好吧。"那女人说。

我妈妈交了钱,领回了芙菲。这时另一个小孩,一直以为芙菲是点点,却看着自己的妈妈卖了"自己"的狗。这次轮到他开始哭了:"点点!不要!妈妈,你不能卖了点点!"我才不管,我只要芙菲回来。

芙菲看到豹子,立刻跑了过来。我们带着两只狗离开了。回家路上我一直在抽泣,依旧感觉心碎。我妈妈受不了我的唧唧歪歪。

"你怎么还在哭?!"

"因为芙菲爱上了另一个男孩。"

"所以呢?你有什么好伤心的?你又没少什么。芙菲在这里。她还是爱你的。她还是你的狗。该翻篇儿了。"

我人生中第一次那么伤心就是因为芙菲。没人像芙菲那样背叛过我。这对我来说是非常宝贵的一课。难的是,我需要明白芙菲并没有背叛我去和别人在一起。她只是在尽情地过她的生活。在我知道她白天会偷偷溜出去玩之前,她和另一家人的关系并没有影响到她和我之间的感情。芙菲并没有恶意。

我相信芙菲是我的狗,当然这并不是真的。芙菲是只狗。我是个小孩。我们在一起玩得很开心。只是恰巧她住在我们家而已。这段经历影响了日后我对于感情的看法:你并不拥有你所爱的人。我很幸运,可以在那么小的年纪就学到这个道理。我有很多朋友,在成年以后,依然会因为被人背叛而悲痛欲绝。他们会找到我,胸中充满愤怒,向我哭诉自己是如何被人背叛,被欺骗,而我完全可以感同身受。我理解他们所遭遇的这一切。我会和他们坐下来,点杯喝的,对他们说:"朋友,我来给你讲一个芙菲的故事吧。"

一

在我 24 岁的时候,有一天我母亲突然对我说:"你得去找你父亲。"

"为什么?"我问。那时我已经有十多年没见过他,而且感觉再也不会见到他。

"因为他是你人生的一部分,"她说,"如果你不去找他,你就找不到自己。"

"我不用找他,"我说,"我知道我是谁。"

"这不是你知不知道你是谁的事,而是他知不知道你是谁,你又知不知道他是谁。太多人长大了却不认识自己的父亲,所以他们一辈子都带着对父亲的虚假认知,以为那就是父亲该有的样子。你需要找到你的父亲。你要告诉他你变成了怎样的人。你需要把这段故事补完。"

第八章
罗伯特

我父亲这人完全是个谜。有太多关于他人生的问题,我至今仍不知道该怎么回答。

他在哪里长大?瑞士的某个地方。

他在哪儿上的大学?我不知道他上没上过。

他为什么会来南非定居?不知道。

我从未见过远在瑞士的爷爷奶奶。我不知道他们的名字或任何别的细节。我知道我父亲有个姐姐,但也没见过她。我知道他在20世纪70年代末搬来南非前,曾经在蒙特利尔和纽约当过厨师。我知道他曾在一个食品工业公司工作,还曾在各处开过酒吧和餐厅。我就知道这么多。

我从没叫过他"爸"。我也不叫他"爸爸"或"父亲"。我是被要求这么做的。如果在公开场合叫他"爸爸",别人听到后,会走上来质询,或者直接报警。在我的印象中,我一直喊他"罗伯特"。

虽然我并不了解他之前的生活,但通过我母亲,以及我能够和他在一起相处的有限时光,我大概了解他是怎样一个人。他是典型的瑞士人，整洁、挑剔、精确。他是我见过的唯一一个去住酒店，但离开的时候，房间反倒比入住前还干净的人。他不喜欢别人服侍他。在他的世界里，不要服务生，不要管家，他自己做清洁。他喜欢自己的空间。他活在自己的世界里，自己解决所有问题。

我知道他从没结过婚。他曾经说，大多数人结婚是为了控制另一个人，但他不希望被任何人控制。我知道他喜欢旅行，喜欢娱乐，喜欢聚会。但与此同时，他的隐私又是一等一的大事。无论他住在哪儿，他的名字都不会被列在电话簿上。我敢肯定，如果他要没有这么注重隐私，他和我母亲交往的时候肯定会被逮到。我妈妈热情而冲动，我爸爸保守而理智。她是火，他是冰。他们两个因为彼此的对立面而相互吸引，我则是他们二人的中和体。

我很了解我父亲的一点是，他极度痛恨种族主义和族群同质计划，而且他痛恨的理由并非出于伪善或道德优越感。他只是不理解，南非的白人凭什么要歧视本地的黑人。"南非全是黑人，你要是那么讨厌黑人的话，为什么还大老远来南非？如果你那么讨厌黑人，为什么要搬来他们的家乡住？"对他来说，这简直蠢到家了。

由于我父亲觉得种族主义毫无道理，他也就没有遵守任何种族隔离的法规。在80年代早期，我出生之前，他在约翰内斯堡开了一家牛排店，是当年第一批可以为多种族人群提供服务的餐厅之一。他申请了那种可以同时为黑人及白人提供服务的特殊执照。这种执照之所以存在，是因为酒店和餐馆需要招待黑人旅行者，或其他国家的黑人大使，这类人理论上不会像南非本地黑人那样受到限制，所以南非本地有钱的黑人就抓住这个漏洞，去这类酒店和餐馆消费。

我父亲的餐馆立刻火了。黑人喜欢来，因为他们能去的高规格餐厅实在太少,而他们又很想去高档餐厅体验一下那是什么感觉。白人也喜欢来,因为他们想感受下和黑人坐在一起进餐是什么感觉。白人会来餐厅里坐着,看黑人吃饭,黑人会来餐厅坐着,一边吃一边看白人在旁边看他们吃。对于共处一室的好奇,胜过了将人们隔离开的仇恨。那地方的氛围特别好。

后来那餐厅被关了,因为社区里的一小撮人自发去投诉。他们提交请愿,政府开始想方设法找理由让我父亲关门。起初他们派了调查员,想查他在清洁卫生方面有没有违章。很显然,他们没听说过瑞士人的特点。所以这一仗他们输得很惨。接着,他们决定给我父亲随意增加额外的条条框框,来对他进行各方面的限制。

"虽说你已经有了开业执照,"他们说,"但是你还需要给不同的人种准备不同的厕所。你需要白人厕所,黑人厕所,有色人种厕所,还有印度人厕所。"

"那我这个餐厅里就没别的地方了,全是厕所了。"

"好吧,如果你不想那样做,你还有一个选择,就是转为正常的餐厅,只为白人提供服务。"

他关了餐厅。

种族隔离制度结束后,我父亲从希尔布洛搬去了一个叫尤维尔的地方,那里之前本是一个安静的居民区,后来转变为一个极富活力的大熔炉,不论黑人白人,还是其他人种都聚居于此。来自尼日利亚、加纳和非洲其他国家的移民涌入这里,带来了不同的食物和激动人心的音乐。洛基路是这里的主路,两边遍布着小商贩、酒吧和餐厅。这里就像一场文化大冲撞。

我父亲住尤尔路上,与洛基路相隔两个街区,紧挨着一个特别棒的公园，我很爱去那里，因为各个国家的各个种族的小孩，都会在那里跑来跑去玩耍。我父亲的房子布置很简单，是个很舒服的地方，没有什么华丽的装饰。我觉得我爸爸有足够的钱供他生活和旅行，但他从来不会大肆花钱买什么东西。他极度节俭，是那种一辆车能开二十年的人。

我和父亲按日程见面。我每周日下午去看他。尽管种族隔离结束了，但我妈妈心意已决：她不想结婚。所以我和妈妈有我们的家，父亲有他自己的家。我和妈妈做了约定，早晨我和她一起去混合种族教会和白人教会，之后我就不跟她去黑人教会了，不用参加驱魔仪式，而是去父亲家，和他一起看一级方程式赛车比赛。

每年的生日父亲都会陪我一起过，我们也和他一起过圣诞节。我很爱和父亲一起过圣诞节，因为他过的是欧洲圣诞节，而欧洲圣诞节是世界上最棒的圣诞节。我父亲会铆足干劲，全力以赴。他会准备圣诞彩灯、圣诞树，还会在壁炉边装饰上假雪、雪花球以及长袜，还有好多圣诞老人送来的用彩纸包好的礼物。相比之下，非洲圣诞节就要实际得多。我们会去教堂，回家，吃一顿大餐，有肉，有好多的奶冻和果冻，但是没有圣诞树。你也会收到礼物，但通常就是一套新衣服。你也可能会收到一个玩具，但是并不会用包装纸包好，也从来不是圣诞老人送来的。非洲圣诞节对于圣诞老人这件事是有争议的，这关乎荣誉。如果一个非洲父亲给自己的小孩买了个礼物，他才不会把功劳归功于那个白人胖子。非洲父亲会直截了当地告诉你："不不不，是我给你买的。"

除了过生日或一些特殊场合，我们唯一的相处时光就是周日的下午。他会给我做饭，会问我想吃什么，我总是给出一样的回答，一道叫罗斯蒂的德国菜，基本就是用土豆和肉做的薄饼，浇上肉汁。我会吃掉一盘罗斯蒂，配上一瓶雪碧，饭后甜点是塑料盒装的焦糖奶冻。

那些周日下午的大部分时间都很安静。我爸爸不太说话。他很关心我，全身心地为我，并且执着于细节，我过生日时，总会收到他的贺卡，每次我去看他时，他总会准备好我最爱吃的食物，还会给我买玩具。但与此同时，他又像是一本合上的书。我们会讨论他做的食物，讨论我们正在看的一级方程式赛车。时不时地，他会讲一点儿他人生中的小花边儿，关于他去过的地方，关于他的牛排店，但也仅限于此。和我爸相处起来就像在看连续剧，在这几分钟里面，我了解到一点儿信息，但一次就这几分钟，我要等一周才能知道后面发生了什么。

我12岁的时候，父亲搬去了开普敦，我们就此失去了联系。在他搬离之前，我们已经有段时间没联系了，那是由于一系列原因造成的。我那时还是个少年。整个世界在我面前等着我去探索。游戏和电脑对我来说比和父母相处重要得多。另外，我的母亲再婚了，嫁给了亚伯。而一旦知道我母亲居然和前任还有联络，亚伯就会暴跳如雷，所以我母亲决定我们都不要主动去激怒他，这样才比较安全。我从每周日去见父亲一次，变成每隔一周去一次，或者一个月去一次，这取决于我母亲能否把我偷偷地送过去，就好像她以前在希尔布洛住的时候那样。我们从生活在种族隔离的限制之下，转变为生活在一个爱施暴的酒鬼的专制之下。

与此同时，白人逐渐从尤维尔迁出，尤维尔开始慢慢衰败。我父亲的大多数德国朋友都搬去了开普敦。何况他又见不到我，也就没理由再待在这里，所以他也离开了。他的离开，并没有对我造成什么心灵创伤，因为我完全不觉得我们会失去联系，再也见不到了。在我脑海里，这件事只意味着爸爸要搬去开普敦住一段时间，无所谓的。

然后他就走了，我留下来继续过我的生活，费劲儿地读完高中，费劲儿地度过二十来岁的日子，最后成了一名喜剧演员。我的职业生涯上升得很快。我成了一名电台主播，还在电视上主持一档儿童冒险真人秀。我的名字会出现在全国所有俱乐部节目的主演名单上。尽管人生在向前，但关于父亲的那个问题依然埋在我头脑深处，而且时不时地会浮到表面。"不知道他在哪儿。他会想我吗？他知道我在做什么吗？他会为我骄傲吗？"当父母中有一人离去，剩你一人陷于未知，你会很容易脑补出一些负面的东西："他们不在意我。""他们好自私。"幸好，我的母亲从来不会说我父亲的坏话，她总是在表扬他。"你把钱管得不错，这点儿随你父亲。""你和你父亲笑起来一样的。""你和你父亲一样干净整洁。"我心中从不会觉得怨恨，因为她让我知道，父亲的离开是因为环境遭遇，并非他不爱我。她总是给我讲她从医院回来那天的情形，我父亲一直问她："我的孩子呢？我希望我的生活里有那个孩子。"母亲对我说："永远不要忘记，他选择了你。"所以，当我 24 岁的时候，母亲才敦促着我去寻找父亲。

因为我的父亲太注重隐私，要找到他很不容易。我们没有他的地址。电话簿上也找不到他的名字。我开始联系以前认识我父亲的人，那些住在约翰内斯堡的德国移民。我得知一个女人曾经和我父亲的某个朋友约过会,而这个朋友认识的某个人知道我父亲的上一个住址。但最后,我还是一无所获。后来,我妈妈建议我去找瑞士大使馆。"他们肯定知道他在哪儿,因为他总要和大使馆保持联系。"

我给瑞士大使馆写了一封信,询问我父亲的去向,但是由于我的出生证上没有我父亲的名字,所以我无法证明我父亲是我父亲。大使馆的人给我回信说,他们无法给我提供任何信息,因为他们不知道我是谁。我开始给他们打电话,但是他们依然回避我的请求。他们说:"孩子,我们无法帮助你。我们是瑞士大使馆,你是不了解瑞士人吗?我们以审慎的态度闻名。我们的长处就是保密。我们就是干这个的,你不太走运。"我持续骚扰他们,最终他们做出了让步,"好吧,我们会收下你的信,如果真有像你描述的这样一个人存在,我们也许会把你的信转交给他。如果没有这个人,我们也许就不转交了。听天由命吧。"

几个月后,我的邮箱里收到一封信。"很高兴收到你的消息。你过得好吗?爱你,爸爸。"他给了我他在开普敦的地址,一个叫坎普斯湾的地方。又过了几个月,我去那里看望了他。

我永远忘不了那天。那可能是我人生中最诡异的一天,我要去见一个我认识却又几乎不认识的人。关于他的记忆已经变得很模糊了。我努力去回忆他说话的样子,笑起来的样子,他有着怎样的脾气。我把车停在他住的那条街上,开始沿着路往前走,按照地址寻找他的家。坎普斯湾住了很多半退休的白人老头。我走在路上的时候,这些白人老头会迎面向我走来,和我擦身而过。那时我的父亲已经快70岁了,我很害怕自己早就忘了他长什么样。看着每一个从我身边经过的白人老头,我心里都会闪过一个疑问,你是我爸爸吗？我简直是在检阅这个滨海退休社区的每一个白人老头。最后，我找到了他的地址，按响门铃，在他开门的那一瞬间，我就认出了他。嘿！是你。我心里想着。当然是你。你是那个人，我认识你。

我们从中断的地方立刻重新建立了联系，他对待我的方式和对待当年那个 13 岁的小男孩的方式一模一样。我的父亲是个保持一贯习惯的人，这次也不例外。"好的，我们该干什么了？我给你准备了你最爱吃的土豆罗斯蒂、雪碧和焦糖奶冻。"幸好我的口味和 13 岁时没有太大差别，我立刻大口吃了起来。

我在吃的时候，他起身去拿了一个夹子过来，是一本超大的相册。他把它放到桌上，一边摊开一边说："我一直在关注着你。"这是一本剪贴簿，里面有我做过的所有事情，报纸上每次提到我的名字，杂志上每次出现我的消息，哪怕是一条微不足道的俱乐部节目清单，从我职业生涯开始的那天直到这周的消息，全在里面。他带着我翻看，脸上露出大大的微笑，指着标题："特雷弗·诺亚将会于周六在蓝屋俱乐部登台。"或者："特雷弗·诺亚主持了新节目。"

我感到身体内的感情汹涌。我需要使劲控制住自己不哭出来。我这十年里的生活缺憾，好像在一瞬间被填满了，好像父亲只离开了我一天。多年以来，我内心有那么多的疑问。他会想我吗？他知道我在做什么吗？他为我骄傲吗？但事实是，他一直陪着我。他一直在为我骄傲。因为环境让我们分开了，但他没有一天不是我的父亲。

那天我走出我父亲的房子时，感觉自己长高了一英寸似的。这次的探望，让我更确信是他选择了我。他选择了让我存在于他的生活之中。他选择了回复我的信。我是被需要的。你能给予另一个人的最大的礼物，就是选择他。

我们重新联系上后，我有一种强烈的愿望，想要弥补我们错失的这些年。我想出的最好的方式就是采访他。很快我就发现这是个错误。采访可以给你事实和信息，但是我真正想要的并不是事实和信息。我想要的是一段关系，而采访不是关系。关系是建立在沉默上的。你和别人共度一段时间，你望着他们，和他们接触，然后开始了解他们——然而种族隔离让我们缺失了这个部分，也就是时间。你无法用采访来弥补上这段缺损的时间，但我得靠自己想明白这件事。

我要去和父亲住几天，为此我确定了任务目标：这个周末我要尽可能了解我的父亲。我一到他家就开始用一连串的问题轰炸他："你从哪儿来？你在哪儿上的学？为什么你要做这个？你是怎么做那个的？"他显然有些生气。

"这是在干吗？"他说，"你为什么要审问我？现在我们这是在干吗？"

"我想了解你。"

"这是你平时了解别人的方法吗，用审问的方式？"

"呃……其实不是。"

"所以你都怎么去了解别人？"

"不知道。可能，通过和他们相处吧。"

"好的。那你和我相处看看。看你能发现什么。"

于是我们一起共度了一个周末。我们一起吃晚餐，谈论政治。我们看了一级方程式赛车，谈论体育。我们一起安静地坐在后院，听猫王的旧唱片。在这期间，他一个字也没有谈他自己。等我收拾好准备离开的时候,他走过来,在我面前坐下。

"所以,"他说,"在我们这段相处的时间里,你觉得你都了解到父亲的什么了?"

"什么也没了解到。我只知道你特别注重隐私。"

"看,你已经开始了解我了。"

第二部分

一

　　300年前,当荷兰殖民者的船在南非最南端靠岸的时候,他们遇到的原住民是科伊桑人。科伊桑人是南非的本土原住民,属于布须曼部落的一个分支,是一个以打猎、采集为生的游牧民族。再之后,肤色更黑、说着班图语的人迁徙到南非,构成了现代南非民族的几大部落派系——祖鲁、科萨、梭托。科伊桑人与这几类人完全不同。白人殖民者在开普敦及附近驻扎下来之后,对科伊桑女人产生了想法,不久后,第一批混血南非人出生了。

　　殖民者的农场和牧场需要大量的人力,很快,奴隶从荷兰帝国的各个角落被输送进来——西非、马达加斯加,还有东印度群岛。奴隶开始和科伊桑人通婚,白人殖民者也不断在里面插一脚,随着时间流逝,科伊桑人从南非消失了。他们中的大多数死于疾病、饥荒和战争,而剩下来的那点儿纯种血统也在长期与白人和奴隶的通婚杂交中消失了,形成了一个新的人种:有色人种。有色人种是完全的混血产物。有些人肤色浅些,有些人肤色深些。有些人有亚洲体征，有些有白人特征，有些有黑人体征。如果一个有色人种男人和一个有色人种女人结合生下一个小孩，这个小孩既不像爸爸也不像妈妈，那一点儿也不奇怪。

严格来说，有色人种没有可追溯的历史，这是他们身上自带的诅咒。如果他们往上查自己的家谱，到了某一点上，就会分叉形成白人、原住民和一个叫作"其他"的复杂网络。由于他们的原住民母亲那个派系已经消失，他们所拥有的最明显的血统联系就是他们的白人父亲——南非白人。大多数的有色人种都不会说非洲语言，他们说的是南非荷兰语。他们的宗教、政治体系，以及所有一切和文化相关的东西，都来自于南非白人。

在这方面，南非有色人种的历史比南非黑人的历史还要糟。尽管黑人受了很多苦，他们起码知道自己是谁，但有色人种并不知道。

第九章
桑葚树

在伊登公园，我们住的那条街尽头拐弯的地方，有一棵巨大的桑葚树，从某户人家的前院伸展出来。每年当它结果的时候，左邻右里的小孩都会去采桑葚，先在树下吃个够，再装满满的一袋带回家。他们所有人一起在树下玩耍。而我就一个人在树下玩。我在伊登公园没有任何朋友。

不论我们住在哪里，我都是那个异类。在希尔布洛，我们住在白人区，没人长得像我。在索韦托，我们住在黑人区，没人长得像我。伊登公园是有色人种区。在伊登公园，每个人长得都像我，但我们却比在其他地方更显得不同。这是我遭受过的最大的精神创伤。

来自有色人种的仇恨与敌意，是我经历过的最棘手的事，它使我认识到，身为局外人而努力变成局内人，比身为局内人但实际上却是局外人，要容易太多。如果一个白人喜欢嘻哈文化，成天和黑人厮混在一起，黑人会说："酷，白人家伙。做你想做的吧。"如果一个黑人想要颠覆他的黑人身份，和白人厮混，成天打高尔夫球，白人会说："好吧，我喜欢布莱恩，他很可靠。"不过试着想下，如果你是一个喜欢白人文化的黑人却依然住在黑人社区里，或者是一个醉心于黑人文化的白人却依然住在白人社区里，你将会面对超出你认知程度的恨意、嘲弄和排斥。人们愿意接纳你，只因为看你是个局外人，却在努力同化自己希望融入他们的世界。但是如果他们看你明明是同族人，却试图背叛自己的种族，他们绝对不会原谅。这就是我在伊登公园所面对的情况。

在种族隔离时期，有色人种无法被轻易归入某一类人，于是种族隔离制度就利用这一点来散播困惑、恨意和怀疑的情绪——非常机智。在政府的人种注册中，有色人种被划为"近白人"一类。他们是二等公民，没有白人的权利，但是可以享受一些黑人没有的特权，这样可以让他们更好地接受现状。南非白人曾管他们叫amperbaas，意为"近老板，近主人"。"你几乎就要达到了，就差一点儿了。你离白人就差这一点点。很可惜你的外公还是没忍住，上了个棕色人种，是吧？不过你是有色人种不是你的错，继续努力吧，如果你足够努力，就能把这个污点从血统里抹掉。和更白、肤色更浅的人通婚，不要碰棕色人种，这样也许，也许，有一天，如果你够幸运的话，你就是白人啦。"

这听上去很荒谬，但却是现实。种族隔离的那些年，每年都有一批有色人种会被提拔成白人。这不是虚构的故事，是真的。人们会向政府提交申请，你的头发要足够直，皮肤要足够白，口音要足够纯正——这样你就可以被改归为白人梯队。你所要做的不过是背弃你的人民、你的历史，远离你的黑皮肤朋友和家人。

在法律上，种族隔离是这样定义白人的："外表明显是白人，且通常不会被认作是有色人种；或者通常被认作是白人，但从外表上看白人特征不明显。"换句话说，这种区分方法非常随意。政府还想出了一些奇招，例如铅笔测试。如果你申请成为白人，他们会往你头发里插一根铅笔，如果铅笔滑落，你就是白人，如果卡在头发里，那你就是有色人种。政府说你是什么人你就是什么人。有的时候就是一个职员盯着你的脸打量一会儿，就能快速得出结论你是哪种人。根据你颧骨多高，鼻子多宽，他在随便哪个选项上打上几个勾，就能决定你可以住在哪个片区，可以和谁结婚，能得到怎样的工作，拥有怎样的权利，享受怎样的特权。

有色人种不光能提拔成白人，有时候他们也能变成印度人。有时候印度人可能变成有色人种。有时候黑人可以提拔成有色人种，有时候有色人种会被降级为黑人。当然，白人也有可能被降级为有色人种。这很关键。那些混合的血统因子潜伏在体内，生怕露出马脚，丢失白人的基因特征和身份特权。如果一对白人夫妻生下了一个小孩，而政府认为这个小孩的肤色过黑，哪怕夫妻俩都有文件证明自己是白人，小孩也会被归为有色人种，这个家庭就要做出一个艰难的决定。他们是要放弃自己的白人身份，降级为有色人种，住到有色人种聚居区去？还是说他们不得不分开，母亲带着小孩去有色人种聚居区生活，父亲留在白人区赚钱，供养妻子和孩子呢？

很多有色人种都活在这种混沌之下，这才是真正的炼狱。他们一边渴望着那些已经和自己脱离关系的白人父亲，另一方面又深深地歧视着彼此。对于有色人种最常见的蔑称就是布须曼人，意为"丛林人"。这个称号体现了他们的皮肤颜色和他们血统中原始的那部分东西。对有色人种最大的侮辱就是指出他们的某方面像黑人。

第九章 桑葚树

种族隔离最阴险的做法是让有色人种觉得是黑人拖了他们的后腿。种族隔离制度说,有色人种没法成为一等公民的唯一原因,就是黑人会利用这种肤色悄悄越界,获取属于白人的利益。

种族隔离就是这么做的,它让每个种族相信,是因为其他种族的缘故,自己才不能进俱乐部的门。就好像门口的保镖跟你说:"我们不能让你进来,因为你的朋友达伦在旁边,而且他的鞋很丑。"于是你看着达伦,说:"去你的,黑人达伦。你拖了我的后腿。"然后达伦反击说:"去你的,斯威。"现在所有人开始怨恨所有人了。但是事实是,你们中任何一个原本也进不了俱乐部。

有色人种的日子并不好过。试想一下:你已经被洗脑了,认为自己的血统有污点。你把自己所有的时间精力都花在模仿白人上,努力成为他们中的一员。然后,就在你快要抵达终点线的时候,有个叫纳尔逊·曼德拉的混蛋,突然颠覆了整个国家的思维。现在终点线变成了早先的起始点,而评判准则变成了黑人。黑人尽在掌握。黑人是美的。黑人是强大的。几个世纪以来,有色人种都被告知:黑人是猴子,不要再跟他们一样在树上跳来跳去,要像白人那样直立行走。现在突然之间,一切仿佛变成了人猿星球,猴子接管了一切。

所以你大概可以想到我的情况有多诡异了。我是混血儿,但我不是有色人种——在肤色上我是,文化上不是。因为这样,我被视作了一个不想成为有色人种的有色人种。

在伊登公园,我遭遇了两类有色人种。一种人因为我身上有黑人的特征而恨我。我的头发是卷的,而且我以这种圆蓬发型为傲。我说非洲语言,而且很喜欢说。人们听到我说科萨语或祖鲁语,会问:"Wat is jy? 'n Boesman?"——你是谁?布须曼(丛林人)?为什么你想做黑人？为什么你要说那种带吸气音的语言[1]？看看你的浅色皮肤吧，你就快要变成白人了，但你却放弃了。

其他的有色人种恨我，是因为我身上有白人特征。哪怕我认定自己是黑人，我还是有个白人父亲。我上过英文私立学校。我知道在教堂怎么和白人相处。我的英语流利，而且我几乎不会说南非荷兰语，而这是有色人种应该说的语言。所以有色人种觉得我认为自己比他们优越。他们会模仿我的口音，好像我在摆架子一样。"Dink jy, jy is grênd?"——你以为你很高级是不？——自命不凡，要是在美国，他们会用这个词说我。

就算那时我心里以为大家会喜欢我，但现实并非如此。有一年暑假，我有了一辆全新的自行车。我的表兄穆隆格斯和我会换着骑，在周围转悠。有一次我正在街上骑着，一个很可爱的有色人种女孩跑过来拦住了我。她冲我甜甜地笑着，摆着手。

"嘿，"她说，"我可以骑你的车吗？"

我完全傻了。哦，哇哦，我心想，我交到朋友了。

"可以，当然可以。"我说。

我下了车，她跨上我的车，往前骑了大概六七米的样子，一个不知从哪儿冒出来的大孩子跑到街上，她停住，然后下车，那个大孩子跨上我的车骑走了。由于居然有女孩主动和我讲话，我当时高兴得不得了，完全没想到他们偷了我的车。我跑回家，一路跳着笑着。我表兄问我自行车去哪儿了，我告诉他事情经过。

---

[1] 布须曼人有自己的语言，却没有文字。其语言非常独特，许多发音靠舌尖与口腔唇齿摩擦而成。这种发声方法产生于人类的发音器官还没有完全形成之时，因此，也可以说，布须曼人的语言是世界上最早产生的语言之一。

第九章 桑葚树

"特雷弗，你被抢劫了，"他说，"你怎么不追他们？"

"我以为他们在向我示好。我以为我交了个朋友。"

穆隆格斯比我大，他可以罩着我。他冲出去找到了那群小孩，30分钟后，他就带着我的自行车回来了。

像这样的事常常发生，我总是被欺负。在桑葚树下发生的那次应该是最严重的。有一天傍晚，我像往常一样自己在周围跑着玩。在街角的桑葚树下，有五六个男孩子正在采桑葚吃。我也走过去开始采，想带回家吃。那些男孩比我要大几岁，十二三岁的样子。他们不和我说话，我也不和他们说话。他们彼此说着南非荷兰语，我能听懂他们在说什么。其中一个男孩向我走来，他是里面的小头头。"Mag ek jou moerbeie sien?"——我能看看你的桑葚吗？我的第一反应就是，哦，赞，我交到朋友了。我双手捧起，给他看我刚采的桑葚。他一把将桑葚从我手中打到地上，然后踩得稀烂。其他小孩开始大笑。我站在原地，看了他一会儿，这时我已经脸皮很厚，对这些欺凌行为已然习惯，于是我耸耸肩，继续去采桑葚了。

但很显然，他没有等到预想中我的反应，这个小孩开始咒骂我。"Fok weg, jou onnosele Boesman!"——滚出去！滚，你这个该死的丛林人！布须曼！我没理他，继续做我的事。突然，我感到后脑勺上"啪"地一下。他用一颗桑葚砸我，倒是不疼，但让我吃了一惊。我转过头看着他，"啪！"他又打过来，这次正正在我脸上。

然后，刹那间，我还来不及反应，所有的小孩都开始用桑葚砸我，打得我屁滚尿流。有些桑葚还没有成熟，和石子一样坚硬。我试图用双手护住脸，但是炮火从各个方向袭来。他们一边打我一边笑，一边骂着我："丛林人！布须曼！"我吓坏了。突然之间，我不知道该怎么办。我开始大哭,然后狂奔,没命地狂奔,直接跑回了家。

当我跑到家里,我看上去就像是被人揍得遍体鳞伤,因为我正在号啕大哭,而且浑身上下都是紫红色的桑葚汁。我母亲看着我,吓坏了。

"出什么事了?"

我一边抽泣,一边告诉她事情经过。"那些小孩……桑葚树……他们向我扔桑葚……"等我说完,她开始大笑。"这不好笑!"我说。

"不是,不是,特雷弗,"她说,"我笑不是因为这件事好笑。我是松了口气。我以为你被打伤了。我以为这些都是血渍。我笑是因为这些只是桑葚汁。"

我妈妈觉得所有的事都好笑。面对再黑暗、再痛苦的事,她都能用幽默化解。"试着想想好的一面,"她笑着,指着半身满是桑葚汁的我,"你现在真的是一半黑一半白了。"

"这不好笑!"

"特雷弗,你没事的,"她说,"去洗干净。你没受伤。你心里难受,但你身上没有受伤。"

半个小时后,亚伯来了。那时候亚伯还只是我妈妈的男朋友,还没有试图想当我的父亲或继父,他更像是一位大哥,会跟我开玩笑,玩闹。我还不太了解他,但我知道他有脾气。如果他愿意,他可以变得很迷人,特别搞笑,但同时,他也能变得很坏。他在黑人家园长大,而在那里,你只有靠打架才能生存下去。亚伯个子也高,身高一米九,身材修长。那时他还没打过我妈,也没打过我。但我知道他很危险。我能看出来。如果有人在路上抢了我们的车道,亚

第九章 桑葚树

伯会从车窗向外大喊，对方也会鸣笛，冲我们喊吼回来。眨眼间，亚伯就已经下车，瞬移到那辆车前，从驾驶员一侧的窗口揪住那个司机，在他面前大吼，并扬起拳头。你能明显看出另一个人的恐慌。"对不起，对不起。"

那晚亚伯走进房里，坐在沙发上后，看出来我好像哭过。

"发生什么事了？"他问我。

我刚要解释，我妈就打断了我。"别跟他说。"她对我说。她知道我说了之后会发生什么。她比我更明白。

"别告诉我什么？"亚伯问。

"没什么。"我妈说。

"不是没什么。"我说。

她瞪向我。"别告诉他。"

亚伯开始不耐烦了，"什么？别告诉我什么？"

他喝过酒。他没有哪次下班回家时是清醒的，而喝酒只会让他的脾气更糟。奇怪的是，在那一刻我意识到，如果我把事情说出来，我就能让他介入其中，做点儿什么。我们几乎是一家人了，我知道如果我让他觉得他的家人被羞辱了，他会帮我去找那群孩子报仇。我知道他身体内藏着一个魔鬼，而且我也痛恨这一点；他发起火来那种暴力和危险的样子，总会让我感到恐惧。但在那个时刻，我很清楚，我说的话可以让这头猛兽站到我这边来帮我。

我给他讲了整件事，他们咒骂我时用的是哪个词，他们是怎么打我的。其间，我母亲一直笑着打断我，告诉我忘了吧，孩子就是孩子，没什么大不了的。她一直在试图缓和当时的气氛，但是我看不出来，我只是在生她的气。"你觉得这是个笑话，但这一点儿都不好笑！这不好笑！"

亚伯全程没有笑。我讲完事情的全部经过后，感觉到他体内的怒火在升腾。亚伯发怒的时候不会大声叫嚷，也不会捏紧拳头。他只是坐在沙发上听我讲着，一言不发。然后，他非常平静又从容地站了起来。

"带我去找那些小子。"他说。

好了，我想，这就对了。老大哥要帮我报仇了。

我们坐上他的车，一路开到离那棵桑葚树只隔了几栋房子远的地方。当时天已经黑了，只有路灯亮着，但我们看到那些男孩还在那里，在树下玩耍。我指着那个小头目，说："那个男孩，他是带头的。"亚伯猛踩油门，直接开上草地，冲到那棵树底下。他跳下车，我也跳下车。那群小孩一看到我，就明白要发生什么了，于是四下散开，开始没命地逃。

亚伯很快。老天，他可真是快。那个小头目已经一阵猛冲，快要逃掉了，但他正要翻墙时，亚伯抓住了他，一把把他扯下来，然后拖回了树下。亚伯从树上折了一根枝条做鞭子，开始抽他，把他抽得屁滚尿流，而我在一边很享受。我从未享受过比那一刻更爽的感觉。复仇是甜蜜的。虽然它会把你拖入一个黑暗的境地，但是老天，这真的让人很满足。

突然，我心里闪过了奇怪的一瞬。那个瞬间，我瞄到了那男孩脸上的恐惧，我意识到，亚伯的行为已经超过了要给我复仇这件事的限度。他不是在教训这个男生，而是在殴打他。作为一个成年人，他正在朝一个 12 岁的男孩发泄自己的怒火。从那个瞬间开始，我想法从"真好，我报仇了"，变成了"不不不不，过了，过了，哦天，哦天,哦天,老天啊,我都干了什么"?

在痛扁了这个小孩一顿后,亚伯把他拖到车附近,揪着他站在我面前。"道歉。"那个孩子一边抽泣,一边发抖地看着我的眼睛。我从未在一个人的眼中见过这么深的恐惧。他刚刚被一个陌生人打了一顿,我猜他长这么大都没挨过这样的揍。他对我说"对不起",但好像并不是在为下午欺负我的事而道歉,而是在为这一生中干过的所有坏事道歉,因为他完全不知道,世上还会有这样的惩罚存在。

看着那个孩子的眼睛,我意识到他和我之间的共同之处。他是小孩,我也是小孩。他在哭,我也在哭。他是个生在南非的有色人种,生下来就被人教会了如何去仇恨别人,如何去仇恨自己。他曾经也被谁这样欺负过,所以他才想要来欺负我。他让我感到过害怕,而为了复仇,我把自己的地狱回敬给了他。但我知道,我干了一件很可怕的事。

那小孩道歉之后,亚伯推开他,并踹了他一脚。"滚。"那小孩跑了,我们开车回家时,一路无言。回家后,亚伯和我妈妈大吵了一架。她总是因为亚伯的脾气和他吵架。"你不能这样直接去打别人家的孩子!你又不是法律!你的脾气,这没法过了!"

几小时后,那个孩子的父亲开车来我们家找亚伯算账。亚伯走到门口,我从家里往外看。在那一刻,亚伯真的醉了。那个孩子的爸爸完全不知道自己将要面对的是怎样的人。那个父亲看上去就是个好脾气的中年人。我不太记得他的样子,因为我全程都紧盯着亚伯,眼睛一刻都不敢从他身上挪开。我知道,他才是真正的危险。

那时亚伯还没有枪,他的枪是后来才买的。但是亚伯不用枪也能令你感到恐惧。我看着他径直走到那男的面前。我听不清那个男人说了什么,但我听清了亚伯的声音。"别惹我。否则我杀了你。"那男人立刻转身跑回车里,开走了。他原以为是来捍卫家人的荣誉,但跑掉的时候,肯定很庆幸自己捡回了一条命。

第九章 桑葚树

随着我慢慢长大，我妈开始花大量的时间教我关于女人的事。她总是要给我上上课、谈谈心，给点儿小建议。但都不是那种正式的、需要坐下来严肃对待的感情关系课，而更像是时不时穿插的小花边爆料。我从来不懂为什么她要这样做，我还只是个孩子。我生命里的女人只有我妈、我外婆、我姨妈和我的表兄妹。我还没有恋爱的兴趣，但是我妈坚持要教我。而且她教授的内容范围很广。

"特雷弗，记住，一个男人的价值不是由他赚多少钱决定的。哪怕你比你的女人赚的少，你依然是当家的男人。不是说你要成为一个男人，你本来就是个男人。成为男人并不意味着什么都要多过你的女人。"

"特雷弗，记住，你的女人就是你生命里的唯一。别变成那些让自己的老婆和自己的妈作对的男人。一个有了老婆的男人并不欠自己的妈什么。"

再小的事都会激发她来给我上课。如果我走回房间的半路上遇到她，没有抬眼就说了句"嘿，妈"，她就会说："不，特雷弗！你得看着我。你得承认我的存在，得表现出来，你看到我人在这里，因为你现在怎么对我，将来就会怎么对你的女人。女人需要被关注。你得过来跟我打招呼，让我知道你看到我了。不要只是在你需要什么的时候，才看得到我。"

搞笑的是，这些小课程都是关于成人感情关系的。她如此投入地教我如何做一个男人，但是她从未教我怎么做一个男孩。怎么和女孩说话,怎么在课堂上给女生传纸条——从没教过我。她只会给我讲大人的事,甚至给我上关于性知识的课。当我还是个孩子的时候,我感觉超级尴尬。

"特雷弗,别忘了:在和女人的阴道发生关系之前,你要先和她的大脑发生关系。"

"特雷弗,前戏从白天的时候就开始了。前戏不是你进入卧室以后才开始。"

我会说:"啥?前戏是啥?这都是什么意思啊?"

第十章
一个年轻人的漫长的、尴尬的、偶尔悲剧
又时常蒙羞的心灵教育——第一部分：情人节

离开玛丽威尔，转学到 H.A. 杰克小学的第一年后，情人节很快就到了。那时我 12 岁，从没过过情人节。天主教学校是不过情人节的。我大概理解情人节的概念，就是一个光着身子的婴儿用箭射你，你就坠入爱河了。我理解这部分。但是我从来没参加过情人节"活动"。在 H.A. 杰克小学，情人节被用来当作募款集资的活动。小学生们会在各处贩卖鲜花和卡片，我得去问问朋友这到底是怎么回事。

"这是什么？"我问道，"我们要做什么？"

"哦，就是……"她说，"情人节，你要挑一个特殊的对象，跟她说你爱他，然后她也要爱你。"

哇哦，我想，好刺激。但是那时我还从未被丘比特的箭射中过，也不知道丘比特帮我射中过谁。我对这些事毫无头绪。整整一周，学校的女孩子都在问："你的情人节对象是谁？你要找谁当你的情人节对象？"我不知道该做什么。终于，一个白人女孩说："你应该去问问梅林。"其他孩子都表示赞同。"是的，梅林。你绝对要问问梅林。你必须得去问梅林。你们两个简直太配了。"

梅林经常和我一起放学回家。现在我、我妈和亚伯,再加上刚出生的小弟弟安德鲁,已经搬到城里住了。我们卖掉了伊登公园的房子,投资了亚伯新开的汽车修理厂。但厂子很快倒闭了,我们只好搬去了一个叫高地北的社区,离 H.A. 杰克小学有 30 分钟步行的距离。每天下午放学后,同路的同学们会一起走回家,沿途中他们会一个一个地在分岔路告别,因为他们到自己家了,而梅林和我住得最远,所以最后总是剩下我们两个。我们会继续一起走完剩下的路,然后各回各家。

梅林很酷,网球打得好,又聪明,又可爱。我喜欢她。但是我对她并没有恋爱的情愫,我那时从没对哪个女孩产生过恋爱的感觉。我只是喜欢和她一起玩。梅林也是学校里唯一的有色人种女孩,而我是学校里唯一的混血小孩。我们是仅有的两个外表相似的人。那些白人女孩坚持要我选梅林做我的情人节对象,就好像在说:"特雷弗,你必须找她,你们俩是唯一的两个,这是你的责任。"就好像我们两个不在一起,我们的种族血脉就要断了似的。我在后来的生活中发现,原来白人甚至都意识不到自己有这样的思维逻辑:"你们俩长得很像,因此我们必须要安排你们俩进行交配。"

实话说,我真没想过要约梅林,但是当那些女孩这样说了以后,就好像有人在你脑中植入了一个念头,并且改变了你的看法。

"梅林肯定喜欢你。"

"她喜欢我?"

"是啊,你们俩很配的。"

"我们配?"

"绝对配。"

"哦,好吧,如果你们都这么说的话。"

我喜欢梅林的程度和我喜欢其他人的程度没有什么不同。其实我觉得我应该只是喜欢被人喜欢的感觉。我决定邀她做我的情人节对象,但我不知道该怎么开口。关于女朋友的事,我一点儿也不懂。我需要进修所有关于恋爱的课程。而约她这件事恰恰是你不能直接对那个人说的。你有你的朋友圈子,她有她的朋友圈子。你的朋友会去找到她的朋友,说:"是这样,特雷弗喜欢梅林。他想邀她做他的情人节对象。我们支持他,我们需要得到你们的同意。"她的朋友们会说:"好吧,听起来不错,我们得去问问梅林。"她们会去找梅林,商量一番,她们会告诉梅林她们的想法。"特雷弗说他喜欢你。我们支持。我们觉得你们俩在一起挺好的,你怎么想?"梅林会说:"我喜欢特雷弗。"她们会说:"好的,那我们继续了。"她们会回来找我们:"梅林说她同意了,就等特雷弗正式向她发出邀请。"

女孩们告诉了我这整套流程。我说:"好啊,就这么干吧。"朋友们解决了前半段,梅林同意了,我也准备就绪了。

情人节前一周,我和梅林又一起走回家。我一直在给自己暗暗打气,一会儿就要说了,我太紧张了,从没干过这种事。我已经知道她的答案了,她的朋友们告诉我她同意了。这简直就像是在开代表大会,你在进场之前已经知道票数归向了,但还是很紧张,因为任何事都可能发生。我不知道该怎么做,只知道我希望一切完美,所以我等着,直到我们走到麦当劳的门前,才鼓起勇气,转向她。

"嗯,情人节就要到了,我在想,你愿意做我的情人节对象吗?"

"嗯,我愿意做你的情人节对象。"

然后，在麦当劳金色的大 M 标志下，我们接吻了。这是我第一次亲吻女生。其实只能算轻啄，我们的嘴唇只接触了几秒钟，但是我的大脑里有什么东西爆炸了。是了！哦，是了。就是这个。我不知道这是什么，但是我喜欢。仿佛有什么东西觉醒了，而且还是在麦当劳的门口，这简直令它更显特别了。

现在我真正兴奋了起来。我有情人节对象了。我有女朋友了。整整一周我都在想着梅林，想让这个情人节令她终身难忘。我攒了零花钱给她买了花、一只泰迪熊和一张卡片。我在卡片上写了一首诗，诗里蕴含了她的名字，其实这很难，因为能和梅林押韵的好词并不多。（机器？沟壑？沙丁？[1]）那天终于来了。我装好情人节卡片、鲜花和泰迪熊，把它们带到了学校。我是地球上最快乐的男孩。

老师专门在午休之前划出一段时间，让大家交换情人节礼物。我们的教室外面有个走廊，我知道梅林可能在那儿，我就去那儿等她。我的周围溢满了恋爱的粉红色泡泡。男孩女孩们交换着卡片和礼物，或大笑或傻笑或偷偷亲吻着。我等啊等啊，终于，梅林出现了，她走向我。我刚刚要开口说"情人节快乐"，她就打断了我，然后说："哦，嗨，特雷弗。呃，听着，我不能当你的女朋友了。洛伦佐让我当他的情人节对象，而我不能同时有两个情人节对象，所以我现在是他的女朋友了，不是你的。"

她这番话讲得如此实事求是，我都不知如何反应了。这是我第一次有女朋友，所以一上来我就觉得，呃，可能本来就该这样吧。

"哦，好的，"我说，"嗯……情人节快乐。"

---

[1] 英文分别为 Machine, ravine, sardine，这三个词与 Maylene 押韵。

我还是把卡片、鲜花和泰迪熊递给她,她接了过去,说了句"谢谢",然后转身离开了。

我感觉有人拿了把枪,在我身上射了无数个洞。与此同时,我脑中又有另一个声音说:"好吧,这其实才讲得通。"洛伦佐有的一切,我都没有。他很受欢迎。他是白人。一旦他和整所学校里唯一的有色人种女孩约会,就能打破一切平衡。女孩子都爱他,虽然他蠢得像块石头。他是个好人,但同时也是那种坏男孩。女孩们会为他写作业,他就是那种人。他长得非常帅气。感觉他在塑造个人形象的时候,把智商分全部换成了外貌分。我完全没可能比过他。

尽管我深受重创,但我能理解梅林为什么会做出这样的选择。如果是我,我也会选洛伦佐,不选我自己。其他所有小孩都在走廊上疯跑着,在操场上玩闹着,他们拿着自己收到的红色粉色的卡片和花大笑着,而我只能走回教室,坐到自己的座位,等着上课铃响起。

开车就需要汽油，这是一项我们无法回避的支出，但如果让所有人使用等量的汽油开车，我妈能比所有人开得更远。她懂得很多省油小技巧。她在约翰内斯堡城里开着那辆生锈的老甲壳虫，只要遇上堵车，她就熄火。如果前面车子动了，她再发动车。这种用在混合动力车上的熄火打火高科技？那是我妈的绝招。在混合动力车被发明出来以前，她就是混合动力车本身。她还是依靠惯性滑行的老手。她知道上班上学路上的每一个下坡，哪里开始有斜坡了，她心里门儿清，准时放空挡。她还会精准计算交通灯的秒数，这样我们可以不用刹车或减速，而是任由车子缓缓滑过路口。

有时候我们被堵在路上，而又没什么钱买汽油的时候，我就得推车。如果整条路被堵死了，我妈就会将车子熄火，我的任务就是要下车，推着车一点一点地向前挪，每次挪个十五厘米的样子。看到这一幕，总有人会上来想要帮忙。

"车子卡住了吗？"

"没有，我们没事。"

"确定吗？"

"是的。"

"要帮忙吗？"

"不用。"

"需要帮你们拖一段吗？"

我能怎么说？说实话吗？"谢谢，但是我们只是穷，所以我妈让她的小孩推着车走？"

那是我生命里最尴尬的几个时刻之一，像原始人一样推着车子去上学。因为其他小孩也沿同样的路线去上学，所以推车的时候，我会把夹克脱掉，这样就没人知道我是哪个学校的，并且深深低下头，希望没人认出我。

第十一章
局外人

从 H.A. 杰克小学毕业以后,我去了桑德林汉姆高中读八年级。种族隔离结束后,大多数黑人依然住在镇上或者之前划定的黑人家园里,在那里你能选择的公立学校就只有以前留下的班图学校。而有钱的白人小孩,还有一些家里有钱或拿到奖学金的黑人、有色人种及印度小孩,则会去上私立学校,这种学校超级贵,但是能保证学生都考上大学。桑德林汉姆高中是那种我们口中的C型学校,意思是公立私立混合学校,类似于美国的特许学校[1]。这个学校很大,有一千多名学生,宽阔的校园广场里包含网球场、运动场和游泳池。

身为C型学校,而非公立学校,桑德林汉姆吸引了各种各样的学生,制造出一个近乎完美的小宇宙,模拟了后种族隔离时代的南非形态——成了展示南非未来样貌的绝佳范例。这里有家庭富裕的白人小孩、中产阶级家庭背景的白人小孩和来自工人阶级背景的白

---

[1] 特许学校是经由美国州政府立法通过,特别允许教师、家长、教育专业团体或其他非营利机构等私人经营公家负担经费的学校,不受例行性教育行政规定约束。这类学校虽然由政府负担教育经费,却交给私人经营,除了必须达到双方预定的教育成效之外,不受一般教育行政法规的限制,为例外特别许可的学校,所以称之为"特许"学校。

人小孩。这里也有刚刚富裕起来的黑人小孩、中产阶级家庭背景的黑人小孩，还有来自小镇的黑人小孩。这里也有有色人种小孩、印度小孩，甚至还有不少中国小孩。既然种族隔离结束了，这些小孩便尽情地融合到了一起。在 H.A. 杰克小学，不同的种族会分隔成不同的小团体。而在桑德林汉姆，这里的人种混合则更像是光谱，多种多样。

南非的学校一般都没有餐厅。在桑德林汉姆，我们在小卖部里买午饭，然后可以自由活动，把午饭随便带到什么地方去吃——院子里，天井里，操场上，哪里都可以。小孩子们会四散开来，找自己的小团体聚在一起。大部分时候，人们依然还是根据肤色来分组，但是你能看出肤色的界限在变得模糊，各个分组的边缘地带会逐渐稀释并相互融合。踢足球的大部分是黑人小孩，打网球的基本上都是白人，打板球的则各个肤色的都有。中国小孩喜欢在预制楼附近玩。高年级的孩子会在院子里玩。受欢迎的漂亮姑娘们在这边玩，打电脑的男孩子们会在那边玩。如果说这种分组依然主要以种族来区分的话，那是因为在现实世界中的种族差别还覆盖了阶级与地理位置。郊区的孩子会和郊区的孩子玩，小镇的孩子会和小镇的孩子玩。

在休息的时候，作为上千名学生中唯一一个混血小孩，我又面临了在 H.A. 杰克小学操场上曾经出现过的窘况：我该去哪儿？尽管有这么多不同的小群体供我选择，但我天生不属于他们中的任何一个。很显然我不是印度人，也不是中国人。有色人种小孩因为觉得我过于像黑人而一直欺负我，所以我也不可能参加他们的小团体。一直以来，我都和白人小孩相处得不错，不会被他们欺负，但是白人小孩总是去逛商店、看电影、去旅游——都是需要花钱的活动。我没有钱，所以我也不能参与他们的小团体。唯一让我觉得亲切的群体是贫穷的黑人小孩，我和他们厮混在一起，玩得很好。不过，他们大多数都是从不同的小镇乘坐小巴来上学，有从索韦托来的，从坦比萨来的，还有从亚历山德拉来的。他们一伙人一起上学，一起回家，他们有自己的小圈子。到了周末和学校放假的时候，他们也会互相约着出去玩，但我就没法参与了。索韦托离我住的地方有40分钟的车程。我们付不起汽油钱。放学后我就自己一个人待着。周末我也是一个人。身为局外人，我创造了一个属于自己的奇怪小世界。我是出于必要才这么做的，我需要一个方法融入他们，同时我还需要钱，我需要和他们买一样的零食，做他们在做的事，于是，我变成了小卖部男孩。

由于每天走很远的路上学，所以我每天都迟到，迟到了要去级长办公室的留校簿上写下我的名字。我简直就是留校之王。迟到之后，我还是要跑去上早晨的课——数学、英语、生物或其他。午休之前最后的活动就是开大会。学生们会聚集到礼堂，按照年级顺序排排坐好，老师和级长会上台，宣读学校的各项事宜——公告啦，奖项啦，诸如此类的事情。每次开大会的固定环节，就是把留校学生的名字念一遍，而里面总会有我的名字。总会有。每天都有。这已经成了一个反复出现的笑话梗。级长刚说"今天要被留校的是……"我就会自动站起来。就好像这是奥斯卡颁奖礼，而我就是梅丽尔·斯特里普。有一次我先站起来了，级长念了五个人的名字，里面却没有我，结果所有人都大笑起来。有人喊道："特雷弗的名字去哪儿了？！"级长看了看手中的纸，摇了摇头说："没有。"整个礼堂爆发出欢呼和掌声："耶！！！"

散会后，就是以小卖部为终点的赛跑了。因为买午饭的队伍实在是太长了，而你在排队上每多花一分钟，你的午休时间就会相应缩短。你越快买到，可以享受食物的时间就越长，还可以踢一局足球，或者和朋友玩。当然，如果你到得太晚，最好吃的食物也卖完了。

那个年龄的我身上有两个特点，第一，我依然是学校里跑得最快的小孩；第二，我毫无自尊心。礼堂一散会，我就会以闪电般的速度冲向小卖部，这样我就能第一个到达。而我总是能排在第一个。我由此名声大噪，人们甚至开始排着队来求我帮忙。"嘿，你可以帮我买这个吗？"这样做往往会惹怒排在后面的小孩，因为这基本等同于插队了。所以后来同学会在礼堂开会的时候就来接近我，他们会说："嘿，我有十兰特，如果你帮我买吃的，我就给你两兰特。"这让我学到了：时间就是金钱。我意识到，人们愿意付我钱，让我给他们买吃的，是因为我愿意冲刺去给他们买。于是我开始告知礼堂里的所有人："提前下单。给我列出清单，你想吃什么，再列出你要付给我多少比例的劳务费，我就帮你们买吃的。"

我一夜成名。胖孩子是我的头等顾客。他们热爱食物，但跑不动。我身边有很多像这样有钱的白人胖小孩，他们会说："这太棒了！我父母把我宠坏了，我有钱，现在我找到了一个方法，可以不用努力就吃到午饭，而且还不耽误午休。"由于顾客太多，我开始拒绝一些孩子的订单。我立了条规则：每天只接五单，以劳务费高的为先。我靠这个赚了很多钱，以至于我可以用其他小孩的钱来买午饭，把我妈给我的午餐钱留着当零花钱。很快，我就有钱搭公交车，不用再走路回家了，而且我还可以攒下钱来买想要的东西。每天我都接单，礼堂一散会，我就箭一般地冲出去，给大家买热狗、可乐和松饼。如果你付我更多劳务费，你甚至可以告诉我你的位置，我负责把午饭送到你手上。

我找到了我的位置。既然我不属于任何一个小圈子，那么我可以在不同的圈子之间游走。我还是一条变色龙，文化上的变色龙。我知道如何去融入。我可以和爱运动的小孩一起运动，和书呆子一起讨论电脑。我可以跳进人群里，和小镇男孩一起跳舞。我可以和每个人都产生短暂的交集，一起学习、聊天、讲笑话、送餐。

我简直就像一个毒贩子，只不过贩卖的是食物。毒贩子在派对上总是很受欢迎的，他不是圈子里的一员，但总是临时被叫去参加圈子里的聚会，就因为他可以提供给大家一点儿什么东西。那就是我。我总是局外人。身为局外人，你可以缩进壳里，默默无闻，让别人看不到你，或者你可以走上另一条路。你通过敞开自己的方式，从而保护自己。你不用因为自己是谁而希望被某个小团体接纳，你只要愿意分享自己的一小部分就可以了。对我来说，那部分就是幽默。我了解到，即使我不属于任何一个小群体，但我可以融入所有正在开怀大笑的小团体里面。我会突然出现，分发零食，讲几个笑话。我可以取悦他们，参与他们的一小部分对话，了解一点儿他们的圈子，然后转身离开。我从来不会在哪个圈子里停留过久。我并不受欢迎，但我也不会被排斥。我可以在任何地方，和任何人打交道，与此同时，我又完全是孤单一人。

第十一章 局外人 139

一

对于我生命中做过的每一件事，每一个选择，我都不后悔。但我常常为之感到后悔的是那些我没做过的事、没选的那个选项。我们大部分时间都在害怕失败，害怕拒绝。但是后悔才是我们最该害怕的事。失败是一种答案。拒绝也是一种答案。但后悔却是你永远得不到答案的永恒问题。"要是我当初……""如果我那样选了……""不知道如果走了那条路会怎样……"你永远、永远都不会知道答案，而且这些疑问会纠缠你一辈子。

第十二章
一个年轻人的漫长的、尴尬的、偶尔悲剧
又时常蒙羞的心灵教育——第二部分：暗恋

在高中，我的烦恼里面并不包括女孩们关注的眼神。我在班上算不上帅。我甚至都不算可爱。我丑。青春期对我很不友好。我长了很严重的粉刺，严重到人们会问我是不是得了什么病，以为我是对什么东西过敏。我长的是那种严重到了要去看医生的粉刺。寻常痤疮，医生这么叫它。我们不是在说青春痘，我们说的是脓疱——巨大肿胀的黑头白头粉刺。它们先是从我的额头上开始冒出来，然后蔓延到我的侧脸，最终覆盖了我的整个脸颊、脖子，到处都是。

我还穷。我剪不起头发，就任其自生自灭地长了一头完全不规则的巨大黑人爆炸头。不仅如此，我妈还总是嫌我个子长得太快，刚买的校服没穿几天就小了，为了省钱，她开始给我买是我身材三倍大的衣服。我的夹克特别长，裤子垮垮的，鞋子也大得不合脚。我就是个小丑。当然了，由于墨菲定律，自从我妈开始给我买大衣服的那年开始，我的个子就不长了，后来就再没穿过合身的衣服，一直保持在小丑的状态里。唯一看得过去的是我还算高，但即使如此，我的身材也显得过分瘦长，看起来不太协调，鸭子脚，撅屁股。

没哪儿是能看的。

自从那日情人节我被梅林和英俊迷人的洛伦佐伤过心之后，关于约会，我得到了一个非常有价值的教训。那就是，帅哥才能交女朋友，但是搞笑的家伙可以和帅哥以及他们的女朋友一起玩。我不是帅哥，所以我没有女朋友。我很快理解了这个公式，找到了自己的位置。我从不约女孩子出去。我没有女朋友。我试都没试过。

对我来说，如果我试图去约女生，那就是违反了自然定律。作为小卖部男孩，我成功的一个指标就是到哪儿都很受欢迎，但是到哪儿都很受欢迎也是因为我是无名小卒。我是个脸上长满粉刺、穿着不合脚的鞋子、长着鸭子脚的小丑。我对男生没威胁，我对女生也没威胁。一旦我成了什么人，可能就不会像无名小卒这样受欢迎了。漂亮姑娘们都已经名花有主，帅哥们已经宣告了他们的主权。他们会说："我喜欢祖蕾卡。"你就明白了，如果你敢对祖蕾卡动什么念头，就会有人找你打架。为了生存，最明智的选择就是待在边缘地带，不惹是非。

在桑德林汉姆，班上的女孩子唯一会拿正眼瞧我的时刻，就是她们想让我帮忙给班上的帅哥送情书的时候。但是我认识的一个女孩是个例外，她叫约翰娜。约翰娜和我一直断断续续地就读相同的学校。我们一起在玛丽威尔上的学前班，然后她转学去了其他学校。之后我们又一起上了H.A.杰克小学，然后她又转学去了其他学校。最后我们又在桑德林汉姆碰面了，就因为这样，我们成了朋友。

约翰娜是那种很受欢迎的女生。她最好的朋友叫萨赫拉。约翰娜很漂亮，但萨赫拉简直惊艳。萨赫拉是个有色人种姑娘，开普马来人。她长得很像萨尔玛·海耶克。约翰娜是那种活泼外向，会主动亲吻男生的那种姑娘，男生们都很喜欢她。可尽管长得那么美，萨赫拉却极其害羞内向，所以并没有太多男生追她。

约翰娜和萨赫拉总是形影不离。她们比我低一个年级，但如果要按受欢迎程度来划分的话，她们要比我高出三个年级。我可以和他们出去玩，是因为我认识约翰娜，我们之间有一直上相同学校的经历可以聊。我不可能和女生约会，但是我能和她们聊天，因为我总能逗她们笑。人总是喜欢笑的，幸运的是，漂亮女生也毕竟是人。所以我可以和她们这样相处，但是其他方面我就不用想了。我很清楚这一点，因为每当她们听过我的笑话和故事，笑笑也就完了，然后她们会开始聊："所以你觉得我该怎么让丹尼尔约我出去呢？"我对自己的位置很清楚。

表面上，我给自己营造了一个搞笑、不具威胁性的男孩形象，但是背地里，我深深地迷恋着萨赫拉。她太美、太有趣了。我们会一起出去玩，轻松惬意地交谈。我常常想她，但是我也一直觉得自己不配和她约会。我对自己说，我将永远暗恋她，而这件事将止步于此。

后来，我决定要下一盘大棋。我决定做萨赫拉最好的朋友，并一直和她保持朋友关系，直到最后，邀请她参加录取舞会——这是我们对高中毕业舞会的叫法。提醒你一下，那时候我们才九年级，毕业舞会在三年后，但我决心要放长线，打持久仗。我想的是，对，我就是要不慌不忙。因为电影里都是这么演的，不是吗？我看过讲美国高中生活的电影。你作为一个善良的男主一直陪在女主身边，女主中间会和几个英俊的蠢货约会，然后有天她会回头对你说："哦，原来是你。一直都是你。你才是我一直以来应该在一起的那个人。"

第十二章 暗恋

这就是我的计划。绝对没毛病。

我一有机会就和萨赫拉待在一起。我们在一起讨论男生,她喜欢谁,谁喜欢她,我会给她提建议。有一阵子她被人撮合着和一个叫盖瑞的家伙在一起了。他们开始约会。盖瑞人很受欢迎,但是性格内向,萨赫拉人也受欢迎,但是性格内向,他的朋友和她的朋友两伙人一起把他俩凑成了一对,就好像包办婚姻。但是萨赫拉一点也不喜欢盖瑞。她是这么告诉我的。我们什么都聊。

有一天,不知怎么的,我鼓起勇气向萨赫拉要了她的电话,在当时,这是件大事。因为那会儿不像现在人人都有手机,可以发短信打电话。那会儿只有座机。她家的座机。她父母可能会接起电话。有天下午我们在学校聊天,我问她:"我可以要你的电话号码吗?也许我可以给你打电话,然后我们有时在家里也可以聊天了。"她说好的,我的脑袋轰地炸了。什么???!!!一个女生要给我她的电话号码???!!!这太疯狂了!!!我该怎么做??!!!!我太紧张了。我永远不会忘记,她是怎么一个一个地报出那串数字,我是怎么把它们一个一个用笔写下来,极力控制自己的手不要抖。好的,特雷弗,沉着,冷静,不要立刻给她打电话。我在那天傍晚拨通了号码,7点整的时候,而她是2点给的我电话号码。这就是我扮酷的手段。伙计,不要5点就打电话,太明显了,等到7点再打。

那晚我拨通了她家的电话,她的母亲接了起来。我说:"我能找下萨赫拉吗?"她妈妈叫来了她,她接起电话,我们开始聊天。聊了大概有一个小时。从那以后,我们聊得更多了,在学校聊,在电话上聊。我从没有向她袒露过我的心事,从未采取过任何行动。什么都没有。我太害怕了。

萨赫拉和盖瑞分手了。然后又复合了。然后又分手了。然后又复合了。他们接过一次吻，但是她不喜欢，之后就再没亲过。然后他们真的分手了。在这段过程中，我一直在忍耐。我看着帅气的盖瑞灰飞烟灭，而我依然是她的好朋友。是的，计划顺利。毕业舞会，我们来了。只差两年半了……

然后我们放了个期中假，返校那天，萨赫拉没有出现，第二天也没来，第三天也没来。最后，我跑到院子里堵到了约翰娜。

"嘿，萨赫拉去哪儿了？"我问道，"几天没看到她了。她病了吗？"

"没有，"她答道，"没人告诉你吗？她离开学校了。她不在这儿读了。"

"什么？"

"是的，她离开了。"

我的第一个反应是，哇哦，好吧，我都不知道，我得给她打个电话问问怎么回事。

"她转学去哪个学校了啊？"我问。

"她没转学。她爸爸在美国找了份工作。放假期间他们全家搬去美国了。他们移民了。"

"什么？"

"是啊，她走了。她是我那么好的朋友，我好难过。你是不是也挺难过的？"

"呃……是啊，"我一边答应着，脑子里一边还在消化这些信息。"我挺喜欢萨赫拉的。她真的很酷。"

"是啊，她也超级难过，因为她一直很喜欢你，一直在等你约她出去呢。好了，我要去上课了！拜拜！"

第十二章　暗恋

她跑远了，留我站在原地，目瞪口呆。她一次性给了我太多信息，先是萨赫拉走了，再是她移民去美国了，最后是她原来一直喜欢我。就好像我连续经历了三次心碎的波涛，而且每一次都比前一次更加汹涌。我的思绪开始回到那些聊天的现场，在院子里，在电话里，每一次我都应该把那句话说出口："嘿，萨赫拉，我喜欢你。你愿意做我的女朋友吗？"就这十八个字，如果我能有勇气把它们说出来，也许我的一生会就此不同。但是我没说，现在她已经离开了。

一

每一个社区里,肯定都会有一户那种对什么都不管不顾的白人家庭。你知道我说的是哪种。他们从来不除草,不粉刷栅栏,不修屋顶。他们的房子就是一坨屎。我妈妈找到那个房子,然后买下来,把一个黑人家庭塞进了高地北这样的纯种白人社区。

大多数搬到郊区的黑人,都会选择布拉姆利和伦巴第这样的地方,但是出于一些原因,我妈妈选择了高地北。这片郊区有很多的商铺,住的多是上班族。虽然不是非常富有,却是一个很稳定的中产阶级社区。房子虽然旧,但依然是个很好的安身之所。在索韦托,我是黑人小镇上唯一的白人小孩。在伊登公园,我是这个有色人种聚居区里唯一的混血小孩。在高地北,我是这个白人郊区里唯一的黑人小孩——"唯一"在这里的意思就是唯一一个。高地北的白人从来不会离开。这里是一片犹太人聚居区,而犹太人从来不搬家,他们已经厌倦了颠沛流离,他们已经流浪太多年了。他们到了一个地方,建起他们的教堂,就扎了根。既然我们身边的白人家庭都不搬家,也就没有其他像我们这样的家庭能够搬进来了。

在高地北的很长一段时间内,我一个朋友都没有。实话说,相比之下,我在伊登公园都比这里要容易交到朋友。在这片郊区,所有人都住在高墙里。约翰内斯堡的白人社区是建立在白人恐惧之上的——恐惧黑人犯罪,恐惧黑人暴动,恐惧黑人复仇——结果就是,所有的家庭都修葺了两米高的墙,顶上还安了电网。每个人都住在极度安全的豪华监狱里,没有小孩会在房子之间跑来跑去。我可以骑着自行车在附近转悠几个小时，然后看不见一个小孩，虽然我可能听到他们的声音。他们都在高墙后面，请了朋友们来家里玩耍，但没有人邀请过我。我可以听到他们嬉笑打闹的声音，然后我会下车，爬上墙，往他们的院子里望去，我会看到几个白人小孩在游泳池里相互泼水。我就像个变态偷窥狂，只是我偷窥的是朋友之间的友谊。

过了一年左右，我才找到在这种郊区交到朋友的诀窍：佣人的孩子。在南非，很多佣人一旦怀孕就被解雇了。如果够幸运的话，雇主家庭会把她留下，但生完孩子后，就要把小孩送回黑人家园让亲戚来照顾，然后这位黑人母亲要回来照顾雇主家的白人小孩，自己只能在一年一次的假期里看到自己的孩子。但是也有一批家庭，同意让佣人把自己的小孩带在身边，她们可以带着小孩住在后院的佣人房中。

在很长一段时间内，那些佣人的孩子是我唯一的朋友。

第十三章
色盲

在桑德林汉姆中学,我认识了一个小孩——泰迪。他是个很有趣的家伙,特别有人格魅力。我妈妈曾叫他"兔八哥",他笑起来的样子显得很淘气,两颗牙齿会从嘴巴里伸出来。我和泰迪一熟起来便一发不可收拾,他是那种一旦开始玩起来,两人就再也分不开的那种朋友。我们两个都淘气得不行。和泰迪在一起,我终于感觉自己是正常人了。我是我家的恐怖分子,他是他家的恐怖分子。当你把我们俩放在一起,就是灾难。放学路上,我们会随手往路过的窗户上扔石头,就是为了看着窗户破掉,然后我们溜之大吉。我们两个总是一起被留校察看。老师、学生、校长,学校里的每个人都知道:泰迪和特雷弗,亲密无间、狼狈为奸。

泰迪的妈妈在给林克斯菲尔德的一户人家做佣人,那是一片靠近学校的富人区。从我家走到林克斯菲尔德是一段很长的路,大约需要步行 40 分钟,但是依然在可以接受的范围内。反正那个时候我每天能干的事情就只有走来走去。我又没钱去干别的,而且也没钱搭公交。如果你喜欢走路,那你可以和我做朋友。泰迪和我走遍了约翰内斯堡的角角落落。我会走去泰迪家，在那边玩一会儿，然后一起走回我家，在这边玩一会儿。再然后，我们一起从我家走到市中心，大约要走三个小时，我们就只是走去玩一会儿，然后，我们再一路走回来。

周五和周六的晚上，我们会走到商场去玩。巴尔弗公园商场离我家就只有几个街区，不是个大商场，但什么都有——游戏厅、电影院、餐厅，有南非版的塔吉特百货，还有南非版的盖璞。我们其实没有钱买东西、看电影或吃东西，所以只能在商场里瞎转悠。

有天晚上我们在商场里玩，那时大多数商铺已经关门了，但由于电影院还有放映，所以整栋楼还开着。那里有个卖贺卡和杂志的文具店，没有门，只有一道类似于网格的铁栅栏，晚上关店的时候，在入口拉开栅栏，挂上锁，就算关了门。泰迪和我路过这家店的时候意识到，我们把胳膊伸进这道铁栅栏，刚刚好碰到摆有巧克力的那排架子。而且，这不是普普通通的巧克力——这是酒心巧克力。我喜欢酒。超级超级喜欢。我长这么大，只要有机会，就想偷喝一口大人的酒。

我们把胳膊伸进去，拿了几块巧克力，喝掉了里面的酒，又狼吞虎咽地吃掉了巧克力。我们简直像中了大奖，于是开始反复回到那边，试图偷更多的巧克力。我们会等着商铺快要关门的时候过去，坐在铁门边，假装在玩。然后确保四周没人后，我们轮流伸手进去，拿一块巧克力，喝掉里面的威士忌。伸手进去，拿一块巧克力，喝掉里面的朗姆酒。伸手进去，拿一块巧克力，喝掉里面的白兰地。我们每周末都要做这件事，持续了至少一个月，开心得不得了。我们太得寸进尺了。

那天是周六晚上。我们依然在文具店的门口玩，靠着门，我伸手拿了一块巧克力，就在那个瞬间，一个商场保安正好出现在转角处，他看到我的手长长地伸进铁门里，出来时手上多了一把巧克力。简直像电影里的情节。我看到了他。他看到了我。他的眼睛睁得圆圆的。我试图假装镇定地走开。这时，他大声喊道："嘿！站住！"

　　追捕开始了。我们像箭一样冲向大门。我心里明白，如果有保安在出口堵我们，我们就逃不掉了，所以我们得尽快开溜。我们顺利跑出了大门，但是刚进到停车场，商场保安们就从各个方向向我们涌来，至少有十几个人。我跑的时候把头使劲低着。这些保安都认识我，因为我总在这个商场玩。他们也认识我妈，因为她常来这个商场里的银行办事。如果他们有一瞬间瞄到了我是谁，我就完了。

　　我们直冲冲地跑过停车场，在停着的车之间左闪右避，保安则在我们身后大声吼着，紧追不舍。我们跑到了路边的加油站，直接穿了过去，左拐上了主路。他们追啊追，我们跑啊跑，太爽了。本来干坏事的快感里有一半就是来自可能被抓到的风险，现在还加上了追捕的戏份。我太兴奋了，尽管都吓得快拉裤子了，但我就是喜欢这种感觉。这是我的地盘。这是我住的地方。你不可能在我的地盘上抓住我。我清楚每一个小巷，每一条街道，每一道可以翻越的后墙，每一扇有着足够大空隙、可以让我侧身钻过去的栅栏。我知道所有你能想象到的近路。作为一个小孩，无论我去哪儿，无论在哪栋楼，我都在琢磨可能的逃跑路线。你懂的，以防我们犯了什么事儿，需要逃跑。在现实生活中，我是个木讷的小孩，几乎没有朋友，但是在我的头脑中，我是个重要且危险的角色，而这个角色需要了解每一个摄像头的朝向，以及每一个紧急出口的位置。

我知道我们不能一直这样跑下去。我们需要计划。泰迪和我冲过消防站之后，那里会有一条路通向左边的死胡同，死胡同尽头是一道铁栅栏。我知道栅栏上有个洞，挤过去之后，就能来到商场后面的空地，从那儿我们可以返回主路，再回到我家。成年人是没法从那个洞里穿过去的，但小孩可以。这么多年以来，我脑中盘算的秘密特务白日梦总算是要付诸实践了。现在我需要逃出生天，机会来了。

"泰迪，这边！"我吼道。

"不行，那边是死胡同！"

"我们可以过去的！跟上我！"

他没有跟来。我左转跑进了死胡同，泰迪去了另一条路。一半的商场保安去追他，另一半来追我。我跑到了铁栅栏前，早就想好了怎样侧着身子蹭过去。头先过，再过肩膀，再伸一条腿，转身，另一条腿也过来了——大功告成。我过去了。那些保安被我身后的铁栅栏拦住，无法再追上我。我跑着穿过空地，另一头也有一道栅栏，我也轻松穿过了，然后我回到了主路上。这里离我家只有三个街区，我把手插在裤兜里，平静地走回了家，看起来就像是某个出来散步的普通路人。

我回到家后，开始等泰迪，但他一直没有现身。我等了 30 分钟，40 分钟，一个小时。泰迪还是没有出现。

他妈的。

我跑去泰迪位于林克斯菲尔德的家。他也不在那儿。周一我去了学校，他还是不在。

他妈的。

现在我开始担心了。放学后一到家,我又查了一遍,他不在。我又跑去他家,他还是不在。然后我又跑回自己家。

一个小时后,泰迪的父母来了。我妈妈在门口迎接了他们。

"泰迪被抓了,因为他在商场偷东西。"他们说。

他——妈——的。

我在另一个房间偷听了全部对话。从一开始我妈就很确定,我肯定脱不了干系。

"好的,当时特雷弗在哪儿?"她问道。

"泰迪说他当时没和特雷弗在一起。"他们答道。

我妈妈将信将疑。"嗯?你们确定特雷弗和这事儿没关系?"

"没有,显然没有。警察说当时有另一个小孩在场,不过逃掉了。"

"那肯定就是特雷弗。"

"不是的,我们问泰迪了,他说不是特雷弗。他说是别的小孩。"

"呵……好吧。"我妈叫我进来,"你知道这件事吗?"

"什么事?"

"泰迪因为偷东西被抓了。"

"什么?"我装聋作哑,"不会吧——这也太疯狂了。我不敢相信。泰迪?不会吧。"

"你当时在哪儿?"我妈妈问。

"我在家啊。"

"但你一直和泰迪一起玩的。"

我耸耸肩,"可是这次我们没有在一起。"

尽管有一瞬间,我妈妈相信她把我逮了个正着,但是泰迪给了我一个坚定的不在场证明。我回到了房间,觉得自己应该没事了。

第二天,我坐在教室里,广播里忽然响起了我的名字。"特雷弗·诺亚,到校长办公室来。"所有的小孩都开始起哄:"哦哦哦哦。"每个教室都有广播,所以现在整所学校都知道我惹麻烦了。我站起身,走到校长办公室门口,坐在那张并不舒服的木头长凳上,紧张不安地等着。

终于,弗里德曼先生,也就是校长,走了出来。"特雷弗,进来。"他的办公室里坐着商场保安的头儿,两个身着制服的警察,以及我和泰迪的班主任福斯特老师。整个房间鸦雀无声,一群面无表情的白人权威就这么盯着我,一个犯了罪的黑人少年。我的心脏怦怦直跳,我坐了下来。

"特雷弗,不知道你是否已经了解这件事,"弗里德曼先生说道,"泰迪前些天被抓了。"

"什么?"我又开始了我的表演,"泰迪?哦,不要,为什么啊?"

"因为他在商场行窃。他已经被开除了,不会再回到学校。我们知道当时还有另一个涉事的男生,这些警官就是来学校进行调查的。我们叫你过来,是因为福斯特老师说你是泰迪的好哥们儿,我们想问问你,你对这件事有了解吗?"

我摇摇头,"不,我什么也不知道。"

"那你知道泰迪当时和谁在一起吗?"

"不知道。"

"好吧。"他站起身,走在房间角落的一台电视机前。"特雷弗,警官调取到了整件事的监控录像,我们希望你能看看。"

他——妈——的。

我的心脏在胸腔里猛烈跳动。好吧,人生,过去的这些年是如此美好。我想着。我要被开除了,我要去坐牢了,我的人生到此为止了。

弗里德曼先生按下了播放键。录像带开始转动。那是一段粗糙的黑白监控录像,但你可以清楚地看到事件的全过程。他们甚至有不同的拍摄角度:我和泰迪正把手伸过铁栅栏。我和泰迪冲向大门。他们录下了全过程。过了几秒钟,弗里德曼先生起身按下了暂停键,就在几米之外的电视机屏幕上,我的身影被定格在了画面的中央。在我的脑中,此刻他要转向我说:"你准备坦白了吗?"但他没有这样说。

"特雷弗,"他说的是,"你知道泰迪平时都和哪些白人小孩一起玩儿吗?"

我惊得差点儿拉裤子了,"什么?!"

我望向电视机屏幕,终于意识到:泰迪肤色黑,我肤色浅,我是橄榄色的皮肤。但是摄像头无法同时曝光深浅颜色。所以在黑白屏幕上,当你把我放在一个黑人旁边,摄像头并不知道该作何反应。如果要它选择,它会把我拍成白人。我的肤色会过度曝光。在这段视频里,拍到了一个黑人小孩和一个——白人小孩。但是,那依然是我啊。视频画质虽然不好,我的面部特征有点儿模糊,但假如你靠近了仔细看,那就是我啊。我是泰迪最好的朋友。我是泰迪唯一的朋友。我是唯一可能的那个共犯。你起码要怀疑一下那个人是我吧?但他们没有。他们审了我十分钟,只是因为他们确信,我一定知道那个白人小孩是谁。

"特雷弗,你是泰迪最好的朋友。跟我们说实话,这个小孩是谁?"

"我不知道。"

"你完全认不出他来?"

"不认识。"

"泰迪没跟你提过这个人?"

"从来没有。"

这时,福斯特老师已经开始一个个排除她能想到的所有白人小孩了。

"是大卫吗?"

"不是。"

"瑞恩?"

"不是。"

"弗雷德里克?"

"不是。"

我一直觉得他们是在诓我,我等着他们转回头说:"就是你!"但是他们没有。在某个时刻,我感觉自己的存在感实在太低,简直都想承认算了。我简直想跳起来,指着电视说:"你们瞎了吗?!那是我啊!你们看不出来那是我吗?!"当然,我没有这么做。他们也始终没认出来那是我。这群人已经被自己脑中的种族概念框死了,完全看不出来他们一直在寻找的那个白人小孩,其实就坐在他们对面。

最后,他们放我回了教室。那天剩下的时间里,以及之后的几周,我都在等待另一只鞋子落到地上,我等着我妈会接到那通电话:"我们找到他了!我们终于想明白了!"但那通电话一直没有来过。

一

　　南非有11种官方语言。在实行民主制以后，人们说："好吧，我们该怎么做，才能让不同的族群都觉得自己没有被排斥呢？"英语是国际语言，也是象征财富和舆论的语言，我们要保留。很多人都被迫学了或多或少的南非荷兰语，保留它也是有用的。而且，我们也不希望白人少数族群感觉自己在新南非没有立足之地，否则他们会带着所有钱离开。

　　在所有的非洲语言中，母语为祖鲁语的人基数最高，但要算上祖鲁语，就得算上科萨语、茨瓦纳语和恩德贝勒语。然后还有斯威士语、聪加语、文达语、梭托语和佩迪语。我们希望让每一个族群都满意，所以我们有了11种官方语言。而这11种语言还是因为人数多而获得的承认，其他的小语种还有几十个。

　　这是南非的巴别塔。它存在于日常的每一天。每一天，你都会见到因语言不通而困惑的人，他们试图和别人交谈，却完全听不懂对方在说什么。祖鲁语和茨瓦纳语使用的人比较多，聪加语和佩迪语就相对小众。你自己说的语言越大众，你就越不会去学其他语言。而你说的语言越小众，你就越容易再去学两到三种语言。在城市里，大部分人都至少能说一些英语，通常还会一点儿南非荷兰语，这样就够你进行日常活动了。如果你去参加有几十个人的聚会，那很有可能在一段对话里就会穿插两到三种不同的语言。你有时可能会听不懂，有人会来给你翻译个大概，你再从上下文揣摩出剩下的意思，然后你就懂了。奇怪的是，这样的世界反而行得通。我们的社会运转良好。但有时也会出状况。

第十四章
一个年轻人的漫长的、尴尬的、偶尔悲剧
又时常蒙羞的心灵教育——第三部分：舞会

高中快毕业的时候，我已经成了个人物。我的小卖部生意已经发展成为迷你商业帝国，业务线还包含贩卖我自己在家拷贝的盗版CD。我说服了我那极度节俭的母亲，说我上学需要一台电脑。其实我不需要。我要电脑的原因是想上网，以及玩《情圣拉瑞》，但是我实在是太擅长说服别人了，所以她最终同意给我买一台电脑。感谢电脑，感谢因特网，感谢有位朋友送我的珍贵礼物——那台刻录机，让我开拓了事业的疆土。

我的创业之路是如此成功，作为局外人的生活是如此美妙，以至于我从没想过约会这件事。我生命中唯一的女孩们，只存在于我的电脑里，而且都没穿衣服。下载音乐，或者在聊天室瞎扯的时候，我有时会随便翻翻色情网站。当然不是色情视频，只是图片而已。现在你想看色情视频，随便点开就行，但是我那个时候上网还是拨号，下载一张图片都要很久很久。和现在比起来，那时的速度简直堪称绅士。你得花五分钟的时间看着她的脸，好好地去了解这张脸背后的故事。过了几分钟，你才会看到一部分胸部。等到你能看到

她的下身时，你们俩已经一起度过了一段很有意义的时光。

十二年级那年的 9 月，会举办录取舞会，也就是高中的毕业舞会。这是件大事。我又遇上了和那次情人节一样的困境，又遇上了一个我并不理解的奇怪惯例。我对毕业舞会的全部了解是这样的：根据我看过的美国电影，毕业舞会就是要发生那件事的地方：你会失身。你要驾着豪华轿车去舞会，然后要和你的女伴做那件事。毫不夸张地说，这真的是我唯一的参考。但是我知道规则：帅哥才有女朋友，而搞笑的家伙则可以和帅哥以及他们的女朋友一起玩。所以我觉得我大概不会参加舞会了，因为哪怕我参加，身边也不会有女伴。

我的 CD 生意有两个中间商，邦哈尼和汤姆。他们帮我兜售刻录的 CD，从中赚取一定比例的佣金。我是在巴尔弗商场的游戏厅认识汤姆的。和泰迪一样，他之所以住在附近是因为他母亲是女佣。汤姆和我一个年级，但是他就读的是一所公立学校——北景中学——一个典型的贫民窟中学。汤姆负责那边 CD 的销售。

汤姆是个话唠，特别好动，是一猛子向前冲的那种人。但他也是个绝对的骗子，总是想着怎么做个交易，绕个弯子。他能让别人去做任何事。他是个很棒的人，但同时又超级疯癫，也是一个彻头彻尾的骗人精。有一次我和他去哈曼斯克拉尔，那里是一处很像黑人家园的聚居区，但又与其他黑人家园不同。哈曼斯克拉尔是南非荷兰语，意思是哈曼的农场，这里曾是一个白人的农场。像文达、加赞库卢和特兰斯凯那样真正的黑人家园，都是以前黑人真正居住的地方，然后政府过来划了一条边界说："你们就待在里面不要出来了。"但像哈曼斯克拉尔这样的地方，以前是地图上的空白区域，什么都没有，只是把黑人输送进来，让他们在这里安家。政府就是这

第十四章 舞会

么做的。他们会找那种荒芜贫瘠、尘土飞扬的无用之地,在地上挖出一排一排的洞——给四千户家庭准备的一千个公共厕所。接着,他们强制性地将一群非法居住在白人地盘上的黑人,运送到这片鸟不拉屎的地方,丢给他们一堆胶合板和波状钢:"这里,就是你们的新家了。开始造房子吧。祝你们好运。"我曾在新闻里看过这样的事,就好像那种《荒野生存》真人秀,只不过毫无人性,而且没人能赢得奖金。

在哈曼斯克拉尔的那天下午,汤姆跟我说要去看一场才艺表演。那个时候,我有一双新买的添柏岚鞋。那是我全身上下唯一的值钱大件儿。那个时候,南非人人都想有一双添柏岚,因为美国说唱歌手都会穿这个牌子的鞋,但几乎没人有,因为买不到。我节衣缩食,省下小卖部和 CD 的收入买了一双。汤姆和我准备出发的时候,他对我说:"别忘了穿上你的添柏岚。"

才艺表演在一个前不着村后不着店的社区礼堂举行。我们到了那边后,汤姆开始四处游走社交,和人握手,与在场的每个人聊天。表演节目包括唱歌、跳舞,还有诗朗诵。这时,主持人走上台说:"Re na le modiragatsi yo o kgethegileng. Ka kopo amogelang... Spliff Star!"——我们迎来了一位特殊的表演嘉宾,从美国远道而来的说唱歌手。请欢迎……斯普利福·斯达[1]!

斯普利福·斯达当时是布斯塔·莱姆斯的说唱伴唱。我坐在原地,非常困惑。啥?斯普利福·斯达?来哈曼斯克拉尔了?这时,礼堂内的所有人都转过头来望着我。汤姆走过来,在我耳边轻声说。

---

[1] 斯普利福·斯达(Spiliff Star)是美国嘻哈歌手 William A. Lewis 的艺名。

"老兄，上台啊。"

"什么？"

"上台去。"

"老兄，你在说什么？"

"老兄，求你了，你这样我会有麻烦的。他们已经付给我钱了。"

"钱？什么钱？"

当然了，汤姆没有告诉我，他跟这些人说，他会从美国邀请一位著名说唱歌手来这里表演，但他要求他们钱款预付。而穿着添柏岚的我，就是那个著名美国说唱歌手。

"去你的吧，"我说，"我哪儿也不去。"

"求你了，老兄，我求求你了。帮帮我这个忙吧。求你了，这里有个姑娘，我想追她，我跟她说我哪个说唱歌手都认识……求你了，我求求你了。"

"老兄，我真不是斯普利福·斯达，你叫我咋办？！"

"你就唱布斯塔·莱姆斯的歌就行了。"

"我完全不记得歌词。"

"没关系的，这里的人都不会说英文。"

"呃，妈的。"

我起身上了台，汤姆在旁边配合了极其糟糕的 B-BOX——"噗吧嗒噗，噗噗吧嗒噗"——而我则瞎编乱造了一堆布斯塔·莱姆斯的歌词，结结巴巴地唱完了。观众爆发出震天的欢呼和掌声。一位美国说唱歌手来到了哈曼斯卡拉尔。这是他们一生中见过的最激动人心的时刻。

汤姆就是这种人。

有天下午,汤姆来到我家,我们讨论了一下舞会的事。我对汤姆说,我没有约会对象,我找不到约会对象,而且我也不可能找到对象。

"我可以帮你找一个陪你去舞会的姑娘。"他说。

"扯呢,你找不到的。"

"我能找到。我们来做个交易。"

"我不想和你做任何交易,汤姆。"

"不,听着。交易是这样的。如果我卖出的每一张 CD 都能得到更高的佣金,而且我能拿到一些免费音乐的话,就给你带来一个你这辈子见过的最美的姑娘,她将会是你带去参加舞会的约会对象。"

"好吧,成交,反正这完全不可能实现。"

"我们是不是约好了?"

"我们约好了,但是这不可能发生。"

"但我们是不是约好了?"

"是约好了。"

"好了,我会帮你找个约会对象。她将是你这辈子见过的最美的女孩,你将带她去舞会,你将变成全场瞩目的超级明星。"

当时离舞会还有两个月,后来我就把这个荒谬的约定抛在了脑后。直到有天下午,他突然跑到我家来,在我房间门口探着头说:

"我找到那个女孩了。"

"真的?"

"是的。你得来和她见个面。"

我知道汤姆满嘴跑火车,但是骗子之所以能成功,也是因为他从来不会空手来见你。他会给你提供足够多的好处,让你继续相信他。汤姆总是介绍各种漂亮姑娘给我认识,虽然他从来不和她们约会,但是他凭着油嘴滑舌,总是能在她们周围打转。所以他说他找到那个女孩时,我并没有怀疑他。我们俩跳上公交车,向城里进发了。

那女孩住在市中心的一栋破旧公寓楼里。我们找到了她的楼,有个女孩从阳台上探出半个身子,招手让我们进去。她是那个女孩的妹妹勒拉朵,汤姆解释说。后来我才发现,原来他一直想约勒拉朵,而把我介绍给她姐姐,则包含在了他的计划之内——当然了,汤姆最擅长绕弯子。

走廊很黑,电梯也坏了,我们走楼梯上去。勒拉朵把我们带进一个公寓里,在客厅里,坐着一个巨大的——我是说真的——巨型的胖女人。我当下就明白了,哦,汤姆,我知道你在想什么了,干得不错。对了,汤姆还是个超级会开玩笑的家伙。

"这就是我的约会对象?"我问道。

"不不不,"他说,"这不是你的约会对象。这是她大姐。你的约会对象叫芭比姬。芭比姬有三个姐姐,勒拉朵是她的小妹妹。芭比姬去商店买东西了,一会儿就回来。"

我们一边等,一边和那位大姐聊天。十分钟后,门开了,我这辈子见过的最美丽的女孩走了进来。她简直……我的天。美丽的眼睛,美丽的散发着金色光泽的黄棕色皮肤。她简直在闪闪发光。在我的高中,没有一个女孩长得像她这样。

"嗨。"她说。

"嗨。"我回道。

我目瞪口呆。我不知道怎么和这么漂亮的女孩聊天。她很害羞,也不怎么说话，房间里出现了尴尬的沉默。幸亏汤姆是个话唠。他立刻跳出来，缓和了当时的尴尬氛围："特雷弗，这是芭比姬。芭比姬，这是特雷弗。"然后他开始夸我有多好，她有多想和我去舞会，我什么时候可以来接她去舞会，所有细节都说了。我们又在一起玩了一会儿，汤姆说该走了，我们就一起向门口走去。我们出门时，芭比姬转过身，向我微笑着挥了挥手。

"拜。"

"拜。"

走出那栋楼时，我已经成了世界上最快乐的男人。我简直不能相信。我可是学校里那个找不到约会对象的家伙啊。我已经默认自己永远不会有对象了，我觉得自己配不上和别人约会。但是现在，我却要和世界上最美的女孩一起去参加舞会。

接下来的几周，我们又去了几次希尔布洛，找芭比姬和她的姐姐以及朋友们一起玩。芭比姬的家庭是佩迪人，属于南非的小部落。我喜欢认识不同背景的人，觉得这样很有趣。我们管芭比姬和她朋友这类人叫阿马布华。他们和其他黑人一样穷，但是他们试图表现出来他们并不穷。他们会打扮得入时，装出很有钱的样子。阿马布华会在一件衬衫上分期付款，就买一件衬衫，分期七个月付清。他们住在棚户区里，却要穿着价值上千的意大利皮鞋。他们是个很有趣的族群。

芭比姬和我从来没有单独约会过。我们俩总是和一群人待在一起。而且我全程都紧张到神经衰弱，但是我们相处很愉快。汤姆很会让所有人放松下来，玩得开心。每次我们相互道别时，芭比姬都会拥抱我，有一次她甚至给了我一个轻轻的吻，我简直要上天了。

我心里想着,耶,我有女朋友了,太酷了。

随着舞会临近,我也越来越紧张。我没有车。我没有得体的衣服。这是我第一次带着漂亮女孩亮相,我希望一切都很完美。

我继父的汽车修理厂倒闭后,我们搬去了高地北,并且把他的修理厂搬进了家里。我们有一个大院子,后面有个车库,这就是他的新工作间。不论何时,我们家的车道上都停着至少十到十五辆车,院子里,街道上,不光有客户待修的车,还有亚伯自己收来修补的报废车。有一天下午,汤姆来我家玩,他告诉亚伯说,我有约会对象了。亚伯决定慷慨地对待我一次,说我可以挑一辆车开去舞会。

那时我们已经有了一辆红色的马自达,虽然完全是一坨垃圾,但是能开。我以前借过,可我现在想要的是亚伯的宝马。虽然车很旧,而且和那辆马自达一样破,但是再烂的宝马也是宝马。我求亚伯,让我开那辆宝马去。

"求你了,求你了,我可以借那辆宝马吗?"

"绝对没门儿。"

"求你了,这是我一生中最重要的时刻。我求求你了。"

"不行。"

"求你了。"

"不行。你可以开马自达去。"

这时,汤姆这个特别会做交易的骗人精上线了。

"亚伯大哥,"他说,"我想你还不明白。要是你见到特雷弗要带去舞会的姑娘,你就知道为什么这辆车事关重大了。我们来做个交易吧。如果我们把她带来,而她是你这辈子见过的最美丽的女孩,你就把宝马车借给特雷弗。"

亚伯想了一会儿。

"好吧,成交。"

我们来到芭比姬的公寓,跟她说我父母想要见她,把她带回了我家。然后我们带她来到后院的车库,亚伯和他的手下正在干活。汤姆和我走了过去,介绍他们认识。

"亚伯,这是芭比姬。芭比姬,这是亚伯。"

亚伯脸上露出了大大的微笑,和往常一样富有魅力。

"很高兴见到你。"他说。

他们聊了几分钟后,汤姆和芭比姬离开了,亚伯转过头对我说。

"这就是那姑娘?"

"是的。"

"你开宝马去吧。"

车到手了,现在我急需的是得体的衣服。我要带的女伴很懂时尚,而我,除了脚上那双添柏岚,其他所有衣服都是一坨屎。我的衣柜里能挑出来的衣服寥寥无几,因为我只能在我妈带我去的那些商店买衣服,而她从来都不觉得应该在买衣服上花什么钱,所以只会带我去二手店,告诉我预算多少,我再从里面挑。

那时我对衣着没有任何头绪。我脑中的时尚就是一个叫宝力豪的牌子,就是那种举重运动员在迈阿密或者威尼斯海滩上会穿的衣服,松松垮垮的运动裤和松松垮垮的毛衫。这个牌子的标志是一只精壮的斗牛犬,戴着弧形太阳镜,抽着雪茄,展示着自己发达的肌肉。在裤子上,这个图标占了整条腿,在 T 恤上,则横跨整个胸口,而在内裤上,它占满了整个胯。我觉得宝力豪是世界上最酷的东西了,不容反驳。我没有朋友,我喜欢狗,而且肌肉很酷——这就是我的逻辑。我有宝力豪的全套行头,五件相同的款式,只是颜色不同。这样很简单。裤子和上衣搭配,我知道该怎么穿。

我的另一个 CD 生意中间商邦哈尼得知我有约会对象后,自告奋勇要帮我改造形象。"你得好好捯饬捯饬,"他说,"可不能穿平时那些衣服去参加舞会——这是为了那个姑娘,不是为了你。我们去逛商场吧。"

我去找我妈,求她给我钱,让我买舞会的行头。她最终给了我 2000 兰特买衣服。这是我长这么大以来,她给过我的数额最高的一笔零花钱。我告诉了邦哈尼我的预算,他说可以。他告诉我,想要看起来有钱,只需要买一件很贵的单品,剩下的买基本款,看起来质量好就行。那件很贵的单品,会吸引所有人的眼球,让你看上去好像花了很多钱,虽然实际上可能没多少。

在我脑海中,没有比《黑客帝国》里面那些人穿的皮夹克更酷的衣服了。《黑客帝国》上映时,我正在念高中,是我当时最喜欢的电影。我超喜欢尼奥,而且心里觉得:我就是尼奥。他是个呆子,什么都不擅长,但背地里却是个牛哄哄的超级英雄。我的生活里就差一位神秘的光头黑衣人把我带上道,而现在,我身旁有了邦哈尼——他是黑人,还剃光了头。他告诉我:"你可以的。你就是那个天选之人。"我说:"是啊,我早知道了。"

我告诉邦哈尼,我想买一件基努·里维斯那种到脚踝的黑色皮大衣,但被他否决了。"不行,太不实用。的确很酷,但你以后没有其他机会再穿。"于是,我们就在逛街时,买了一件长到小腿的黑色皮衣,这件衣服放到今天来看特别可笑,但当时,由于尼奥的缘故,

第十四章 舞会

简直酷毙了。光一件衣服就花了我 1200 兰特。然后，我们又挑了一条简单的黑裤子、一双羊皮方头鞋，还有一件奶白色的针织毛衣。

全套配好之后，邦哈尼对着我那巨大的圆形爆炸头凝视了很久。我之前一直努力想留成迈克尔·杰克逊在 20 世纪 70 年代时那种圆形爆炸头，但相比之下，我的模仿堪称拙劣：一头乱草，梳都梳不动，一梳下去就像一把耙子插进了马康草里。

"我们得好好弄一下你的头发。"邦哈尼说。

"什么意思？"我问道，"我头发就是这样。"

"不，我们必须得好好整整。"

邦哈尼住在亚历山德拉，他把我拖过去，在那边街道上找了几个正在角落里玩耍的女孩，走过去和她们搭话。

"你觉得这个家伙的头发应该怎么办？"他问道。

那些女孩望向我。

"他头发太多了，"其中一个女孩开口说道，"为什么他不去试试玉米穗编发？"

"对哎，"其他人纷纷说道，"这主意太棒了！"

我说："什么？玉米穗编发？不要！"

"没事没事，"她们说，"试试吧。"

邦哈尼把我拖进了街角的一家美发店。我们走进去后，找地方坐下来。美发店的女人摸了摸我的头发，摇摇头，转向邦哈尼。

"这头绵羊我可没办法弄，"她说，"你的头发得处理一下。"

"怎么处理？"

"你得先软化这头乱毛。我这做不了。"

"好的。"

邦哈尼又把我拖到第二家美发店。我坐在椅子上，那里的女人开始往我的头发上抹白色奶油一样的东西。她的手上戴着橡胶手套，生怕皮肤沾上这种化学软化剂，其实我当时就应该意识到，事情好像不太妙了。我的头发上覆满软化剂后，她告诉我："你让它在头发上留得越久，效果就会越好，到时候会有一种灼烧感。一旦你感觉到它在烧了，就告诉我，我们再把它洗掉。但是只要你坚持越久，你的头发就会变得越直。"

我想要谨遵指示，于是我坐在椅子里等啊等啊，能等多久我就等多久。

但是我等太久了。

她跟我说，一旦感觉到灼烧就立刻告诉她，但是她其实应该说的是，一旦有了麻刺感就告诉她，因为等我真正感觉到灼烧的时候，药水已经侵蚀掉我的头皮了。早已经不是麻刺感时，我才开始慌乱起来。"烧了！烧了！"她带着我冲向洗手池，开始冲洗软化剂。但是我没料到的是，这种化学试剂碰到水之后，才真正开始灼烧。那感觉就像有人在我的头上浇下了液态的火。她洗完后，我的头皮上已经布满了一小块一小块的灼烧疤痕。

我是那家美发店唯一的男性顾客，其他全是女人。而我也终于体验了一次女性为了变美，每天都要付出怎样的代价。但为什么她们要这样对自己？我心想，太恐怖了。不过效果确实有。我的头发完全变直了。美发师把我的头发向后梳齐后，我看上去就像一个皮条客，外号复古背头。

邦哈尼又把我拖回第一家美发店，这时，那个女人才同意帮我做玉米穗编发。她编得很慢，大概编了6个小时后，她才说："好了，照一下镜子。"她把我的椅子向后转了一下,我望向镜子,然后……我从未见过这样的自己。就好像那种美国电影里的化妆桥段,他们把一个土包子男主角或者女主角的发型改了,衣服换了之后,丑小鸭就变成了天鹅。我之前觉得我完全约不到女生,所以也完全没想过要改变自己的外形。我都没想到我的外表也可以改变。头发很棒,皮肤还不够完美,但是慢慢在变好,那些脓疱已经逐渐淡化成了普通的青春痘。我看起来……还不差嘛。

我的脚一踏进家门,我妈就开始尖叫。

"啊啊啊啊啊!他们把我的宝贝儿子变成了可爱的小姑娘!我有了一个可爱的小女儿!你好漂亮呀!"

"妈!你够了,别说了。"

"你是在向我出柜吗?"

"什么?不是。你怎么会这么说?"

"要知道,就算你是同志,也没关系的哟。"

"不,妈妈,我不是同志。"

家里的每个人都很喜欢我的新造型,觉得我看上去很帅。只有我妈一直在旁边大肆嘲笑我。

"做得很棒,"她说,"就是有点儿太漂亮了。你看上去完全就是个女孩子。"

日子终于来了。汤姆提前过来帮我准备。头发、衣服,所有的细节都很完美。等我打扮好以后,我们一起去找亚伯拿到宝马的车钥匙,但从那一刻开始,那个夜晚就开始出问题了。

那天是周六,一周的末尾,这意味着亚伯要和他的工人们喝酒。

我走进他的工作间后,一看他的眼睛就明白了:他已烂醉如泥。他妈的。亚伯醉了后,会完全变成另一个人。

"啊,你看起来很不错嘛。"他上下打量着我,一边说一边露出灿烂的微笑。"你要去哪儿啊?"

"我要去哪儿——亚伯,我要去舞会。"

"好啊。祝你玩得开心。"

"呃……我能借钥匙吗?"

"什么钥匙?"

"车钥匙。"

"哪辆车?"

"宝马。你答应我可以借我宝马去参加舞会。"

"先去帮我买些啤酒来。"他说。

他给了我车钥匙,汤姆和我开车去了酒铺,买了几件啤酒,又开回来,把酒送到他面前。

"好了,"我说,"现在我可以开走那台宝马了吗?"

"不行。"

"不行是什么意思?"

"不行的意思是,不行。今晚我要用车。"

"但你答应过我。你说过我可以用车的。"

"是的,但是我要用这台车。"

我崩溃了。我和汤姆坐在那儿跟他软磨硬泡了将近半个小时。

"求你了。"

"不行。"

"求求你。"

"没门儿。"

最终我们意识到,没戏了。我们只好开着那辆破烂的马自达,去了芭比姬的家。但到的时候,已经比我原定接她的时间晚了一个小时,她特别生气。汤姆不得不走进屋去劝她。最后,她出来了。

她比平时还要光彩夺目,穿着一条极美的红裙子,但很显然,她的心情很差。我内心开始惶恐不安,不过表面上还是微笑着,努力装出绅士的样子,帮她开车门,跟她说她有多美。汤姆和她的姐妹向我们道别后,我们出发了。

但接着,我迷路了。舞会的举办地在我不太熟悉的一片街区,有一段时间,我完全就是在胡乱转圈,根本不知道自己在哪里。我在黑暗中开了一个小时的车,向左,向右,掉头。全程我都在讲电话,绝望地向他人求救,试图搞清自己的位置,试图找到方向。而芭比姬坐在我的旁边,全程一言不发,很显然,她现在既不喜欢我,也不喜欢这个夜晚。我全搞砸了。我迟到了。我迷路了。我应该是她这辈子遇到的最差劲的约会对象。

终于,我找到了路,开到了舞会现场,但这时我们已经迟到了两个小时。我停好车下来,跑到她那一侧打开门。但我打开车门后,她却坐在位子上一动不动。

"准备好了吗?"我说,"我们进去吧。"

"不。"

"不?这……这是什么意思,'不'?"

"不。"

"好吧……不过为什么呀?"

"不。"

"但是我们得进去啊。舞会在里面。"

"不。"

我又在车门口站了大概20分钟，各种劝说她进去，但她一直在说，"不"。她就是不肯从车里出来。

最后，我说："好吧，我马上就回来。"

我冲进舞会找到邦哈尼。

"你去哪儿了？"他问我。

"我一直在这！但是我的女孩一直坐在车里，她不肯进来。"

"她不肯进来是什么意思？"

"我也不知道怎么了。帮帮我。"

我们来到停车场，我带着邦哈尼走到车前，当他看到她的那一刻他就惊了。"老天上帝啊！这是我见过的最美丽的姑娘。你说过她很漂亮，特雷弗，但这简直疯了。"那一刻他完全忘记了要帮我劝说芭比姬。他转身就跑回了舞会，叫出了其他男生。"伙计们！快出来看呐！特雷弗带了个姑娘！超级正点！伙计们！快来！"

大约20个男孩冲进了停车场。他们在我的车前挤作一团。"哟！她太正了！""哥们儿，这姑娘和特雷弗来的？"那些男生呆呆地望着她，好像她是动物园里的珍稀动物。他们纷纷要求和她合影。他们还跑回舞会叫更多的人出来看。"这太疯狂了！快来看特雷弗的对象！不不不不不，你们得出来看！"

我极其窘迫。高中四年，我一直谨小慎微，避免在恋爱感情这方面出现任何丢脸的可能，但是现在，在这个毕业舞会的夜晚，所有夜晚都比不了的这个夜晚，我丢脸丢到了极致——我成了一个风头盖过舞会的马戏团本身：特雷弗，那个约不到女生的小丑，自以

第十四章 舞会

为他可以带着世界上最美的女孩来参加舞会,但是他彻底搞砸了一切,现在让我们出去好好欣赏他的窘态吧。

芭比姬坐在副驾位子上,目光直视前方,拒绝让步。我站在车外,左右踱步,精疲力竭。我的一个朋友偷偷带了一瓶白兰地来舞会。"给你,"他说,"喝点儿吧。"那一刻什么都不重要了,我开始喝酒。我搞砸了。这姑娘不喜欢我。这个夜晚结束了。

大多数男生都陆陆续续地回到了舞会里。我坐在人行道上,痛饮着白兰地,脑袋嗡嗡作响。这时邦哈尼又回到车里,最后一次尝试劝说芭比姬出来。一分钟后他的脑袋从车里伸出来,带着一脸困惑的表情。

"哟,特雷弗,"他说,"你的对象不会说英语啊。"

"什么?"

"你对象。她不会说英语。"

"这不可能。"

我站起来,向车走过去。我用英语向她问了个问题,她两眼茫然地看着我。

邦哈尼望向我。

"你怎么会不知道你的对象不说英语啊?"

"我……我不知道。"

"你没和她说过话吗?"

"我当然说过——等等……我说过吗?"

我开始回溯我和芭比姬相处的这段时光,在公寓初见,和她的朋友们玩,把她介绍给亚伯。我那时和她说话了吗?没有。我那时和她说话了吗?也没有。就好像《搏击俱乐部》的情节,爱德华·诺顿的角色记忆闪回，才发现他和布拉德·皮特两个人从来没有和海伦娜·伯翰·卡特同时出现在一个空间里过。他意识到一直以来他都在自己打自己。他就是泰勒·德登本人。在兴奋地遇到芭比姬之后，在我们一起出去玩、相互了解的过程中，我们从未真正和对方交谈过，完全通过汤姆在中间传话。

去他的汤姆。

汤姆许诺我要给我找一个漂亮的舞会伴侣，但是他从未许诺我这个伴侣要满足什么其他的条件。每次我们出去玩，她都和汤姆说佩迪语，汤姆和我说英语。但是她不会说英语，我也不会说佩迪语。亚伯倒是会说佩迪语。他为了应付客户，学了好几种南非语言。直到那一刻我才意识到，我从未听到她说除了以下几个词以外的英语："是""不""嗨""拜"。就这么多："是""不""嗨""拜"。

芭比姬太内向，她本身就不太说话，而我和女生交往起来太笨拙，不知道怎么和她说话。我从没有过女朋友，我不知道"女朋友"意味着什么。有人把一个漂亮女孩塞进我手里，说："她是你女朋友了。"我就被她的美貌以及她是我女朋友这个事实迷得神魂颠倒了——我甚至没想过我应该和她聊天的。我电脑里藏的那些裸女，我从来不和她们聊天，询问她们的想法，揣摩她们的感受。我害怕我一张口就毁了整件事，所以我全程只是点头微笑，让汤姆来进行所有的对话。

芭比姬的三个姐姐都会说英语，她的妹妹勒拉朵也会说一点儿。所以每次我们和芭比姬以及她的姐妹朋友出去玩的时候，大部分对话都是用英语进行的。偶尔会说一些佩迪语，梭托语，但这在南非太正常了，我从来不觉得有问题。我可以从大家说的英语部分中了解整段对话的大意，完全可以明白人们在聊什么。我的大脑就是这样处理语言的，哪怕我听到的是其他语言，它们在我这也会自动转为英语。我的大脑会将其保存为英语。当我的外婆和曾外婆歇斯底里地祈求上帝摧毁那个在家里地板上拉屎的魔鬼时，她们说的是科萨语，但我脑中储存下来的是英语。在记忆里，她们说的是英语。于是当我躺在床上想着芭比姬和我们一起相处的日子时，我感觉我们一直在用英语交流，因为我是这样记得的。汤姆从来没有提过她会说什么语言不会说什么语言，因为他怎么会在乎呢？他只想拿到免费的CD，和她的妹妹约会。我就是这样和一个女孩约会了一个月——我以为她是我的第一个女朋友——然而我跟她之间连一次简单对话都没有过。

现在时间倒退，我从她的角度回溯这整件事，就完全理解为什么她不想从车里出来了。首先，她可能一开始就没想和我去舞会，她可能欠了汤姆一个人情，而汤姆可以说服任何人做任何事。然后是我让她在家里坐着等了我一个小时，她生气了。然后她上了我的车，这是我们第一次单独相处，她意识到我和她根本没法交流。我开着车转来转去，在黑夜里迷路——一个年轻姑娘和某个陌生家伙共处一车，迷失在荒无人烟的地方，不知道我要把她带到哪里去，她估计已经吓坏了。然后我们到了舞会，但是她又不会说其他人的语言。她谁也不认识。她连我也不认识。

邦哈尼和我站在车外，彼此大眼瞪小眼。我不知道该怎么办。我开始试着用我会的所有语言和她交流，但都不管用。她只说佩迪语。我绝望了，开始用肢体语言和她比画起来。

"请。你。我。进去。跳舞。好吗?"

"不。"

"进去。跳舞。请?"

"不。"

我问邦哈尼他会不会说佩迪语。他不会。我跑进舞会,想找一个会说佩迪语的人帮我劝说她进来。"你会说佩迪语吗?你会说佩迪语吗?你会说佩迪语吗?"没人会说佩迪语。

所以,我完全没有参加过高中毕业舞会。除了跑来跑去问谁会说佩迪语的那三分钟,其他时间我都是在停车场里度过的。舞会结束后,我开着那辆破烂马自达,送芭比姬回了家。全程我们俩都处于一种尴尬的沉默之中。

我把车开到她位于希尔布洛的公寓前停下后,坐了一会儿,想着怎么可以既礼貌又绅士地结束这个夜晚。突然,莫名其妙地,她探身朝我亲了过来。这是一个真正的吻,真真正正的吻。那种让我瞬间忘却今晚所有发生的一切的吻。我不知道该作何反应。她撤回身子,我深深地望着她的眼睛,心想,我完全不懂女生。

我从车里出来,走到她那一侧,打开车门。她整理好裙子,下了车,向公寓走去。在她走之前,我向她最后摆了摆手。

"拜。"

"拜。"

第三部分

一

在德国，所有小孩在高中毕业前都要了解纳粹大屠杀的史实。不仅仅是知道事件本身，还包括了解这个悲剧为何会发生，造成了怎样的后果——简而言之，就是大屠杀到底意味着什么。因此，在德国人的成长过程中，他们对这件事有着恰当的认识，并心怀歉疚。在某种程度上，英国孩子也对殖民主义怀有类似的认知。在学习整个大英帝国的历史时，他们对于那段历史的承认总是带有一种不情不愿的感觉。"好吧，那还挺丢人的，是不是？"

在南非，关于种族隔离暴行的历史从没像德国和英国那样出现在学校的课程里。没人教我们该如何去审视这段历史，并为之感到耻辱。我们上的历史课和美国那种教法差不多。在美国，种族歧视的历史是这样教的："先有奴隶制然后有了对黑人的压迫然后马丁·路德·金来了然后就完了。"我们的教法也是一样的："种族隔离不好。纳尔逊·曼德拉被释放了。我们要向前看了。"教的确实是史实，但是内容贫瘠，而且里面绝不会涉及情感或道德层面的内容。

就好像有人给那些老师——大部分是白人——下了一道指令。"怎么教都可以，但不能让小孩生气。"

第十五章
跳吧希特勒!

我九年级的时候,桑德林汉姆中学转来了三个中国学生,他们是博洛、李小龙和约翰。他们是学校里上千名学生中仅有的几个中国小孩。博洛之所以被叫作博洛,是因为他很像尚格云顿主演的那部《血点》里的杨博洛。李小龙的名字则本来就叫李小龙,这简直令全校为之沸腾。这个中国男孩,安静、帅气、体格很壮,而且他叫李小龙。我们都觉得这简直是奇迹。感谢你,耶稣,给我们带来了李小龙。约翰就是约翰,和其他两位比起来,他的名字无聊到爆。

博洛是我的小卖部客户之一,所以我和他变得很熟。博洛的父母是职业盗版商。他们制作盗版游戏,在跳蚤市场上贩卖。身为盗版商的儿子,博洛继承了家业——他开始在学校里贩卖盗版游戏。同学会将游戏机给他,让他带回家,几天后,他就带着一个装有内置芯片的游戏机回来了,里面全是游戏,然后再将游戏卖掉。博洛有个朋友叫安德鲁,安德鲁是白人,也是盗版贩子,卖的是盗版CD。安德鲁比我高两个年级,是个真正的电脑极客:他家里甚至有刻录机——那个年代,没人有刻录机。

有一天，我正分发小卖部客户的午餐，偶然听到安德鲁和博洛在抱怨学校里的黑人小孩。他们先从安德鲁和博洛那拿货，嘴上说着"过会儿再给钱"，可转身就不付账了，而安德鲁和博洛因为害怕黑人小孩的抱团势力，从来不敢去要。我插进他们的对话里，说："听着，不要不开心了。黑人就是没钱，所以我们就是喜欢用最少的钱得到最多的东西。不过我来帮你们吧，我可以当你们的中间人。你们把货给我，我来卖，我来负责要账。你们只要给我一点儿分成就行了。"他们立刻同意了这个主意，我们成了生意伙伴。

身为小卖部男孩，我在卖盗版碟这件事上有着得天独厚的优势。我已经有了人脉网络，只需要把盗版碟的生意插进去就好了。有了卖 CD 和游戏的钱，我就可以攒钱给我的电脑买新的组件和内存条。电脑极客安德鲁教了我应该怎么做，去哪里买最便宜的部件，如何组装，如何修理。他还给我展示了他的工作流程，如何下载音乐，去哪里批发可重写的光盘。我唯一缺的就是自己的刻录机了，因为这是最贵的组件。那时，一台刻录机几乎和整台电脑的价格差不多，大约需要 2000 兰特。

我给博洛和安德鲁当了一年的中间商后，博洛离开了学校，有传言说，是因为他父母被逮捕了。从那一刻起，我便开始只为安德鲁工作，但当时他已经快要毕业，所以决定退出这项事业。"特雷弗，"他对我说，"你是个很可靠的合作伙伴。"为了感谢我，他把自己那台刻录机送给了我。让我们先说清楚，那个时候，黑人几乎接触不到电脑，所以，一台刻录机？那简直是传奇，是神话。安德鲁把那台刻录机送我的那天，我的人生从此改变了。感谢安德鲁，我现在掌控了生产线、销售线和配送线——我拥有了垄断整个盗版事业的一切条件。

我是个天生的资本家。我喜欢卖东西，而且我喜欢卖那些所有人都想要但是没有人能提供的东西。我的碟售价只要30兰特，约为3美元。商店里的正常CD价格是100到150兰特。一旦人们开始从我手里购买，他们就再也不会去买正版碟了——我的价格实在太划算。

我生来就会做生意，但是那时我对音乐毫无概念，这对一个做盗版音乐生意的人来说，大概是很奇怪的事。我所了解的唯一音乐类型，就是教堂的基督教音乐，这是我妈允许在家里播放的音乐。安德鲁给我的是LX刻录机，只能按照播放的速度同步刻录。每天我放学回家，就会在自己的房间里坐上五六个小时，刻录CD。我从院子里亚伯的那堆废铁里挑出一些能用的老旧车载播放器，把它们绑在房间的各个角落，做成了我自己的环绕立体声音响系统。尽管每张CD在播放的时候我都坐在一旁，但我并不会认真去听它们在放什么。我了解毒贩子的法则：不能嗑你自己卖的药。

感谢因特网，让我满足了所有人的需求。我不会对他们的音乐品味做任何评价。你想要涅槃的新专辑，我给你涅槃的新专辑。你想要DMX的新专辑，我给你DMX的新专辑。本地的南非音乐很多，但是人们真正趋之若鹜的是美国黑人音乐，嘻哈、蓝调这些。锯齿边缘合唱团很红。112也很红。我卖了好多张蒙特尔·乔丹的碟。好多好多张蒙特尔·乔丹。

刚起步的时候，我用的是拨号上网和一个24k的调制解调器。下载一张专辑需要花一天的时间。但科技在进步，所以我也一直在给我的事业进行投资。我把调制解调器换成了56k的，买了一个速

第十五章 跳吧希特勒! 183

度更快、支持多重录制的刻录机。我开始下载得更多，盗版得更多，卖得更多。这时，我拥有了两个为我干活的中间商，一个是我的朋友汤姆，他负责在北景一带贩售；还有一个是我朋友邦哈尼，他负责亚历山德拉一带。

有一天邦哈尼来找我，对我说："你知道怎么才能赚更多钱吗？与其直接刻录整张专辑，你为什么不把不同专辑的主打歌刻进同一张碟里呢？反正人们只喜欢听自己中意的那几首。"这听上去是个不错的主意，我开始制作混曲 CD。这些碟卖得很不错。几周后，邦哈尼又来找我，说："你可以让一首歌的结尾慢慢淡出，直接融入下一首歌的开头吗？这样每首歌之间就没有间隙了，而鼓点一直不会间断，就好像是 DJ 整晚打碟那样。"这听上去也是个不错的主意。我下载了一个叫 BPM 的软件——"分钟节拍"——它的图标就是两张黑胶唱片叠在一起，我用这个软件可以进行混曲，将两首歌的首尾连在一起。基本上就是 DJ 在现场做的所有事情，我都可以用这个软件实现。我开始制作派对音乐 CD，这些碟也成了香饽饽。

我的生意越做越大。到毕业的时候，我已经可以尽情享乐，因为我每周能挣到 500 兰特。客观来看，在现在的南非，依然有女佣的周工资达不到这个标准。可能这些钱养活一大家子人不够，但是作为一个住在家里、没有任何大开销的 16 岁少年，我简直是生活在美梦之中。

那是我人生第一次体会到有钱的感觉，那是世界上最自由的事情。有钱后，我了解到的第一件事就是，钱给了你选择的权利。人们不是想要变得多富有，人们是想要选择的权利。你越有钱，你面前的选择就越多。这就是金钱带给你的自由。

有了钱,我对自由的体会上升了一个新高度:我可以去吃麦当劳了。美国人民大概并不了解,每当一个美国连锁店在第三世界国家开业的时候,人们都会趋之若鹜。直到今天也是一样的。去年,南非第一家汉堡王开业了,队伍一直排到街角。这是大事件。每个人都奔走相告:"我要去吃一下汉堡王。你听说了吗?是美国来的。"不过好笑的是,排队的大部分都是白人。白人为汉堡王而疯狂。黑人却觉得一般般。黑人并不需要汉堡王。我们的心是属于肯德基和麦当劳的。在麦当劳进到南非来以前,我们就知道它了,也许是从电影里吧。我们从来没有梦想过南非也能有麦当劳;麦当劳给人感觉就像那种只在美国才有的东西,不会到别处开店。甚至在我们尝到麦当劳以前,我们就已经爱上了它,而且事实是,我们也的确爱它。有一段时间,在南非开业的麦当劳,比世界任何一个国家都多。曼德拉带来了自由,自由带来了麦当劳。我们搬去高地北后,离我们家两个街区的地方有一家麦当劳,但是我妈从来不带我们去那里吃。而手里攥着我自己挣的钱,我心想,来吧。我鼓足了干劲。那时候他们还没有"超大份"餐,"大份"就是最大的了。我走到柜台前,深深为自己感到骄傲,放下钱,说:"我要大份一号餐。"

我爱上了麦当劳。对我来说,麦当劳就是美国的味道。你看它的广告,会觉得那感觉超级棒。你很想吃,你买了一份,你咬了一口,你嗨翻天了,比你想象得还要好吃。然后你吃到一半,意识到它也不是那么好吃。又咬了几口,你觉得,呃,好像哪里不太对。然后你就不吃了,然后你又疯狂地想吃,然后你又回去买更多。

尝到美国的味道后,我再也不在家吃饭了。我只吃麦当劳。麦

当劳。麦当劳。麦当劳。麦当劳。每天晚上，我妈都想给我做晚饭。

"今晚我们吃鸡肝。"

"不，我要去吃麦当劳。"

"今晚我们吃骨头汤。"

"我觉得我应该还会去吃麦当劳。"

"今晚我们吃鸡爪。"

"好吧……我吃。但明天我要吃麦当劳。"

钱越赚越多，我的享乐越发失控。我是这么花钱的：我买了一个无绳电话。那时还没人有手机。这个无绳电话的信号很强，我把基站放在窗外的话，可以拿着电话走两个街区到麦当劳，点好我的大份一号餐，走回家，进房间，打开电脑，而全程不间断地讲电话。我就是那个耳边举着超大电话机，天线伸到最长，在街上一边闲逛，一边和朋友煲电话粥的家伙。"是啊，我在去麦当劳的路上呢……"

生活是如此美好，而这一切的发生都是因为安德鲁。如果没有他，我就无法一手创建盗版音乐的帝国，并能吃上无穷无尽的麦当劳。在一定程度上，他所做的一切都使我意识到，经历了长期压迫后，谋生技能对于那些无权无势的贫苦大众来说有多么重要。安德鲁是白人。他的家庭可以让他接受良好的教育，享受各种资源，拥有电脑。他的家族一代代都上过大学，而我的家族则挤在狭小的茅草屋里唱着"二二得四，三二得六，啦啦啦啦"。他的家庭唾手可得的东西，我的家庭一样都得不到。我有销售的天分，但是如果没有知识和资源，我有天分又能怎样？人们总是想要这样教育穷人："为你自己负责！自己要学会创造！"但是请问，穷人拿什么原始材料来创造东西？

人们总是说,"授人以鱼,受用一天;授人以渔,受用一生。"但他们却没说,"如果你能顺手再给他一个钓竿就更好了。"这就是缺失的那一环。和安德鲁一起合作,让我第一次意识到,你需要有个来自特权社会的人告诉你:"好的,这些是你需要的,而你只需要这样做就好了。"如果安德鲁没有给我那台刻录机,就算我空有一身销售才能,也一事无成。人们会说:"哦,这是一份施舍。"并不是这样的。有了它以后,我仍需要努力才能赚到钱。但如果没有它,我连赚钱的机会都没有。

有一天下午,我在房间里刻碟,邦哈尼来找我拿货。他看到我在电脑上混歌。

"这太厉害了,"他说,"这个你当场就可以做?"

"是啊。"

"特雷弗,我觉得你还不明白,你简直是坐在金山上啊。我们得去给别人做这个。你得到镇上来,表演你的 DJ 才华。还没人见过有人用电脑做现场 DJ 的。"

邦哈尼住在亚历山德拉。如果说索韦托是政府规划出来的超大规模贫民窟,那么亚历山德拉就是一个狭小又拥挤的棚户区,是从种族隔离时期以前就存在的那种贫民窟。用煤渣砖和波状钢建造的棚屋一排连着一排,几乎彼此堆叠在一起。它的外号是蛾摩拉城[1],因为在那里,最癫狂的派对和最黑暗的犯罪并存。

亚历山德拉的街头派对是最棒的。你拿个帐篷,把它支在道路

---

1 蛾摩拉城:《圣经》中因其居民罪恶深重而与所多玛城同时被神毁灭的古城、罪恶之都。

中间，把整条道都占上，你的派对就开始了，并不需要正式的邀请函或宾客名单。你只需要告诉几个人，口口相传之后，一大群人就会涌过来。你也不需要申请许可或类似的什么证。你只要有一个帐篷，就有权在街道上开派对。如果有车开到路口，司机发现这个派对堵了前面的路，他们也只是耸耸肩，掉头换一条路开而已。没人会生气。唯一的条件是，如果你的派对开在某家人的门口，那他们有权过来喝你的酒。若非有某个人中弹了，或者有酒瓶砸在某人脸上了，那么派对就不会结束。当然，派对也只能像那样结束，否则，它就称不上一个派对。

那个时候，大多数的 DJ 都只能坚持上几个小时，因为他们手上只有那么几张唱片。但派对都要通宵，所以你就需要请五六个 DJ 过来，才能把它持续开下去。但是我有一个很大的硬盘，里面全是 MP3 音乐，这也是为什么当邦哈尼看到我混曲时会那么兴奋——他看到了垄断 DJ 市场的可能。

"你一共有多少音乐？"他问我。

"音频软件显示，我大概能连续播上一周。"

"我们要发大财了。"

我们的第一场演出，是从桑德林汉姆毕业的那个夏天的跨年派对。邦哈尼和我带上机箱。超大的显示屏。电线键盘鼠标，把它们塞进小巴，带去了亚历山德拉。我们占了他家门口的街道，从他家里接出电线，装好电脑，设好喇叭，借了个帐篷，人们就来了。那天的情形堪称爆炸。到午夜时分，整条街从这一头到另一端全部挤满了人。我们是那年亚历山德拉最大的跨年派对，能成为亚历山德拉最大的派对可不是闹着玩的。整个夜晚，从远处慕名赶来的人络绎不绝。大家都在谈论："有个浅色皮肤的人在电脑上播音乐。你从未见过这样的事。"我一个人做 DJ 嗨翻全场，一直到天亮。到最后，我和朋友们已经醉倒，精疲力竭地昏厥在邦哈尼屋外的草坪上。那次的派对盛况直接让我在当地出了名。很快，各地的邀约纷至沓来。

这当然很棒。

邦哈尼和我从高中毕业之后，我们都找不到工作。也没有什么我们能做的工作。我赚钱的唯一渠道就是卖盗版 CD，以及在别人的派对上当 DJ。既然我已经离开了桑德林汉姆，那么亚历山德拉的小巴司机和当地小孩就成了我唯一的客源。我也经常在那边当 DJ，所以我选择继续这样赚钱。我认识的大多数白人小孩都准备休个"间隔年"。"我准备休个间隔年，去趟欧洲。"白人小孩都会这样说。所以我回道："我也要休个间隔年。我准备这一年就在小镇上的街角闲逛。"事实上，我正是这么做的。

邦哈尼家门口的路中央有一道矮砖墙，每天，邦哈尼、我和我们的伙伴们都会坐在墙上玩。我会带上 CD，我们播着音乐，练习舞步。我们白天卖碟，晚上去别人的派对上当 DJ。很快，我们开始接到别的小镇和街区的演出邀请。

多亏了我的电脑和调制解调器，我可以下到很多没多少人听过的独家音乐，但这对我来说也是个问题。有时候我在一些派对上放新歌，人们会站在原地一脸迷惑："这是啥？这该怎么跳？"譬如，假设 DJ 播了一首歌，叫《看我（摆动/耐耐）》(Watch Me [Whip/Nae Nae])，这首歌非常朗朗上口，但是该怎么摆动？耐耐又是什么？为了让这首歌流行起来，你得知道怎么摆动以及怎么跳耐耐舞。只有当人们知道如何跟随音乐舞动，派对上的新音乐才能得以流行

第十五章 跳吧希特勒！ 189

开来。邦哈尼决定，我们得组建一个舞蹈团队，给人们展示怎么跟着我们的音乐跳舞。因为我们整天都无所事事，只是在听 CD，想舞蹈动作而已，我们那些街头玩伴对这些歌已经很熟悉，所以现在他们成为了我们的舞者。而其中最棒、最帅、最厉害的舞者，就是邦哈尼的邻居——希特勒。

希特勒是我的好朋友，老天，他舞跳得真好。看他跳舞的样子很容易让人着迷。他的动作放松且流畅，简直违反了物理原则——你可以想象一只水母在陆地上走路的样子。而且他还特别帅气，高个子，身体柔韧，肌肉发达，皮肤亮泽光滑，大大的牙齿，笑起来很好看，而且他总是在笑。他每天唯一做的事就是跳舞。他早晨一起床就开始大声播放各种浩室音乐[1]或嘻哈音乐，跳上一整天。

附近所有人都知道我们的舞团里谁跳得最好。他就是我们的头牌。你要是很穷的话，会买不起车和漂亮衣服，但最棒的舞者还是能交到女朋友，所以你得和他搞好关系。希特勒就是我们的人。有时候，派对上会有舞蹈比赛。左邻右里的小孩都会带着他们心中最棒的舞者前来斗舞，我们总是会带上希特勒，而且他一般都能赢。

邦哈尼和我为我们的舞队设计舞步的时候，毫无疑问，希特勒将会是队伍中最耀眼的明星。我们的整套流程都围绕着希特勒来设计。我会先用几首歌暖场，几个舞者会上来跳几首，一旦场子开始热络起来，他们就会呈扇形散开，在舞台中央组成一个半圆形，在最后留出一个空位给希特勒切入。这时我会调高音量，开始播雷德曼的《让我们燥起来》，并且继续煽动现场观众："准备好了吗？！

---

[1] 浩室音乐（House Music），起源于 20 世纪 80 年代的一种舞曲。

我听不到你的声音！让我听到你们的尖叫！"这时人们开始尖叫，希特勒跳进半圆形的中央，所有人都疯狂了。希特勒开始跳他的标志性舞步，其他人会围在他的身边，为他打气。"跳吧希特勒！跳吧希特勒！跳吧希特勒！跳吧希特勒！"由于是跟随嘻哈音乐起舞，舞团其他成员会做这样一个动作：把胳膊伸在身体前方，手掌摊平，跟随着节拍上下摆动胳膊。"跳吧希特勒！跳吧希特勒！跳吧希特勒！跳吧希特勒！"这时所有人都会疯狂舞动起来，街道上有一千人将双手举在空中，口中呼喊着："跳吧希特勒！跳吧希特勒！跳吧希特勒！跳吧希特勒！"

希特勒虽然不是个寻常名字，但在南非也并非闻所未闻，这主要是由于黑人取名的方式造成的。黑人取自己的传统名字时会非常用心，往往会选择那种包含深刻个人意义的名字。但是从殖民统治以来，到了种族隔离的阶段，南非的黑人被要求还要取一个英文名或欧洲名字——那种白人可以轻松念出来的名字。所以你会有一个英文名，一个传统名，还有你的家族姓氏，组成你的全名：帕特莉莎·努拜伊赛罗·诺亚。十次有九次，那些欧洲名字都是随便取的，要么从《圣经》里摘一个，要么挑一个好莱坞名人的名字，再或是新闻里某个著名政治家的名字。比如，我就认识一个墨索里尼，一个拿破仑，当然了，还有一个希特勒。

西方人对这样的取名方式感到震惊且迷惑，但是，这其实是西方人自食其果的典例。殖民者瓜分了非洲，让黑人变成劳动力，但与此同时，却并没有给予他们应得的教育。白人也不会和黑人交流，所以黑人怎么会了解白人世界发生了什么？正因为如此，很多南非的黑人并不知道希特勒是谁。我自己的外公就以为"希特勒"是那种帮助德国赢得了战争的军用坦克,所以他会说"一台希特勒"。因为那是他从新闻里捕捉到的零碎信息。对于很多南非黑人来说,"二战"的故事梗概就是有个叫希特勒的人,让同盟国输掉了战争。希特勒太强大了,以至于到了某个阶段,黑人要去帮白人打仗——如果白人会屈尊请黑人帮自己打什么人,那这个人肯定是史上的最强者。如果你希望自己的狗变得威风凛凛,你可以给自己的狗起名叫希特勒。如果你希望你自己的小孩变得坚韧顽强,就给你的小孩起名叫希特勒。所以很有可能你会拥有一个叫希特勒的舅舅。这只是一种起名习惯罢了。

在桑德林汉姆,学校教了我们第二次世界大战的历史,使我们比在小镇长大的典型黑人小孩懂得要多,但学校教的也仅是皮毛而已。学校并没有教我们如何批判性地去思考希特勒、反犹太主义,还有大屠杀之间的关系。以此类推,学校也没有告诉我们,种族隔离制度的构建者就是希特勒的铁杆粉丝,这些种族歧视的法规正是受到了纳粹德国那些种族主义法规的启发。学校没有教我们思考希特勒和我们所生活的这个世界之间的联系。综上所述,学校并没有教我们如何去思考。他们教我们的只是 1939 年,希特勒入侵波兰,1941 年,他入侵了苏联,1943 年,他还干了些别的。这些都是史实。把它们背下来,在考试的时候把它们写下来,然后把它们忘了。

还需要考虑到的是:希特勒这个名字之所以不会激怒南非黑人,也是由于希特勒并不是南非黑人心目中最可怕的恶人。每个国家都觉得自己的历史是最重要的,在西方世界尤其如此。但如果南非的黑人可以坐时光机回到过去，选择杀掉一个历史人物，他们会选择先杀死塞西尔·罗兹[1]，而不是希特勒。如果刚果的黑人可以坐时光机回到过去，选择杀掉一个人，那么比利时国王利奥波德将会是首选，排在希特勒前面的前面。如果美国原住民可以坐时光机回到过去，选择杀掉一个人，那应该是哥伦布，或者安德鲁·杰克逊[2]。

我遇见的西方人，一定都坚称纳粹大屠杀是人类历史上最可怕的暴行，毋庸置疑。是的，那场灾难确实非常恐怖。但我常常在想，刚果历史上经历过的那些屠杀暴行，会是多恐怖呢？犹太死难者和非洲死难者不同的地方在于，犹太死难者被记录了下来。纳粹分子记录了所有的细节，他们给受害者拍了照片，留了影像资料。归根结底就是这点不同。纳粹屠杀的受难者有死亡总数，是因为希特勒清点了人数。六百万人被杀。我们看着这个数字，一定都会觉得毛骨悚然。但当你看看非洲屠杀暴行的历史，没有数字，只有猜测。但是，让你对猜测的史实感到恐惧，可能就要难一些了。当葡萄牙和比利时在安哥拉和刚果大肆烧杀抢掠的时候，他们没有清点过自己杀了多少黑人。又有多少刚果黑人死于收割橡胶？多少死在德兰士瓦的金矿和钻石矿里？

在欧洲和美国，是的，希特勒是历史上最可怕的疯子。在非洲，他只是历史书上的某个铁腕人物。每当我和希特勒在一起玩，我从来没有问过自己："他为什么叫希特勒？"他叫希特勒，是因为他妈妈给他取名希特勒。

---

1 塞西尔·罗兹（Cecil John Rhodes），19 世纪英国政治家、商人，极力主张在非洲建立殖民统治。
2 安德鲁·杰克逊（Andrew Jackson），美国第七任总统，在 1830 年签订《印第安人迁移法》（Indian Removal Act），导致数以千计的美国原住民死于血泪之路（Trail of Tears）。

邦哈尼和我在DJ团队中加入了舞者之后，取得了前所未有的成功。我们的团队名叫"黑白男孩"，而舞者队伍名为"跳羚男孩"。各地的邀约纷至沓来。有钱的黑人家庭搬去了白人郊区，但是他们的孩子依然想办街区派对，保存自己的小镇文化，所以会邀请我们去他们的派对上表演。口口相传之后，我们在郊区的订单量越来越多，也开始和越来越多的白人接触，为白人表演。

我们在小镇上认识了一个孩子，他妈妈参与了一个学校的文化项目。在美国，这种项目被称为"多元文化项目"。在南非，这类项目逐渐增多，因为在种族隔离制度结束后，我们要做的就是学习和拥抱彼此的文化。这个小孩的妈妈问我们，是否愿意去林克斯菲尔德的某所学校的文化日上表演，林克斯菲尔德是一个非常富有的郊区，在桑德林汉姆南边，我的好朋友泰迪曾经住在那里。在文化日上，会有各种唱歌跳舞的活动，所有人都会聚在一起玩耍，了解彼此的文化。她说这个活动是有偿的，我们便答应了下来。她给我们发来时间和地点信息，以及学校的名字：大卫王学校。一所犹太人学校。

到了文化日那天，我们订了一辆小巴，装上我们的设备，开了过去。到了以后，我们待在学校礼堂后面候场，同时观看了在我们之前登台的表演。有弗拉明戈舞蹈、希腊舞蹈、传统祖鲁音乐轮番上阵。接着轮到了我们。我们被宣传为嘻哈喷特拉舞团——南非街舞男孩。我们把音响系统在舞台上装好后，我望向台下，看到整个大厅里都坐满了头戴圆顶小帽的犹太孩子，跃跃欲试准备开派对。

我接好话筒。"准备好了吗？！"

"耶！！！"

"让我听到你们的尖叫！"

"耶！！！！"

我开始播放音乐。贝斯的节奏开始撞击大厅，我的舞团开始跳舞，所有人都特别兴奋。老师、监护人、家长和几百个孩子——他们都疯了一样地跟着音乐舞动起来。我们的节目时长限制为 15 分钟，到第 10 分钟时，我会开始播《让我们燥起来》这首歌，我们的明星舞者也将闪亮登场，嗨翻天。

我开始播那首歌后，舞者们扇形散开，组成半圆，我打开话筒。

"你们准备好了吗？"

"耶！！！！"

"你们还没有准备好！你们这下准备好了吗？"

"耶！！！！！！"

"好了！让我们鼓掌欢迎——希——特——勒——！！！！！！！！！！！"

希特勒跳到了半圆队伍的中央，开始了他的步伐。其他舞者围在他周围开始呼号，"跳吧希特勒！跳吧希特勒！跳吧希特勒！跳吧希特勒！"他们把胳膊举在身前，跟随节奏上下摆动。"跳吧希特勒！跳吧希特勒！跳吧希特勒！"我则开着话筒，带领着他们大声喊着。"跳吧希特勒！跳吧希特勒！跳吧希特勒！跳吧希特勒！"

整个大礼堂都静止了下来。没人跳舞了。老师、监护人、家长和几百个戴着圆顶小帽的犹太小孩，呆呆地站在原地，看着在台上的我们。我正在忘我表演，希特勒也是，所以我们没有停下。大概有 30 秒的时间，全礼堂唯一的声音就是音乐的节奏，以及我在麦克风里声嘶力竭的吼声:"跳吧希特勒！跳吧希特勒！跳吧希特勒！跳吧希特勒！把你们的双手为希特勒高高举起,哟！"

一位老师从我背后冲过来,一把从墙上拔掉了电源。整座礼堂突然变得死一般沉寂。她转向我,面色铁灰。"你怎么敢这样？！这太恶心了！你这个可怕的令人作呕的肮脏东西！你怎么敢这样？！"

我的大脑飞速运转,试图理解她说这话到底什么意思。突然灵光一现,希特勒有一个特殊的舞步,叫作欧斯巴纳瓦,意思是"你干事的地方",这个动作非常性感:他的胯会扭动并向前推,就好像他在和空气做爱。那老师跑上来的时候,他正在做这个动作,很显然,她是觉得这个舞蹈很令人作呕。但是这个动作非洲人成天都会做啊,这是我们文化的一部分。我们只是在文化日分享我们的文化,而这个女人却说我们令人作呕。她被冒犯了,然后我因为她被冒犯而感觉被冒犯了。

"这位女士,"我说,"我想你要冷静下来。"

"我冷静不了！你们怎么敢这样过来侮辱我们？！"

"我们没有侮辱任何人。我们就是这样的人。"

"滚出去！你们这群人太恶心了。"

这个词出现了——你们这群人。现在我知道了,这位女士肯定是个种族主义分子,她看黑人跳舞就会觉得动作有暗示性,就会发脾气。我一边收拾我们的器材,一边继续和她理论。

"听着,这位女士。我们现在自由了。我们想做什么做什么。你无法阻止我们。"

"我要让你知道,我们的人曾经打败了像你们这样的人,我们还能再打败你们一次。"

当然了,她指的是在"二战"中打败了纳粹,但听在我耳朵里就不是这样了。南非的犹太人就是白人。我耳中听到的是,某个白人女士正在大叫着说白人以前怎么打败了我们,而且她们还要继续打败我们。我说:"你永远也不会再打败我们,这位女士。"这时我甩出了王牌:"你永远无法阻碍我们的脚步,现在我们这方拥有了纳尔逊·曼德拉,是他告诉我们,我们可以这样做!"

"什么?!"

她完全蒙了。我乘胜追击,开始骂她,"去你×的,这位女士。去你×的文化项目。去你×的学校。去你×的所有人。我们走,伙计们!我们不干了!"

我们并不是走着离开的,我们是跳着舞出去的。我们在街上跳着舞前进,拳头举在空中。"跳吧希特勒!跳吧希特勒!跳吧希特勒!跳吧希特勒!"希特勒已经圆满结束了演出,他跳出了史上最邪恶的舞步,而那些白人根本不知道到底是什么击中了他们。

亚历山德拉曾经是一个农场，以当时白人农场主妻子的名字命名。和索菲亚城一样，亚历山德拉也属于种族隔离制度之前就存在的黑人聚集区，最早是由那些去约翰内斯堡找工作的黑人在城郊建起的棚户区。但这片地方的特殊之处在于，那位农场主将一部分地卖给了当时的一批租客，而这是在黑人尚能合法获得土地的时期发生的事，之后不久，黑人就无权拥有土地了。于是，当索菲亚城和其他黑人棚户区被夷为平地、重建为白人郊区时，亚历山德拉顶住了压力，宣称其拥有合法产权，就此保存了下来。围绕着亚历山德拉，像桑顿这样的富有白人郊区则纷纷涌现，但亚历山德拉一直屹立不倒。越来越多的棚户居民搬了进来，建起越来越多的临时房屋。看起来就好像是孟买的贫民窟或者巴西的贫民区。当我第一次见到里约的贫民区时，我说："是啊，那就是亚历山德拉，只不过建在了山上。"

索韦托是个很美的地方，因为在民主之后，你看着索韦托一天天地发展起来，变成了一个宜居的城市，人们的住所从三间房变成五间房，最后变成一个拥有三间卧室和车库的大房子。它有发展空间，只因政府赋予了你可以建造房屋的土地。而亚历山德拉则不行，因为它无法继续延伸，它的四边都被固定了，而且也无法改建，因为里面全是棚户房。

南非实现民主以后，人们从黑人家园涌入了亚历山德拉，在其他棚户的后院建起更多的棚户，而这些棚户的后院也紧挨着其他更多的棚户，整个地方被压缩得越来越狭小，约 20 万人挤在了仅仅几平方公里的范围内。哪怕你今天过去，亚历山德拉依旧是那样。它无法改变。事实上它也没有能力改变。它是什么样，就只能是什么样。

第十六章
芝士男孩

我的朋友邦哈尼个子很矮，秃头，但超级健壮。他并不是一直都长那样。其实，他之前是一个很瘦弱的人，直到有一天不知从哪里搞到一本健美杂志，自此改变了他的人生。邦哈尼是那种能从每个人身上看到优点的人。在所有人都不相信你的时候，他会相信你，并看出你身上的潜力——他就是这样的朋友，这也是为什么很多小镇孩子都不由自主地被他吸引，这也是为什么我不由自主地被他吸引。邦哈尼原本就很受欢迎，但是他打败了学校里那帮臭名昭著的恶霸以后，声望达到了前所未有的高度，坐实了他在小镇孩子们心中领导者和老大哥的地位。

邦哈尼住在亚历山德拉，但我从来没去那边找过他，因为当时我们还在上学，总是他来高地北，到我家来找我。我去过亚历山德拉几次，但都只是短暂停留，从没在那边真正待过。或者这么说吧，我从没在那边过过夜。白天造访亚历山德拉和晚上造访完全是两种不同的感觉。那地方被叫作蛾摩拉是有一定道理的。

就在我们毕业前不久，有一天放学后，邦哈尼在校园里向我走过来。

"嘿，咱们去街区玩吧。"他说。

"街区？"

一开始我完全不知道他在说什么。我从说唱音乐里听到过"街区"这个词，也知道黑人住的各个小镇各有不同，但我从来没有用这个词形容过另一个黑人小镇。

种族隔离的墙倒塌之时，正是美国嘻哈音乐蓬勃发展的时刻，而在嘻哈文化里，来自"街区"是一件很酷的事。在此之前，住在黑人小镇是一件令人羞耻的事，那是社会底层的最底层。但后来，我们看到了像《街区男孩》《威胁2：社会》这样的电影，黑人小镇都被塑造得特别酷。这些电影的主角们，包括主题歌，都以此为傲。小镇的孩子们也开始有样学样，以自己的身份出处为傲：你不再是来自小镇的人了——你来自街区。而住在亚历山德拉，能让你比住在高地北获得更高的街头信誉。所以当邦哈尼说"咱们去街区玩吧"时，我很好奇他到底是什么意思。我想了解更多。

邦哈尼带我到亚历山德拉后，我们像大多数人那样，从桑顿区那一侧穿进去，经过了约翰内斯堡最富有的生活区，经过了宫殿般的豪宅和金山银山，然后又穿过了韦恩堡这条工业隔离带，富有白人和贫穷黑人的世界，就是从这里分界的。在进入亚历山德拉的入口处，列着一排长长的迷你小巴，以及一个巴士站。这是你会在007电影或《谍影重重》里见到的那种熙熙攘攘、混乱不堪的第三世界市集。这里就是中央车站，只不过是在户外。一切都生机勃勃，一切都在飞速运转。好像这里没有什么存在于昨日，也没有什么能持

第十六章 芝士男孩

续到明天，但每天都是完全一样的。

在迷你小巴的旁边，当然，是一家肯德基。这是南非的一个特点：到处都有肯德基。肯德基拥抱了黑人兄弟。肯德基不玩花头。他们早早地在街区里扎了根，在麦当劳之前，在汉堡王之前，在所有人之前。肯德基好像在说："哟，我们在这里，正是为你而来。"

一旦经过小巴的队列，你就真正进入亚历山德拉了。我从未在其他地方感受过像亚历山德拉这样的紧张活力。这里简直是人类的蜂巢，人们在这里一刻不停地来来去去，黑帮在争夺地盘，路人在街角无所事事，小孩到处乱跑。由于这些高度集中的能量无处发泄，没有机制可令其自然消解，所以这里会周期性地爆发大规模的暴力事件，亦或是极度疯狂的派对。在一分钟以前，这还是一个平静的下午，人们在四处闲逛，干着自己的事，突然之间，警车和黑帮就开始上演追逐火拼大戏，车辆在街道上飞驰，枪声不绝于耳，直升机出现在头顶盘旋。十分钟后，这一切又好像从未发生过——所有人又开始闲逛着做自己的事了，熙熙攘攘，来来去去，东奔西跑着。

亚历山德拉这个地方被许多条街道划分成网格状。马路的路面铺过沥青，但是人行道基本就是土路。整个城市的色彩主题，是煤渣砖和波状钢的颜色，灰色和深灰色，间或点缀着跳跃的明艳色彩。有人会把自己的墙漆成柠檬绿色，外卖店门口会立着一个亮红色的招牌，也许有人凑巧捡到一片天蓝色的金属钢片。整座城市的卫生条件很差，到处都是垃圾，总是有人在某条巷子里烧垃圾。在街区里，任何时候都有什么东西在燃烧。

走在街区，你可以闻到你能想到的所有气味，譬如烧菜的味道，街边外卖的味道。有的人家的棚屋就临时搭在别人家的棚屋后面,他们没有自来水,所以他们从户外的水龙头接水,用桶洗澡,洗后的脏水就直接泼在街上,这些脏水会自动汇入街面上那条污水溪流里——因为这里的下水系统又堵了。有人在修车,他以为自己知道自己在干什么,实际上却一窍不通。他把旧机油倾倒在街面上,现在机油和洗澡水混在一起,组成了一条脏河,在街面上潺潺流动。应该还会有一只山羊在旁边踱步——不知为何,那里总会有一只山羊。你一边走着,音浪向你袭来,人类活动的稳定节拍,人们用十几种不同语言对话、闲聊、争论、吵架。每时每刻都有音乐声。你会听到某个角落里播着传统南非音乐,另一个角落大声放着桃莉·巴顿,而一辆车呼啸而过,留下一串震天响的克里斯托弗·华莱士的节奏鼓点。

对我来说,街区实在是一个感官超负荷的存在,但是在它的嘈杂之中,又隐含了一种秩序,一种社会系统,一种会依据你所居住的位置而划分的社会分阶标准。一街很差,因为它紧挨着混乱的小巴站。二街还不错,那里有一些以前这里还算正规居民区时留下的洋房。三街、四街和五街就更好了——对于这个小镇来说。那里聚集了一些大家族,都是有祖传基业的。从六街开始,情况又急转直下,棚户和临时屋逐渐增多。那里有几所学校和几个足球场,还有几个给外来打工人员盖的招待所,算是大规模的政府项目。你不会想去那边,那是黑帮的地盘。你只有在需要买一把 AK-47 步枪的时候,才会造访那片土地。

过了二十街后,你会来到朱科斯凯河畔,过了罗斯福桥,走到河对岸,就来到了整个亚历山德拉最新、最好的地方,名为东岸。那是政府规划的地方,他们清理了非法占地者和棚屋,在那里建起了真正的房子。虽然仍是给低收入家庭的房子，但起码是像样的两卧带小花园的小洋房。住在那边的家庭通常都有一点儿积蓄，会把孩子送到街区以外更好的地方去上学，譬如桑德林汉姆。邦哈尼的父母就住在东岸，罗斯福路和跳羚弯的交界处。从小巴站穿过整个街区后，我和邦哈尼来到东岸，在他家门口的跳羚弯路中间的矮砖墙上玩起来，无所事事，吹吹牛皮。我那时还不知道，未来的三年，我都会在这个地方度过。

17岁那年，我从高中毕业，那时我的家已经变成了一个很可怕的地方，因为继父的关系。我不想再在家里住了，我妈同意后，我搬了出去。她帮我搬去了道路尽头的一栋楼，我在那找了一个满是蟑螂的便宜公寓。那时我的计划——如果说我有计划的话——就是去上大学，以后做一名电脑程序员，但是我们付不起学费，我得还钱。我知道的唯一的赚钱方法就是卖盗版碟，卖盗版碟最好的地方就是在街区，因为那里有小巴。而小巴司机总是在找新歌，播放好音乐是他们招揽乘客的手段之一。

街区还有一个好处，就是东西超级便宜，生活花销极少。你可以在街区买到一种叫柯塔的食物，它的外壳是四分之一条面包，把面包芯挖出来，再往里面放入炸土豆、一片熏肠和一种叫"阿查"的腌渍芒果泡菜。这一整套只需要几兰特。而你钱越多，就可以有更多的升级选择。譬如你的预算稍有富裕，那么可以往里面加个热狗。如果还有更多的钱，可以加个香肠，譬如德国碎肉肠，或者一个煎蛋。而最豪华的版本，就是把能加的都加了，足够填饱三个人的肚子。

对我们来说，终极升级版就是在上面加一片芝士。芝士是精华，因为它好贵。不用想什么金本位制了，街区信奉的是芝士本位制。在任何东西上加芝士都意味着钱。如果你有个汉堡，那很不错，但如果你有的是芝士汉堡，那就意味着你比那个买火腿汉堡的人更有钱。三明治上加芝士，冰箱里有芝士，这都表明你的生活水平不错。在南非的任何小镇上，只要你有点儿钱，人们都会说："哦哟，你是个芝士男孩。"言下之意是，你不是真的街区人，因为你的家庭有钱买芝士。

在亚历山德拉，因为邦哈尼和他的伙伴们都住在东岸，所以都被认作是芝士男孩。讽刺的是，由于他们住在过河后的第一条街，住在东岸后面街道上那些更好的房子里的小孩是"更加芝士"的芝士男孩，所以看不起邦哈尼和他的小伙伴。邦哈尼和朋友们从来不承认自己是芝士男孩的一员，他们坚称："我们不是芝士，我们属于街区。"但是真正的街区男孩们会说："呃，你们才不属于街区，你们是芝士。""我们不是芝士。"邦哈尼的伙伴们会说，并用手指向东岸远处，"他们才是芝士。"他们总是为了谁是街区谁是芝士而争个不停。

邦哈尼是一群小伙伴里的头儿，他能把所有人召集到一起，让大家一起去做什么事。这伙人里有个人叫门子，是邦哈尼的跟班，只是想随大流混在人群里。柏奇是队伍里的酒鬼，总能不知从哪儿变出酒来，也总能找到喝酒的借口。然后就是卡克茨，我们叫他G帅哥。G只对姑娘感兴趣。只要队伍里有姑娘，他就会来。最后，就是希特勒了，派对之魂。希特勒只想跳舞。

在种族隔离制度终结以后，芝士男孩们的处境格外尴尬。一方面，如果你生在街区，心里就会明白自己永远不会离开街区，但是芝士男孩们已经见过外面的世界，他们的家庭条件不错，他们有小洋房，上过正规的学校，甚至可能考上了某所大学。他们拥有更多的潜力，但是并没有得到更多的机会。他们大概了解了一些外面的世界，但是没有办法真正融入到外面的世界里去。

严格来说，种族隔离时期的失业率反而要"低一些"，这是说得通的。因为有奴隶制度——人们就是像这样被雇佣的。而实现民主以后，法律规定所有人都要拿最低基本工资。雇佣劳动力的成本上去了，一夜之间，几百万人面临失业。种族隔离结束后，年轻黑人的失业率急速上涨，有时甚至能达到 50%。很多人的情况是，高中毕业后付不起大学的学费，甚至连一个零售的工作都找不到，因为你来自街区，你的长相和说话方式都带着街区的味道。于是，对于很多生活在南非小镇的青年人来说，自由是这样的：每天早晨醒来，可能父母去上班了，也可能没去。他们就走出门，整天泡在街角玩，吹牛皮。他们是自由的，虽然他们已经被"授之以渔"，但是没人给他们钓鱼竿。

我在街区里学到的第一件事，就是明白平民与罪犯之间的界限。我们总是觉得世界由好人和坏人组成，住在郊区会给你这样的感觉，因为你住在郊区，就难结识到职业罪犯。但如果你去街区，就会发现这之间有着许许多多的灰色地带。

在街区里，你的朋友和邻居可能就是黑帮成员。你认识他们。你会和他们在街角聊天，在派对上遇到他们，他们是你的世界的一部分，你在他们成为黑帮成员之前就认识他们了。并不是说"嘿，那是个毒贩子"，而是"哦，小吉米开始贩毒了"。黑帮成员很奇怪的一点是，他们看上去都一模一样，开着同样的红色跑车，和同样漂亮的 18 岁姑娘约会。很奇怪。就好像他们没有自己的人格，共享同一个人格。这个人可以是那个人，那个人也可以是这个人。他们都学过如何去当那个黑帮成员。

在街区里，就算你不是真正意义上的罪犯，人生中也会或多或少接触到犯罪。只是程度不同而已。从那个去购买卡车后面滑落下来的食物来养家糊口的母亲，到卖军用武器和硬件的黑帮成员，都是在犯罪。街区让我意识到，犯罪连绵不绝，是因为犯罪这件事做了政府没有做到的事：犯罪活动关心你的人生。犯罪是这里的基础。照顾需要帮助的小孩，帮了他们一把的，正是犯罪活动。提供实习机会和暑期工作、给予你晋升机会的，正是犯罪活动。犯罪活动渗透在这个社区的角角落落。犯罪活动不会歧视任何人。

我的犯罪生涯开始于在街角卖盗版碟。这确实是犯罪了，直到今天我都感觉我自己欠那些音乐家的钱，因为我偷了他们的音乐，但是以街区标准来看，这连违法的等级都算不上。在那个时候，我们从来没想过这件事有什么不对的地方——如果刻碟算犯罪的话，那商店里干吗会卖刻录机？

邦哈尼家车库的大门正对着跳羚弯。每天早晨，我们都会打开门，把电线接到外面，在路上支起一张桌子，开始放音乐。路过的人们会询问："这是什么碟？我能买一张吗？"我们这个角落也是很多小巴司机的终点，他们会从这里调头回到小巴总站去。他们也会路过时下个订单，回头再来拿货。路过，下个订单，回来，拿货。我们一整天的时间都在接单，再回到车库刻录更多的碟，然后再拿回去卖。如果我们对那堵矮墙感到厌烦了，街角还有个改装过的旧

第十六章　芝士男孩

集装箱，我们也会去那边玩。那里面有个付费电话，我们躲在里面给别人打电话。如果那天不太忙，我们就在矮墙和集装箱之间来来回回，和其他同样无所事事的人聊天玩耍。我们会和毒贩子聊天，也会和黑帮成员聊天。时不时地会有警察冲过来打断我们正在做的事。这就是在街区里的日常。到了第二天，一切照旧。

卖碟逐渐演化为倒买倒卖，因为邦哈尼可以从各个地方发现商机，知道如何获得最大利润。邦哈尼和汤姆一样，也是个诡计多端的骗子，只不过汤姆是小拐小骗，而邦哈尼则更有谋略：如果我们这样做，会获得那样的结果，然后我们再把它转手换成别的，这就给了我们做更大生意的杠杆。譬如，有些小巴司机无法当场付钱："我手上没钱，因为我这趟才刚开始跑。但是我需要新碟。我可以先赊着吗？你可以免费坐我的车。我这周末交班的时候就来付清，可以吗？"于是我们开始让小巴司机赊账，并从中获取少量利息。

我们挣的钱越来越多。尽管每次也不过几百兰特，最多一千兰特，但那都是实实在在攥在手里的现金。邦哈尼立刻意识到我们所处的地位。街区里的每个人都需要现金。每个人都在寻找短期借贷，来付一笔账单，交一笔罚款，或贴补家用。邦哈尼会出去谈生意，然后回来找我："哟，我们可以和这个家伙做笔交易，我们借给他100块，这周末他还我们120。"我会说"好的"。然后那个人周末回来还给我们120兰特，我们再重复这个流程，再借更多钱出去。我们的财富开始呈两倍、三倍地增长。

现金也给了我们在街区的物物交易中插上一脚的能力。众所周知，只要你站在街区某条主路的拐角，就总有人上前想卖给你点儿什么。"哟，哟，哟，老兄，要大麻不？""要录像机吗？""要 DVD 机吗？""哟，我在卖电视。"就是这样的。

假设我们看到两个家伙在街角讨价还价，一个瘾君子想出手一台 DVD 机，另一个上班族想要，但是手头没有现金，因为还没拿到工资。他们在那来来回回地磨，但是瘾君子想立刻拿到现金，他可不想等。瘾君子的字典里没有分期付款的定义。这个时候，邦哈尼就会上前，将那个上班族拉到一边。

"看着，我知道你现在付不起 DVD 机的钱，"邦哈尼说，"但是你心理价位是多少？"

"我想的是 120。"他说。

"好的，酷。"

然后，邦哈尼再把瘾君子拉到一边。

"这台 DVD 机你想卖多少钱？"

"我想要 140。"

"好的，听着。你是个瘾君子。这是台偷来的 DVD 机，我只能给你 50。"

那个瘾君子抗议了一会儿，但最终还是收下钱，毕竟他得嗑药，嗑药需要现金，必须立刻马上拿到钱。这时，邦哈尼再回去找那个上班族。

"好了。120 成交，这是你的 DVD 机了，是你的了。"

"但是我现在手上没有 120 块现金。"

"没事。你先拿去，等你拿到工资，付给我 140 就行。"

"好的。"

于是，我们给瘾君子投入了 50 兰特，从上班族那赚回了 140。

第十六章 芝士男孩 209

但是邦哈尼还能看到再将其翻倍的可能。假设这个买了 DVD 机的人在一家鞋店工作。

"用你的员工折扣买一双耐克大概多少钱？"邦哈尼会这么问。

"我买一双的话大概 150。"

"好的，你不是还要给我 140 吗？现在我们给你十块，你用你的员工价帮我们买一双耐克。"

于是这个家伙得到了 DVD 机，兜里还多了十块钱，他觉得自己做了笔好生意。他给我带来那双耐克鞋，我们去东岸找到那种特别芝士的芝士男孩，对他说："哟，兄弟，我们知道你想要那双新乔丹鞋。店里要卖 300 块，我们 200 块卖给你了。"我们卖了那双鞋，就这样，我们把 60 兰特变成了 200 兰特。

这就是街区。总有人在买，总有人在卖，倒买倒卖就是要在全程搅混水。没有哪一步是合法的，也没人知道这些东西是哪儿来的。那个帮我们拿到耐克鞋的家伙，他真的有"员工优惠"吗？你不知道。你也不问。对话只会是这样，"嘿，看看我找到了什么"，以及"酷，你要卖多少钱"。这是国际通用密码。

开始我不知道这不能问。我记得有一次我们买了个类似车载音响的东西。

"但这原来是谁的？"我说。

"呃，别担心，"其中一个人告诉我，"白人有保险的。"

"保险？"

"是啊，白人丢东西了以后，他们找保险公司赔偿他们的损失，等于他们什么也没丢。"

"哦，好的，"我说，"听起来不错。"

于是，我们心里就只会这么想：白人丢东西之后能拿到钱，真是当白人的又一大好处。

如果你住在一个富裕安稳的世界里，远离犯罪，那么你很容易对犯罪这件事带有批判的眼光。但是街区告诉我，每个人心中对错的观念都不同，对于到底什么是犯罪，以及自己能接受参与多大程度的犯罪，也有不同的定义。如果一个瘾君子从超市偷了一大箱玉米片出来卖，前来购买的贫穷母亲并不会觉得我买这些玉米片，是在协助并教唆犯罪呢。不，她只会想，家里需要食物，这个人手上有玉米片，于是她就买了这些玉米片。

而我自己的母亲，我那超级虔诚、遵纪守法、一直因为我违反规则而教训我让我学会遵纪守法的母亲——我永远也忘不了那天我回到家后，看到厨房里放着一大箱速冻的汉堡肉饼的情形，足足有两百多个肉饼，上面打着黑牛餐厅的标志。黑牛餐厅的一个汉堡要卖至少20兰特。

"这是什么鬼？"我问。

"哦，我上班的地方有个家伙卖给我的，"她说，"给我打了很低的折扣。"

"可是他从哪儿拿到的？"

"不知道。他说他认识一个人而那个人——"

"妈，他偷的。"

"我们可不知道啊。"

"我们知道。他认识的那个人能从哪儿搞来这么多汉堡肉饼啊？路上捡的吗？"

当然了，那晚我们吃的就是肉饼，还感谢了上帝赐予我们美食。

邦哈尼一开始对我说"我们去街区吧"的时候，我以为我们就是去那边卖卖碟，或者在派对上做做 DJ。结果，我们卖碟做 DJ，都是为了在街区里做小额贷款和当铺生意积累资本。很快，后者变成了我们的事业中心。

在街区里度过的每一天都是一样的。我早早起床，邦哈尼来我的公寓找我，我们坐小巴去亚历山德拉，带着我的电脑、巨大的主机以及那个又大又重的显示器。我们在邦哈尼家的车库把设备调试好，摆出第一批 CD，然后我们走到十九街和罗斯福街的交叉口吃早餐。你想要用钱生钱的时候，可得留意你在吃上的开销。你得仔细算着，否则会把利润吃没了。每天早晨我们都会吃肥饼，一种基本是炸生面团的食物，很便宜，一块卖五毛钱。我们会买上一堆，这样就有足够的热量供我们撑到下午。

然后我们会坐在街角吃早饭。一边吃，一边接过路小巴司机的订单。接着，我们会回到邦哈尼的车库里，听听音乐，举举重，刻碟。到了 10 点或 11 点的时候，司机们陆陆续续结束了早班。我们会带上 CD 去街角，让他们各自认领自己的碟。之后，我们就在那街角待着，随便闲逛，见见人，看谁会路过，看这一天该怎么过。这个人需要这个，那个人在买那个，你永远不会知道接下来会发生什么。

午饭时分的生意单很多。我们会在亚历山德拉满城跑，去各种商店和街角，和各种人做生意。我们可以免费搭小巴，因为我们会假借和小巴司机讨论他们需要什么音乐，但暗地里就是不想给车钱。"嘿，我们来接订单的。你一边开车，我们一边聊。你需要什么？哪种音乐？你要新的麦克斯韦专辑吗？好的，我们有新的麦克斯韦。好，一会儿聊，我们先在这下车。"然后，我们再跳上另一辆车，带我们去接下来要去的地方。

中午的饭点过后,一般就没什么生意了,所以我们会在这时开始吃午饭,一般就是吃我们能找到的最便宜的食物,譬如一份"笑笑"配上玉米面。"笑笑"是羊头。清水煮过,洒了玉米面的羊头。我们叫它"笑笑",是因为当你把它上面的肉吃完后,这只羊头看上去就好像在碟子里冲你笑一样。脸颊和舌头的肉很好吃,但是眼球很恶心,会在你的嘴里爆开。你把一只羊眼球放进嘴里,咬下去,一包脓浆会在你的嘴巴里爆裂,既不脆,也没有嚼劲儿,而且也一点儿都不入味。

吃过午饭,我们回到车库,放松一会儿,小睡一会儿,接着继续刻碟。到了下午,我们会遇见很多的妈妈们。妈妈们超爱我们,她们是我们最好的客户。因为妈妈们要管家,一直期待能买到那种从卡车后面滑落的成箱肥皂,而且比起和瘾君子打交道,她们更愿意从我们手上买。和瘾君子打交道并不是什么舒心的经历,而我们是正直、文雅的东岸男孩。我们甚至可以要更高的价格,因为我们的身份给这场交易蒙上了一层体面的光。妈妈们也很需要短期借贷,家里的各项支出都急需现金。同样,她们更愿意和我们做交易,而不愿去找那些放高利贷的黑帮。妈妈们知道,即使她们没还上钱,我们也不会打断任何人的腿。我们并不信奉暴力,另外我们也没那个能力——可别忘了这一点。这个时候,邦哈尼的聪明才智又要发挥用场了,他总是清楚当一个人付不出钱的时候,可以让他拿什么来抵债。

比如我们曾经做了好几笔疯狂的交易。街区里的妈妈们都很宝贝她们的女儿,尤其是漂亮女儿。在亚历山德拉,很多女孩儿是被锁在家里的。她们会去上学,放学后直接回家,直接进屋,再也不许出门。男孩子也不许跟她们讲话,甚至都不能在她们家门口徘徊——什么都不能。有些男生总是梦想和这些锁在家里的女孩儿们交往:"她太美了,如果能和她在一起,我什么都愿意做。"但是他没法和她在一起。没有人可以。

但是这个女孩儿的妈妈可能会需要一笔贷款。一旦我们把钱借给她,在她还钱之前,她都无法把我们从她家门口赶走。我们可以经过,进去坐坐,聊聊天。那个漂亮女儿会在家里,但她妈妈并不会说:"不许和那些男孩说话!"贷款让我们和这位母亲建立了联系。她会请我们去吃晚餐,而当这位母亲了解了我们是正直、文雅的男孩后,她会同意让我们带她女儿参加派对,只要我们保证能把她安全送回家就行。随后,我们再去找那个为了和这个女生见面什么都愿意做的家伙。

"嘿,我们来做个交易吧,如果我们能把那个姑娘带到你的派对上来,让你和她相处相处的话,你愿意出多少钱?"

"我没钱,"他说,"但我有几箱啤酒。"

"好的,那今晚我们会来你的派对,到时候你要给我们两箱啤酒。"

"酷。"

我们去参加派对前,约上那个姑娘——她正为可以逃离母亲的牢笼而激动不已。那个男生带来了啤酒,也终于和心爱的姑娘见了面,而我们则把她妈妈欠我们的债一笔勾销以示感谢,随后再把那几箱酒卖了,把钱补回来。总有解决的办法,而这是最有趣的部分:拐个弯抹个角,解决难题,看谁走到了哪一步,谁又需要什么,我们可以联系到谁，让钱兜兜转转又回到我们手里。

在我们生意巅峰的时候，我们手上大概有 10000 兰特的现金。我们有借贷，有利息，还存了一堆乔丹鞋和 DVD 机，我们从别人那买过来，等时机合适了再卖出去。我们还得买空白 CD，雇小巴来装我们的 DJ 器材，每天还得喂饱五个人的肚子。我们把所有的细节都记在了电脑上。和我妈相处久了，我知道怎么做表格记账。我们做了一个 Excel 表格，记录了所有人的名字，他们欠我们多少钱，什么时候还了款，什么时候还没还。

下班时分，我们的生意才真正开始火起来。小巴司机会过来取他们最后一份订单，上班族都在回家的路上，但他们的关注点不是肥皂盒、玉米片，而是各种器材——DVD 播放机、CD 播放机、游戏机。还有很多人开始过来卖东西，因为他们一天都在各种坑蒙拐骗加盗窃，是时候销赃了。有人在卖手机，有人卖皮夹克，有人卖鞋。有一个长得很像《辛普森一家》里的黑人版伯恩斯先生的家伙，总能在交班时间拿出最莫名其妙而且毫无用处的垃圾，譬如一个没有电池的电动牙刷。有一次，他给我们带来了一个电动剃须刀。

"这是什么鬼？"

"这是电动剃须刀吧？"

"电动剃须刀？我们是黑人。你知道用这种东西的话我们的皮肤会怎样吗？你见到周围有人用过电动剃须刀吗？"

我们永远不会知道他到底是从哪儿搞到这些东西的。因为我们不会问。但是我们最终还是从细枝末节拼出了答案：他在机场工作。那些没用的垃圾，都是他从别人的行李箱里摸出来的。

慢慢地，人潮散去，我们也开始放松下来。这时候，我们会清点一下货物，整理整理 CD 库存，算一下今天的收支明细。如果晚上接了 DJ 的活儿，那我们就要准备一下，不然我们就买点儿啤酒，无所事事地喝点儿，聊聊刚过去的这一天，听听远处传来的枪声。每天晚上都有枪声，我们总是试图通过声音来猜测那是哪个型号的枪。"应该是把口径 9 毫米的手枪。"当然，警察追逐戏也是固定节目，警车呼啸而过，追着前面开着刚偷来的车的家伙。最后，每个人都准备回家吃晚餐了，我也带上电脑，搭上一辆小巴，到家，睡觉。第二天再回来，把这所有的事再做一遍。

过了一年。两年。我已经不再想着去上大学了，而且也完全没有赚到学费。

街区吊诡的地方在于，你总是在干活，干活，干活，你感觉好像有什么事情在发生，但其实什么都没有。每天从早上 7 点到晚上 7 点，都是一样的流程：我们怎么把 10 兰特变成 20 兰特？怎么把 20 变成 50？怎么把 50 变成 100？到了晚上，我们就把赚了的钱花在吃上，或许还有啤酒上，然后回家，第二天回来再重复：我们怎么把 10 变成 20？怎么把 20 变成 50？忙忙碌碌一整天，才能把钱翻倍。你得走来走去，到处晃悠，不停思考。你得找到这个人，跟那个人搭个话，再想办法认识认识那个人。很多时候，一天忙到最后，我们手上一分钱都不会剩下，但却总觉得自己赚了挺多。

倒买倒卖之于工作，就像上网之于读书。如果你把你一年在网上读到的文字加起来——推特、脸书推送、网页列表——那你读的文字量都约等于一吨书了，但事实上是，这一年里你一本书都没有读。当我回头想想，倒买倒卖就是那样。你投入了无限的精力进去，获得了最少的收获，就好像每天在转轮里跑步的仓鼠。如果我把同等的精力放在学习上，早就 MBA 毕业了。但事实却是，我只是专攻了倒买倒卖，没有哪个大学可以给我颁发个倒买倒卖学位证。

我第一次到亚历山德拉的时候，就被那里永不停歇的活力和刺激深深吸引了，更重要的是，我被那里接纳了。我在那儿获得到的归属感，比我在高中或其他任何地方得到的都多。我第一次出现在那里的时候，确实有几个人抬了抬眉毛："这个有色小孩是谁？"但街区并不会以貌取人。如果你想去那里住，就可以去那里住。因为我不住在那儿，所以从严格意义上说，我是个局外人，但是在那里，我却这辈子第一次感觉自己不是局外人。

街区的生活压力小，日子可以过得很舒适。你脑子里想的都是得过且过，所以也不必问自己什么大问题，譬如，我是谁？我应该在哪里？我做的足够与否？在街区里，你可以是一个 40 岁的老男人，住在自己妈妈房子里，四处向人借钱过活，也没人会看不起你。你在街区里不会觉得自己是个失败者，因为总有人比你更失败，让你感觉自己也不用再怎么努力，因为你身边最成功的人也没有比你成功多少。这让你活在一种了无生机的状态里，可以一动不动。

街区里也有着很强的社区感。每个人认识每个人，从瘾君子到警察，都互相认识。人们会互相帮助。如果某个妈妈让你做什么，你就得去做。标准句型是"我可以劳烦你吗"，就好像所有人都是你妈妈，你是所有人的孩子一样。

"我可以劳烦你吗？"

"可以啊，你需要什么？"

"我想你去帮我买面包和牛奶。"

"好的,我去。"

然后她会给你一些钱,你去买面包和牛奶。只要你当时没在忙,也不耽误你什么事,你都不会拒绝。

住在街区里,最重要的事是学会分享。你不能一个人闷声发财。你有钱?那你为什么不帮助别人?邻居里哪个奶奶需要帮忙,所有人都会来伸出援手。你要是去买啤酒,就得给所有人都买上,四处分发。每个人都需要了解你获得的成就会以这样或那样的方式回馈给社区,否则你就会变成众矢之的。

小镇也有自己的治安系统。如果有人偷东西被抓,小镇上的人会管。如果有人入室抢劫被抓,小镇上的人也会管。如果你强奸妇女被抓,那你要赶快祈祷,宁可警察先到一步,也别落到小镇人民的手里。如果一个妇女被打了,人们并不太会管。因为挨打牵扯了太多问题,为什么被打?谁来负责?谁先动的手?但强奸就是强奸,盗窃就是盗窃,你玷污了社区的名声。

生活在街区里,有种奇异的舒适感,但舒适的同时也很危险。舒适给了供你躺倒的地方,但也给了压在头顶的天花板。在我们那帮人里,朋友 G 本来和我们一样,也没工作,整天四处闲逛。但后来,突然有一天,他在一家服装店找到了工作。每个早晨去上班的时候,其他人就会取笑他。我们看着他穿着正装出门,所有人都会在一边嘲讽:"喔,G,看看你穿的那身儿衣服!""喔,G,今天又要去见白人了,哈?""喔,G,别忘了从图书馆拿几本书回来!"

G 上了一个月班之后,有一天早晨,我们在矮墙上玩,G 穿着拖鞋和袜子就出来了。他没穿工作正装。

"哟,G,怎么了?工作怎么样了?"

"哦,我不在那儿干了。"

"为什么?"

"他们说我偷东西,我被开除了。"

我永远不会忘记当时我脑内遏制不住的一个念头,我觉得他是故意的。他陷害了自己,这样才能重新被其他伙伴们接纳。

街区有种吸引力,它永远不会将你落下,也永远不会让你离开。因为你一旦决定离开,你就冒犯了这个生你养你、塑造了你、永不会背叛你的地方。这个地方会对你加倍奉还。

但一旦你在街区的生活变得顺心遂意,那你就该离开了。因为街区会将你拖下深渊,它总有办法,总会有某个家伙偷了东西后,把东西扔在你的车里,结果被警察找到。你不能留下来,你以为你可以,甚至开始想要做更多好事,把你的街区朋友带到某个高级俱乐部玩,但不一会儿,你身边人就打起架来,你的朋友掏出了枪,有人中了弹,而你留在原地,一头雾水:"刚刚发生了什么?"

只是发生了街区里会发生的事。

有一天晚上,我正在一个派对上当 DJ,不在亚历山德拉,而是在紧挨着亚历山德拉的伦巴第东,这里是一个稍微富裕些的中产阶级黑人社区。有人报了警,投诉说噪音太大。警察穿着防爆装备冲了进来,端着机关枪。我们的警察就是这样出警的,没有小情况,只有大事件。美国人所说的特种部队,对我们来说只是常规警察。他们过来查看噪音的源头,就是我。一个警察冲着我和我的电脑走过来,将他的冲锋枪对准我。

"把音乐关掉,现在。"

"好的，好的，"我说，"我在关了。"

但我当时电脑系统是 Windows 95，而 Windows 95 关起机来大概需要一辈子的时间。我忙着一个一个关闭窗口，退出程序，我有一个很容易受损的希捷硬盘，所以不想直接切断电源，那样会对硬盘造成伤害。但警察很显然一点儿也不在乎。

"关掉！关掉！"

"我在关！我在关呢！我得先关掉程序！"

群众开始骚动不安，警察也越发紧张。他调转枪口，直接射向了电脑。不过，他可能不太懂什么是电脑，因为他射击的是显示器，显示器爆炸了，但音乐还在响。现场一团混乱——音乐震耳欲聋，所有人都在四处乱窜，被枪声吓得不行。我一把拔下主机电源，音乐没了，但此时，警察又开始向人群投掷催泪弹。

催泪弹和我以及音乐本身都没有关系。催泪弹只是警察用来关闭黑人社区的派对的常规手段，就好像夜店打开灯，告诉所有人该回家了一样。

我的硬盘没了。尽管警察冲着显示器开枪，但不知怎么我的硬盘却烧了。电脑还能开机，但是读不出这个硬盘。我的音乐库没了。尽管我有钱买一个新硬盘，但是我几年积累起来的音乐全没了。没有办法可以弥补。我的 DJ 生涯到次年结束，贩卖盗版碟的生意也戛然而止。突然之间，我们的小团体失去了主要收入来源。我们的技能只剩下了倒买倒卖。于是，我们只有更加勤奋地倒买倒卖，拿着一点儿现金，努力让它翻倍，买这个换那个。到后来，我们开始花积蓄，但不出一个月，我们便身无分文，只能吃土了。

有天晚上，我们那位在机场工作的朋友——黑人版的伯恩斯先生——下班后来找我们。

"嘿，看我找到什么了。"他说。

"你找到什么了？"

"照相机。"

我永远不会忘记那台相机。那是一台数码相机。我们从他手里买了过来。我拿着相机，打开之后，发现里面都是一个白人家庭的度假照片，我感觉糟透了。我们买的其他所有东西，对我来说从来都不重要，耐克鞋、电动牙刷、电动剃须刀。谁在乎？是啊，可能会有人因为超市里丢了一小拖车玉米片被开除，但那不过是小事一桩。你不会去多想。但是这个相机里全是人的面孔。看着那些照片，我想起了我的家庭照片对我来说意味着什么，我心里想，我偷的不是相机，而是某个人的回忆，我偷了属于某个人的一部分生活。

这真的很奇怪，但是在两年倒买倒卖的生涯中，我从来没想过我在犯罪。我真的不觉得这是一件坏事。这只是人们找到的东西罢了。反正白人有保险。只要能找到合适的理由，一切都顺理成章。在社会中，我们彼此伤害，是因为我们看不到受伤之人的样子。我们看不到他的表情。我们不觉得他们也是人。这也是为什么会出现街区的终极理由——把种族隔离出去的那群人赶得远远的，眼不见心不烦。因为如果白人有一瞬间把黑人当人看的话，就会发现奴隶制是如此不合理。在我们生活着的世界里，我们完全看不到自己做的事情会对他人造成什么影响，因为我们并不住在同一个地方。如果一个投资银行家和那个借了次级房贷的人住在一起的话，那投资银行家估计会不忍心从贷款人手里大肆捞钱。如果我们能够看到彼此的痛苦，彼此同情对方的处境的话，我们从一开始可能就不会去

第十六章 芝士男孩

犯罪了。

尽管我们当时很需要钱,但我没有转手卖掉相机。我感觉太内疚了,好像这会带来厄运一般,我知道这很蠢,那家人也拿不回相机了,但我就是无法将它出手。那台相机时刻提醒着我,我所做的这一切,都有人在另一头为此受罪,而我所做的事是错的。

有一天晚上,我们的团队被邀请去索韦托和另一伙人斗舞。希特勒要和他们中最好的舞者赫克托较量高下,赫克托是当时南非最棒的舞者之一。这封邀请函可是件大事,我们是代表我们的街区前去应战。亚历山德拉和索韦托这两个镇一直在较劲。索韦托被认为是个很势利的小镇,而亚历山德拉则被认为是肮脏下流的地方。赫克托来自迪普克鲁夫,那里是索韦托的富人区。在民主之后,迪普克鲁夫建起了第一批百万豪宅,仿佛在宣告"嘿,我们不再是小镇了,我们现在开始修高档房子了"。我们必须要与这样的地方较量一下,为此,希特勒辛苦练习了一整周。

那天晚上,我们乘上小巴去迪普克鲁夫,一行人里包括我、邦哈尼、门子、柏奇、G和希特勒。赫克托赢了比赛。G被人抓到在和那边的一个女孩接吻,结果爆发了一场群架,所有的东西都被砸碎了。半夜1点,我们准备回亚历山德拉,但刚刚驶出迪普克鲁夫拐上高速,一些警察就拦下了我们的小巴。他们让我们下车,把整辆车搜了一遍。我们站在车外,沿路排成一排。一名警察走过来。

"我们找到一把枪,"他说,"谁的枪?"

我们都耸耸肩。

"不知道。"我们说。

"不可能，肯定有人知道。这是某个人的枪。"

"但是，我们真的不知道啊。"邦哈尼说。

他重重地扇了邦哈尼一巴掌。

"你再跟我胡说八道！"

接着，他开始按顺序扇我们每个人巴掌，挨个揍，问我们说不说枪是谁的。我们无法反抗，只有站在原地任由他打。

"你们都是垃圾，"那警察说，"你们从哪儿来？"

"亚历山德拉。"

"哦哦哦，好的，我知道了。亚历山德拉狗。你们来这儿偷东西，强奸妇女，拦路抢劫，是吧。一群下贱的流氓串子。"

"不是，我们是舞者。我们不知道——"

"我不管。在我们查明枪是谁的以前，你们都要蹲监狱。"

忽然，我们明白发生了什么。警察是在问我们要贿赂。用委婉语来说就是，"现场罚款"。你要按着警察精心设计的步骤来，用不挑明的方式把事情说明白。

"就没什么我们能做的吗？"你哀求警官。

"你们想让我怎么样？"

"我们真的很抱歉，警官。有什么我们能做的吗？"

"你告诉我啊。"

这时轮到你编故事了，故事里要暗示一下，让警察听你现在身上有多少钱，我们没法这么做，因为我们当时没有钱。于是他就把我们关进了监狱。那辆小巴是公共小巴，那把枪可以是任何人的枪，但是只有来自亚历山德拉的几个家伙被抓，车里其他人都没事。警察把我们带回警察局，把我们关在一间牢房里，再将我们一个个拎出去审问。他们审问我的时候,我写下了我家的地址:高地北。这些警察一脸迷惑地望着我。

"你不是亚历山德拉人啊?"他说,"那你和这帮混球在一起搞什么?"我不知道怎么回答。他狠狠地瞪着我说:"听着,富少爷,你以为和这些人厮混很好玩是吗?这可不是过家家。跟我说实话,供出来到底是他们谁的枪,我就让你走。"

我拒绝后,他把我丢回了牢房。我们在这过了一夜,第二天我给一个朋友打电话,他说可以跟他爸爸借一些钱,保我们出去。那天晚些时候,朋友的父亲过来付了钱。警察说这叫"保释金",但其实就是贿赂。我们没有被正式批捕或审判,也没有留下任何档案记录。

从警察局出去后,一切都恢复了平静,但这件事却令我们感到恐慌。每天我们都在街上胡闹,倒买倒卖,表现得好像我们和那些黑帮是一伙儿的,但事实是,我们就是比街区里的人更"芝士"的芝士男孩。为了要在这个世界生存下去,我们在心里给自己塑造出了那样一个形象。邦哈尼和其他那些东岸的伙伴,只因为他们来自的地方和皮肤的颜色,人生就没有了盼头。在那种处境下,你大概只有两个选择。要么接下那份零售工作,或者在麦当劳煎汉堡肉饼——这还得是在你足够幸运的情况下——要么选择强大起来,戴上面具,正面迎上去。你既然离不开街区,就要按照街区的法则生存下去。

我选择活在那个世界里,但我并不来自那个世界。如果非要说的话,我就是个冒名顶替的家伙。我身在其中,一天又一天地过着,貌似和所有人一样,但不同的是,在意识深处,我明白我有其他选择。我可以离开。他们不行。

一

　　我十岁的时候，有一天，我去尤维尔见我父亲。当时我的什么玩具没有电池了，而我妈一直拒绝给买新电池，不用说，显然是她觉得这是浪费钱，所以我悄悄溜到商店里偷了一包电池。一个保安在我临出门之前捉住了我，将我拖到他的办公室，然后给我妈妈打了电话。

　　"我们抓着你儿子偷电池了，"他说，"你得过来把他带走。"

　　"不用，"她说，"把他关进监狱里。如果他想犯事，就要清楚自己会承担什么后果。"

　　说完，她挂了电话。保安看着我，一脸迷惑，最终只好把我放了，并得出结论，我应该是某个淘气的孤儿，毕竟，哪个母亲会把她十岁的小孩送去蹲监狱啊？

第十七章
这个世界并不爱你

我妈对我从来都寸步不让。每次我犯了错，迎接我的都是"严厉的爱"——训话、惩戒、暴揍。每次犯错误都是这样。很多黑人父母也是这么教育子女的，他们要在社会给你惩罚之前，先将你教训一顿。"在警察把你抓走之前，我必须这么管教你。"从你能上街的那天起，所有的黑人父母心里想的都是这件事，因为法律正在外面等着你。

在亚历山德拉，被捕是生活的常态，十分常见，我们甚至有个简单手势来表达这层意思：将两个手腕轻碰一下，就好像是被戴了手铐一样。所有人都知道这个动作的意思。

"邦哈尼在哪儿？"

手腕轻扣。

"哦，糟了。什么时候？"

"周五晚上。"

"妈的。"

我妈妈痛恨街区。她不喜欢我在那里交的朋友。如果我邀请他们来家里玩，她甚至不想让他们进门。"我不喜欢那些男孩。"她会说。她并不是讨厌他们本人，她讨厌的是他们身上所代表的东西。"你和那些男孩惹了那么多麻烦，"她会说，"你必须要留意自己周围都是什么样的人，因为他们会决定你是什么样的人。"

她说她最痛恨街区的地方是，街区不会给我进步的动力。她希望我可以和读大学的表兄一起玩。

"在大学里玩和在街区里玩又有什么差别呢？"我说，"好像我真能去读大学似的。"

"是，但是大学的压力会潜移默化地影响你。我了解你。你的性格是不会坐在原地，让你眼睁睁看着其他人都超过你的。如果你在一个积极进步的环境里，你也会变成积极进步的人。我一直跟你说你要改变你的生活，你就是不听。有一天你会进监狱的，但进去之后，别给我打电话。我会让警察把你关起来，好好给你个教训。"

很多黑人父母真的是这么做的，不给孩子付保释金，不请律师——这是"严厉的爱"的终极形式。但可惜，这种手段并不太行得通，因为你恰恰在孩子最需要爱的时候，给了他"严厉的爱"。你想给他个教训，但这个教训却让他付出了后半生的代价。

有一天早晨，我在报纸上看到一则广告，某家商店在清仓甩卖手机，价格低到匪夷所思，我知道邦哈尼和我可以在街区把它们转卖出去，大赚一笔差价。这家店在郊区，步行太远，小巴也不直达。所幸我继父是开修车行的，后院里停着一堆旧车。

从 14 岁开始，我就经常偷开亚伯的破车到周围转悠。我说我是在试驾，想检测一下它们维修得好不好。亚伯觉得这并不好笑。我被逮到过好几次，逮到后就被我妈大骂一顿。但这并不会阻碍我继续这么做。

那些破车大部分都不能合法上路。没有行车证，也没有正规牌照。幸运的是，亚伯有在车库里存了一批旧车牌。没多久，我就发现，我可以从里面挑一块车牌安到旧车上，然后就可以上路了。那时我 19 岁，也许 20 岁，完全没有想过这样做的后果。我走到亚伯的车库，确保旁边没人后，挑了一辆车——那辆我开去高中毕业舞会的红色马自达，在上面安了个旧车牌后，便开着它上路去搜罗降价手机了。

开到希尔布洛的时候，我被警察拦了下来。南非的警察拦你停车不需要理由。警察拦你，只因为他们是警察，有权让你停车，就这么简单。我常常看美国电影，里面的警察让人停车后还要解释说，"你没打转向灯"，或"你尾灯没亮"。我总是在想，美国警察何苦还要编个谎啊？我很欣赏南非的一点是，我们的社会系统还没有文明到需要说谎的程度。

"你知道我为什么让你停车吗？"

"因为你是警察，而我是黑人？"

"没错。请出示驾照和行车证。"

警察把我拦下的时候，我很想争辩："喂，我知道你们是因为我的肤色才要查我的！"但是这次我没法争辩，因为在那一刻，我确实违法了。警察走到我的车窗前，问了我那几个标准问题。你要去哪儿？这是你的车吗？这是谁的车？我答不出来，我动都动不了。

那时我还年轻，说来也怪，比起被法律制裁，我更害怕惹怒我的父母。我在亚历山德拉和索韦托都和警察打过交道，但都是外部环境所致：被迫关闭的派对，对小巴的突然搜查。法律的利剑在我头顶转来转去，却从来没有落到我特雷弗的身上。当你跟法律没打过交道的时候，法律看上去很理智——尽管警察大部分时候是混球，但你也要承认，他们只是在做自己的工作。

但另一方面，你的父母，就一点儿也不理智了。他们在你的整个童年中扮演了法官、陪审团和行刑官等多重角色，好像每次你犯了错，他们都想判你个无期徒刑。在那一刻，尽管我理应害怕的是面前的警察，但我脑中想的完全却是，完了完了完了，等我到家后，肯定有大麻烦在等着我。

警察查了下车牌，发现车牌和车对不上。可抓到我的把柄了。"这辆车不是你的！牌照又是怎么回事？！给我下车！"这个时候我才意识到：啊啊啊啊，这下真惹上麻烦了。我走下车，他给我戴上手铐，告诉我，我因为有偷车嫌疑被捕了。我被带回了警察局，车则被没收了。

希尔布洛警察局和南非其他警察局长得一模一样，都是在种族隔离的巅峰时期由同一个承包商建的，就像同一个警局帝国神经系统的不同分支。如果你被蒙着眼睛，从一个警察局转到另一个警察局，可能都不会注意到你换了地方。里面装着一样的日光灯，用着一样的便宜地砖，好像医院一样乏味又正统。警察把我押进去后，让我坐在登记台前，然后对我提出指控，让我按下了指纹。

与此同时，他们查了那辆车的信息，结果对我也很不利。每次我从亚伯的修车厂借车，我都倾向于借那些没人要的破车，而不是真正的客户送来的车，我以为这样就能少惹麻烦。但那是个错误的选择。这辆马自达是亚伯厂里的众多破车之一，没有明确的车主归属,如果它有车主,那么警察给车主打个电话,车主就会解释说那辆车正在厂里维修,整件事就真相大白了。但这辆车没有车主,所以我根本无法证明不是偷来的。

车被抢,在那时的南非经常发生,太稀松平常了,以至于你听到类似的事件都不会惊讶。比如你约了朋友来家里吃晚餐开派对,结果接到一个电话。

"对不起,车被抢了,晚点儿到。"

"啊,那可真糟。嘿,各位!戴夫的车被抢了。"

"戴夫好可怜啊。"

然后派对如常继续,这还是被劫持者活下来的情况,更多时候他们会被杀死。人们总是因为自己的车而受到枪击。我不仅没法证明这辆车不是我偷来的,我也没法证明我没有为了这辆车而杀人。那些警察一直在逼问我。"你是杀了人才拿到的车吧,孩子?是吧?你是杀人犯吧?"

我真的真的惹下大麻烦了。我唯一的救生索是我的父母,一通电话就可以解决所有事。"这是我继父,他是修车师傅。我借了他的车,我不该这么做的。"完事。最差我也只会因为开了没有行车证的车而被处以轻微的处罚。但是回到家以后,等着我的又是什么呢?

我坐在警察局里,因偷车嫌疑而被捕——很可能还犯了劫持汽车罪,甚至杀过人——我脑中在激烈地争辩着,到底是该给家里打电话,还是去蹲监狱好。一想到我的继父,他很可能真能杀了我。在我脑海里,这完全是可能发生的场景。然后我又想到我妈妈,她只会让事情变得更糟。她可不是我现在需要的那种目击证人,而且她根本不会帮我——因为她明确告诉过我她不会帮。"如果你哪天被捕了，别给我打电话。"我需要有人同情我现在的处境，但我不觉得她会是那个人，所以我没有给他们打电话。我决定，我不需要他们。我自己已经长大成人，可以处理好自己的事。我给我表兄打了电话，跟他说我正在想办法解决，先别跟任何人说发生了什么——现在我只需要想出解决办法就可以了。

由于我是在傍晚被抓的，所以受审时已经快到晚上熄灯时间了。不管喜不喜欢，我都得在牢里过夜。这时，一个警察把我拉到一边，悄悄问我是因为什么进来的。

南非的程序是这样的，你被捕后，人要关在警察局的牢房里，直到保释听证会那天。听证会上，法官会看你的案子，听取检方意见，然后要么驳回起诉，要么设定保释金额和开庭日期。如果你可以支付保释金，那付完钱就可以回家了。但是你的保释听证会可能会出现各种纰漏：譬如你的法庭指定律师没看过你的卷宗，不知道现在是在干吗；你的家人付不起保释金；或者就是法庭本身要推迟工作。"对不起，我们太忙了。今天的听证到此结束。"不管理由如何，一旦你离开拘留所，你就不能再回来了，如果你的案子当天没有得到解决，那你要被转移到监狱里继续等待。在监狱里，你会和一群等待开庭的犯人关在一起，那可不是一群普通人。庭审等待室是个极其凶险的地方，和你关在一起的人中，小到违反交通法规的司机，大到不知悔改的惯犯，应有尽有。你和他们关在一起，可能有好几天、好几周，甚至好几个月。在美国也一样。如果你很穷，如果你不知道系统规则是什么样的，就很可能掉进这个裂缝中，然后你会发现，你身处一个诡异的炼狱之内，即不在监狱里，也不是不在监狱里。你没有被判有罪，但是你依然被关了起来，无法出去。

那个警察把我拉到一边说:"听着,你绝对不想就这么直接去保释听证。他们会给你派一个完全不了解情况的检察官,他没空在你身上浪费时间,而是会向法官申请延期,然后你可能就自由了,但也有可能就会被一直关起来。信我,你可不想那样。你有权在这里想待多久就待多久。你应该找个律师,在上庭见法官之前做好万全的准备。"他并不是出于好心才给我这个建议的:他和辩护律师有约定,帮他拉客户,自己从中拿回扣。他把律师的名片递到我手上,我给律师打了电话,他接了我的案子,然后让我就待在牢里,等他在外面处理好一切。

现在,我需要的是钱。尽管律师人很好,但他不是做慈善的。我给一个朋友打电话,问他能否向他爸爸借一点儿钱。他说包在他身上了。他和他父亲讲了之后,律师第二天拿到了预付款。

由于有律师罩着,我感觉一切事情都尽在掌握之中,我真是聪明极了,掌控了大局,而且最关键的是,我妈和亚伯还被蒙在鼓里。

到了熄灯时间,一个警察过来收走了我身上的东西:皮带,钱包,鞋带。

"为什么要拿走鞋带?"

"以防你上吊。"

"对哦。"

尽管他都这样说了,我依然不觉得我的处境有多糟。我走进警察局的拘留室,看到房间里的其他六个人,心想,没什么大不了的。一切都会很顺利,我会从这儿走出去。我正想着,牢门在我身后"砰"地关上了,守卫大吼了一声:"熄灯!"这时,我才突然意识到，哦，靠，这是来真的了。

守卫给我发了一块垫子以及一床扎人的毯子。我把它们铺在水泥地上，想尽量弄得舒服些。我的脑海中呼啸着闪过以前看过的每一部监狱电影的情节。我心里想着，我要被强奸了，我要被强奸了，我要被强奸了。当然，我没有被强奸，因为这不是监狱，这只是拘留所，两者差别很大，而且我很快就会发现其中的不同。

第二天早晨醒来后，迷迷糊糊间，我以为一切都只是一个梦。但环顾了一下四周，我才想起来这是现实。早餐来了，我开始了漫长的等待。

拘留所的第一天过得特别安静，只是偶尔有经过的守卫大声骂人，列队点名。在拘留室里，没人开口说话。没有人会在走进拘留室后说："嗨，大家好！我是布莱恩！"因为每个人都很害怕，没人想被其他人杀掉。我也不想让任何人知道我只是个违反交通法规的小孩，我使劲地在脑海里搜刮各种蹲监狱的犯人形象，然后努力装出那副样子来。

在南非，所有人都知道有色人种黑帮是最无情残暴的一类恶棍。这是你一辈子都无法改变的固有印象。最臭名昭著的有色人种黑帮是数字帮：26帮、27帮和28帮。他们控制着监狱，以凶狠暴力而闻名——打人致残、酷刑折磨、强奸、砍头——他们干这些事都不是为了赚钱，只为证明他们是有多么凶残，堪比墨西哥贩毒团伙。事实上，很多这类黑帮成员都在模仿墨西哥黑帮的样子，连外形都是：匡威的鞋子、迪凯斯的裤子，开襟衬衫，纽扣只系最上面一颗。

那时我还是个少年，每次被警察或保安盘查，通常都不是因为我是黑人,而是由于我看上去是个有色人种。有一次我和表兄以及他的朋友去俱乐部玩,门口的保安搜了下穆隆格斯,挥手让他进去了,搜了我们的朋友,也挥手让他进去了。但轮到我的时候,瞪着我的脸说。

"你的刀呢?"

"我没有刀。"

"我知道你身上哪里藏了刀,在哪儿?"

他搜来搜去,最终只好让我进去,但他看着我的表情,就好像我一定会惹麻烦一样。

"别找麻烦!知道吗?"

我忖度着,如果我进了监狱,人们肯定会觉得我是那种犯了重罪被抓进来的有色人种黑帮成员。所以我开始了我的表演。我假装我就是那种人,做戏就要做全套。每次警察问我问题,我都操着一口磕磕巴巴的南非荷兰语,带着浓重的有色人种口音。想象一下,一个肤色略深的美国白人,从外形上足以被认作是拉美人。他走进监狱,说着一口从电影里学来的墨西哥黑帮口音:"事情要开始变得麻烦了呢,朋友。"我就是这么做的——只不过是南非版本。这是我为了挨过牢狱时光想出来的绝佳计划,而且居然奏效了。那些和我关在一处的家伙,罪行不过是酒驾、家暴和小偷小摸,他们都没见过真正的有色人种黑帮,因此,所有人都不敢招惹我。

我们都在玩这个游戏,只是没人知道我们在玩游戏。我第一夜走进那间拘留室时,所有人的脸上都写着:"我很危险。别惹我。"我心想,"天哪,他们都是重刑犯,我不该来这儿,因为我没犯罪。"到了第二天,情况迅速反转,这些家伙一个个去参加听证会了,我留在那儿等我的律师，而新人不断被送进来。现在，我成了老油条，扮演着那套有色人种黑帮的戏码，恶狠狠地望着新人，脸上写着："我很危险，别惹我。"他们看着我，心想："天哪，他是个重刑犯，我不该来这儿的，我和他不一样。"每天都这么重复，一轮接一轮。

某一瞬间我忽然意识到，这间牢房里的每个人应该都在装。我们其实都是来自良好的社区，有着良好家底的文明人，被关在这里或许只是因为少交了一次停车费，或者犯了什么其他的小错误。我们本应该相处融洽，一起吃饭，打牌，聊聊女人和足球。但是这不可能，因为所有人都摆出了一副自己很危险的架势，没人开口说话，是因为所有人都被其他人的装腔作势唬到了。等他们出去后，回到家里就会说："天哪，宝贝，太可怕了。里面有一些真正的重刑犯，而且还有个有色人种，我的老天，他杀过人。"

自从我摸清了里头的门道后，就没事了。我放松了下来，开始感觉我又搞定了一件事，没什么大不了的。我吃得还不错。早饭有花生酱三明治，面包片很厚。午饭是鸡肉和米饭。茶很烫，而且很淡，但是能喝。有一些在你之前进来的老犯人快要被释放时，会过来清掉牢房，然后把书和杂志分发下来，供大家传阅。其实，里面的日子还挺让人放松的。

我记得有那么一瞬间，我一边吃着饭，一边对自己说，这日子不赖嘛。我可以和一堆人待在一起。没有杂事要管，没有账单要付，没人在旁边一直唠叨让我干这干那。花生酱三明治？天，我可以一直吃花生酱三明治。这日子真不错。我可以这么一直过下去。我真的很害怕回家之后等待我的那顿暴揍，所以我真的琢磨了一下怎么才能在监狱里一直住下去的事。想了会儿，我有了一个计划。"我可以消失个几年,再回来,跟大家说,我之前被绑架了,我妈永远也不会知道,她只会沉浸在与我重逢的喜悦之中。"

到了第三天,警察带进来一个我一生中见过的最壮的男人。简直是个巨人。发达的肌肉,黝黑的皮肤,严峻的脸庞,看上去可以把我们所有人都捏死。我和牢里其他人本来在互相装凶——但他走进来的那一瞬,我们的恶人面具就全卸下来了。所有人都吓得瑟瑟发抖。我们一起盯着他:"完蛋了……"

也不知出于什么原因,他被警察带过来的时候是半裸的,穿着警察局给他搜罗来的衣服,但那件磨破的背心穿在他身上实在太小,裤子也太短,看上去简直像女式紧身裤。他那样子,就像是个黑人版的绿巨人。

这个家伙走进来后,静静地找了个角落坐着。没有人说话。所有人都在观望,等待,心中忐忑着,看他接下来要干什么。有个警察进来叫绿巨人过去,要做信息备案。警察开始问他一连串的问题,但是这个家伙只是不断摇头,说他听不懂。警察说的是祖鲁语,绿巨人说的是聪加语。黑人与黑人面对面交流,却像鸡同鸭讲——又是巴别塔。在南非,很少人会说聪加语,但是我的继父是聪加人,因此耳濡目染,我也学了一些。听到警察和那个家伙你一句我一句,却什么都交流不了,我就走上前,开始帮他们做翻译。

纳尔逊·曼德拉曾经说:"如果你用一个人听得懂的语言与他交流,他会记在脑子里;如果你用他自己的语言与他交流,他会记在心里。"他说得太对了。如果你努力去说另一个人的语言,哪怕只是简单不成句的短语词组,在他眼里,你也是在说:"我明白你身上具有与我不同的文化背景和身份象征。在我眼里，你是一个堂堂正正的人。"

这就是我和绿巨人之间发生的化学反应。当我向他开口说聪加语的那一刻起，他之前那张看上去很吓人的脸，突然之间泛起了充满感激的神采。"啊，谢谢你，谢谢你，谢谢你。你是谁？为什么一个有色人能说聪加语？你从哪儿来的？"

我们一开始聊天，我就发现他根本不是绿巨人。他是这世界上最温柔最贴心的人，简直是一只大大的泰迪熊。他人很简单，没有上过学。我之前以为他被抓进来是因为谋杀，赤手空拳把一家人打死那种，但是他的罪行和那一点儿都不沾边。他是因为偷电脑游戏碟片而被抓的。他失业了，需要钱来养家糊口，他看到那些游戏的价格，以为可以偷一点儿，卖给白人小孩，赚一笔钱。他一告诉我这个，我就知道他根本不是什么重刑犯。因为我太了解盗版的世界了——偷来的游戏碟根本不值钱，因为盗版游戏的价格要便宜得多，而且没什么风险，就像博洛的父母做的那样。

我努力给他提供了帮助。我跟他讲了先准备辩护词、尽量拖延庭审的小技巧，于是他也在拘留所里住了下来，等着被传讯，我们一拍即合，和睦相处了好几天，很开心，也对彼此有了更多了解。牢房里其他人都完全不明白我们俩到底是什么人，一个是冷酷无情的有色人种黑帮小子，一个是他那来势汹汹、绿巨人一样的朋友。他给我讲了他的故事，一个再熟悉不过的南非故事：他成长在种族隔离制度的环境里，在农场工作，基本干的就是奴隶的活儿。那里就是地狱，但起码还能有一点点收入。他的工资少得可怜，但起码还有工资。每一天的每分每秒，都有人指使他干这个干那个。但种族隔离结束了,他连这样的生活也没有了。他千辛万苦地来到了约翰内斯堡,希望能找份工作,试图养活家里的孩子。但是他完全蒙了。他没受过教育。他没有任何技能。他不知道该做什么,甚至不知道该去哪儿。这个世界已经形成了一种惯性思维,就是让人们惧怕拥有他这样外形的人,但是现实却是,他也在惧怕着整个世界,因为他不具备任何一项生存技能,无法在世界上苟活下去。他能怎么办呢?他只能忍。后来他成了小偷,时不时地被抓进牢里。有一次,幸运降临,他找到一份做建筑工的工作,但后来又被解雇了。几天后,他在商店里看到几张电脑游戏碟,就伸手顺走了,但以他的理解能力,他根本不知道自己偷来的这些东西几乎一文不值。

我为他感到难过。我在牢里待的时间越久,就越觉得法律并不理智,几乎跟买彩票一样随机。你是什么肤色?你有多少钱?你的律师是谁?你的法官是谁?偷电脑游戏的罪行,比驾驶假牌照汽车的罪还要轻微。他是犯了罪,但是他还不如我更像罪犯。我们之间的区别,就是他没有家人或朋友能帮他出去。他付不起任何钱,只能等州检察官来处理他的案子。他要站在审判台上,没法说一句也没法听懂一句英文,而法庭上的所有人都会把他想成最坏的样子。他会坐一段时间的牢,然后被释放,且和坐牢之前一样一无所有。如果要猜的话,他现在大概三十五或四十岁的样子,而在他可预见的未来三十五或者四十年里,也会和现在没有任何差别。

我的听证会终于来了。我和我的新朋友告了别,祝他一切顺利。然后我被戴上手铐,塞进了警车的后座,前往法庭,直面我的命运。在南非的法庭上,为了尽量降低犯人的曝光机会,并防止他们逃跑,等待被传讯时，犯人会被关在法庭下面的牢房里，等轮到你的时候，不用被押解着走过长长的走廊，而是沿着一条楼梯直接走上审讯台。在这个牢房里，你会和那些在这里等传讯等了几周甚至几个月的犯人共处一室。这是很诡异的一群人，有犯了小罪的白领，有被交警拦下来的倒霉蛋，也有浑身都是监狱文身的重刑犯。就好像《星球大战》里的酒馆场景，乐队在演奏音乐，韩索洛坐在角落里，而来自整个宇宙的坏人和赏金猎人们共处一堂——一个同样充满了人渣与罪恶的巢穴，只不过这里面没有音乐，也没有韩索洛。

　　我只和这些人共处了很短的时间，但在这段时间里，我便已经发现监狱和拘留所的不同。我看到了罪犯和只是犯了小罪的人的不同。我看到了人们脸上的冷酷表情。我开始意识到，几个小时以前的我是那么天真，竟然觉得坐牢的体验没多糟，我还能接受。而现在的我，真的开始担心起自己接下来会受到什么样的对待了。

　　走进那间牢房的我，是个皮肤光滑，面孔青涩的年轻人。那个时候，我的发型是个巨大的黑人爆炸头，唯一让它整齐的办法，是把它往后梳成一个辫子，但这样看上去女里女气的，就像麦克斯韦尔。守卫在我身后关上门后，一个很恶心的老男人在后排用祖鲁语大声说着："哟，哟，哟！妈的，伙计们。我从没见过这么漂亮的男人。今夜将会是很有意思的一夜。"

　　他——妈——的。

　　我身边有个年轻人，显然已经崩溃了。他自言自语，大声恸哭着。他抬起头，和我四目相对，我猜他觉得我看上去是个能聊得来的人，所以他直接向我冲过来，开始向我哭诉他是如何被捕，被丢进监狱，以及那些罪犯怎么偷了他的衣服和鞋，还强奸他，每天打

第十七章　这个世界并不爱你

他。他不是什么流氓。他用词文雅,是读过书的人。但他已经在这儿等了一年了,他想自杀。这个人让我从心底里涌起了极大的恐惧。

我环视整个牢房,里面约有一百来号人,四散在各个角落,以各自的种族组成明确无误的小团体,挤成一团:一群黑人占了一个角落,一群有色人种占了另一个角落,几个印度人自己抱团,还有几个白人站在一边。那些和我一辆警车押过来的家伙,在我们踏进这个大隔间的一瞬间,就已经出于直觉,自动走到他们所属的圈子里去了。而我只能待在原地。

我不知道该去哪儿。

我看向有色人种的那个角落。那些人是南非最臭名昭著、最暴力无情的监狱黑帮团伙。我长得跟他们很像,但我和他们不是一类人。我没法走过去,跟他们假装我也是个暴匪,因为他们立刻就会发现我是冒牌货。不行不行不行。我已经没法再玩儿那套把戏了,朋友。我此时可不能招惹有色人种黑帮。

那么,我走到黑人的角落里怎么样?我知道我是黑人,我也觉得自己是黑人,但是我的脸长得不像黑人,所以那些黑人看我走过来会怎么想?我走过去又会招惹什么麻烦?因为你看上去是个有色人种,但你又往黑人圈子里扎,这比我假装自己是有色人种暴匪,往有色人种圈子扎,更能激怒有色人种。有色人种会觉得我是在讨好黑人,他们就会和我杠上,过来揍我一顿。我仿佛看到自己要在这个牢房里引发一场种族战争。

"嘿!为什么你要和那群黑人混?"

"因为我是黑人。"

"不,你不是。你是有色人种。"

"啊,对,我知道我看起来是有色人种,但是请容我解释,这个故事其实还挺搞笑的。我爸是白人,我妈是黑人,而种族问题其实是一种社会建构……"

那样行不通。起码在这里不行。

所有以上这些念头,在我脑中只花了一秒钟,闪电般的速度。我在脑内做着疯狂的运算,看着屋里的所有人,扫描屋里的每个角落,检测各项变量。如果我往这儿走,会发生这个。如果我往那儿走,会发生那个。我的整个人生都在眼前一晃而过——学校的操场、索韦托的小卖部、伊登公园的街道——我每一次化为变色龙的时间、地点、人物,我在不同种族之间游刃有余,解释我是谁。我好像回到了高中食堂里,只是这里是来自地狱的高中食堂,如果我选错了桌子,就会被暴打,被刀捅,被强奸。我从未在人生中感到如此大的恐惧。但是我依然要选。因为种族主义在这里,你必须要选边站队。你可以说你不要选,但最终生活会强迫你选。

那天,我选择了白人。只因为他们看上去应该不会伤害我。那是几个普通的中年白人。我向他们走过去,和他们厮混了一会儿,聊了聊天。他们进来主要都是由于犯了白领工作上的罪,譬如有关金钱的诈骗勒索。如果有人要走过来找麻烦,他们派不上任何用场,他们自己也会挨揍,但是起码他们不会对我造成什么危险,我是安全的。

幸运的是,时间过得飞快。我在这里只待了一个小时,就被法庭传讯了。到时候,法官要么会放我走,要么会把我投进监狱,等待最终审判。我起身离开的时候,一个白人向我凑过来。"千万别再回这里了,"他说,"在法官面前哭吧,做你能做的一切去卖惨。如

第十七章 这个世界并不爱你

果你去了又被送回来,日子可不会再这么好过了。"

到了法庭上,我看到我的律师在等我。我的表兄穆隆格斯也在,他坐在旁听席上,准备等着一切顺利结束后,帮我付保释金。

法警念出我的卷宗号码后,法官望向我。

"你好吗?"他说。

我崩溃了。整整一周,我都在假装自己是个硬汉暴匪,但此刻却再也装不下去了。

"我,我不好,尊敬的法官。我不好。"

他看上去很迷惑:"什么?!"

我说:"我不好,法官,我真的很痛苦。"

"干吗要跟我说这个?"

"因为您问我好不好。"

"谁问你了?"

"您问的。您刚刚问的。"

"我说的不是'你好吗'(how are you),我说的是'你是谁'(who are you),我干吗要浪费时间问你好不好!这里是监狱,我知道所有人都在底下受罪呢。如果我跟每个人都问'你好吗'就要在这儿耗上一天了。我说的是'你是谁',报上你的名字,备案。"

"特雷弗·诺亚。"

"好,我们可以继续了。"

整个法庭的人都笑了起来,我也开始笑。但我现在更害怕了,我不希望法官因为我笑,就觉得我没把他当回事。

结果证明,我并不需要担心。整个流程只花了几分钟就结束了。我的律师向检察官阐明事实经过,一切已经提前安排好了。他详述了我的卷宗。我没有前科。我不具危险性。反方没有表达反对意见。法官确认了我的审讯日期，准予保释，我自由了。

我走出法庭的那一刻，阳光照射在我的脸上，我说："亲爱的耶稣，我再也不要回到这个地方了。"时间只过去了一周。在拘留所里，我的日子没有那么糟，吃得也还算可以，但是在牢里的一周，真的是太漫长、太漫长了。没有鞋带的一周，实在是太漫长、太漫长了。没有钟表、没有太阳的一周，简直让人体会到了永恒的滋味。而那些更糟的情况，在真正的监狱里度过真正的时光，我连想都不敢想。

我和穆隆格斯开车先回了他家，洗了个澡，睡了一觉。第二天，他开车把我送回我妈的家。下车后，我优哉游哉地走在车道上，假装一切如常。我的计划是说我在穆隆格斯家借宿了几天。我走进房子里，表现得好像没事人一样。"嘿，妈！怎么样？"我妈什么都没说，什么都没问。我想，好了，棒，没事了。

我在家待了一天。下午晚些时候，我们坐在厨房的桌子旁聊天。我在那儿编故事，说我和穆隆格斯这周都干了什么什么，然后瞥见我妈脸上露出了一种奇怪的表情。她缓缓地摇着头。我从未在她脸上见过这样的表情。她的样子不是在说："有一天，我一定会逮到你。"不是生气，或不同意。那是失望的表情。她很心痛。

"怎么了？"我说，"你怎么了？"

她说："孩子，你以为谁给你付的保释金？嗯？你以为谁给你付的律师费？你以为我是傻子？你以为没人告诉我？"

真相就这么哗啦啦洒了一地。她当然知道了：那辆车。那辆车丢了一周。我一直忙着处理坐牢的事情，掩盖我的足迹，却忘了我的罪证就在院子里，那辆红色马自达不见了。当然，我给朋友打电话，他跟他父亲借钱付我的律师费时，他父亲逼他说出了钱的用处，同样是为人父母，那个父亲立刻给我母亲去了电话。我母亲把钱给了我朋友，让他去付律师费。也是她，把钱给了我表兄，让他来付我的保释金。这一周我都在牢里自我感觉良好，以为我有多聪明，却没想到，她从始至终都对发生的一切了如指掌。

"我知道，你现在觉得我就是个疯婆子，在这儿唠唠叨叨，"她说，"但是你忘了，我之所以要那样管你、约束你，是因为我爱你。我所做的一切都是出于爱的前提。如果我不惩罚你，这个世界会给你更糟的惩罚。这个世界并不爱你。如果警察抓了你，警察并不爱你。我打你的时候，我是在试图救你；他们打你的时候，他们是要杀了你。"

小时候我最爱吃的食物,也是我至今最爱的甜品,就是蛋奶冻,美国人称之为"吉露果冻"。有一个周六,我妈为接下来的大型家庭聚会做了一大碗蛋奶冻,放进了冰箱里。里面包含各种味道,红的,绿的,黄的。我无法抗拒它的诱惑。那一整天下来,只要我路过了冰箱,都会伸头进去挖一勺,偷吃一口。那是一个巨大的碗,本应要留给整个家族的人吃一星期。可我一个人在一天之内就把它吃光了。

那天晚上睡觉时,我被蚊子咬了一夜。蚊子很喜欢咬我,在我小时候更是如此,一晚上能把我折磨死。早上起来后,我会浑身都是包,浑身痒得不行,而且还会觉得肚子不舒服。隔天的周日早晨,我就处于这样的困境中。浑身都是蚊子包,肚子里胀满了蛋奶冻,几乎下不了床,我感觉自己随时会吐出来。但这时,我妈走了进来。

"穿衣服,"她说,"我们要去教堂了。"

"我感觉不太舒服。"

"这就是为什么我们要去教堂。耶稣会让你痊愈。"

"呃,我觉得那样可能行不通。"

我和我妈对耶稣怎么做事有着不同的理解。她相信,只要你向耶稣祷告,耶稣就会有应答,并实现你的愿望。我对耶稣的理解则更现实一些。

"我为啥不能吃药啊?"我说,"然后我再向耶稣祈祷,感谢他赐予我们那位发明了药的医生,因为是药让你好起来的,不是耶稣。"

"如果你有耶稣,你就不需要药了。耶稣会治愈你的。向耶稣祷告吧。"

"但是药难道不是来自耶稣的祝福吗？如果耶稣赐给我们药，我们却不吃药，难道我们不是在拒绝他的恩典吗？"

和我们关于耶稣的其他辩论一样，这次的对话也毫无进展。

"特雷弗，"她说，"如果你不去教堂，你就会更难受。周日生病，你应该感到幸运，因为周日我们可以去教堂，你可以向耶稣祈祷，耶稣能把你治好。"

"听起来不错，可是我为什么不能就在家待着啊？"

"不行。穿衣服。我们去教堂了。"

第十八章
我母亲的人生

自从那次毕业舞会我把头发做成了玉米穗编发以后,我人生中第一次得到了女生的关注。我开始约会了。有时候我觉得可能是因为我变帅了。有时候我觉得可能女生喜欢的是我为变帅而承受她们也承受过的痛苦。不管原因为何,我发现这招可行后,就不想打破这个套路了。我每周都会去美发沙龙,每次花上几个小时把头发拉直,编成玉米穗辫子。我妈对此只会翻白眼。"我决不会和一个在发型上花的时间比我还多的男人约会。"她总这么说。

从周一到周六,我妈无论在办公室还是在她的花园里,都穿得像个流浪汉,但是一到周日早晨去教堂之前,她都会做好发型,穿上美美的裙子和高跟鞋,看上去像个百万富婆。而且每次她全副武装好之后,都会忍不住嘲笑我,各种挤兑我,就像我们平常互相拌嘴那样。

"现在谁是家里最美丽的人,嗯?我希望你这一周当美人当得挺开心,因为此刻女王归位了,宝贝。你要在美发沙龙坐上四个小时,才能变成你现在这样,可我只要洗个澡就行了。"

她只是在打趣我,不会有哪个儿子愿意去讨论自己的妈妈有多热辣。但她说的确实是真的,她很美。外在美,内在也美。她浑身都散发着一种我从未拥有过的自信。就算她在花园里干活,穿着工装裤,浑身沾满泥巴,你也能看出她有多迷人。

想都不用想,那个周日,我妈妈肯定又俘获了好几个人的心,但是,打我出生开始算,我妈的人生中只经历过两个男人,我爸爸和我继父。在尤维尔,离我父亲的房子不远的街角处,有一家名为大力机修的汽车修理厂。我们家那台甲壳虫车总是出问题,我妈就会把车送去那边修理。我们在那儿遇见了一个很酷的男人,亚伯,他是那里的机师之一。我们去取车的时候会见到他。因为那辆车总是坏,所以我们总是能见到他。但后来,事情发展到了哪怕车没坏,我们也总去那儿见他。当时我才六七岁,并不理解这是怎么回事。我只知道这个家伙总是突然在我们周围打转。他个子很高,身形瘦长,但人很强壮,胳膊长,手也大,可以徒手举起汽车发动机和变速箱。他很英俊,但是不算很好看。我妈妈就喜欢他这样的,她总是说,有一种男人虽然丑,但女人会觉得他很有魅力。她叫他亚比,他叫她努比,努拜伊赛罗的简称。

我那时也喜欢他。亚伯很迷人,爱开玩笑,脸上总是带着亲切又温柔的笑容。他很喜欢帮助别人,尤其是弱势群体。如果有人的车子在高速路上抛锚了,他就会停下车,去看看有什么能帮上忙的。如果有人喊道:"抓贼啊!"他也会是那个奋不顾身冲上去的人。隔壁的老奶奶需要帮忙搬几个箱子?他会大步上前。他喜欢被其他人喜欢的感觉,所以这也让我们后来更难面对他的家暴行为。因为如果你觉得某个人是野兽,但整个世界都说他是圣人,你会开始认为自己才是那个有问题的坏人。你只能做出这样的结论:肯定是因为我的错,才会发生这一切,否则为什么他只在你身上泄愤呢?

亚伯对我的态度也很酷。他没有想着要当我的父亲,我的亲生父亲依然健在,我并不需要什么人来代替他。我心里对亚伯的定位是我妈妈的酷朋友。有时候他会来伊登公园和我们住上几天,有时候会叫我们过去和他一起挤着住在橘子苑的狭小车库里,我们也去了。但后来我把那户白人的房子烧了,他住在那边的日子就结束了。之后,他和我们一起住在了伊登公园。

有一天晚上,我妈和我正在祈祷会上,她把我拉到一边。

"嘿,"她说,"想跟你说一件事。亚伯和我准备结婚了。"

出于本能,我想都没想就直接说:"我觉得这不是个好主意。"

我不是在伤心或怎样。我只是对这个人有种不好的直觉。在桑葚树事件发生之前,我就有预感了。桑葚树那个晚上并不是改变了我对亚伯的感觉,而是用血淋淋的事实向我揭示了亚伯到底能干出什么事。

"我知道接受这件事有点儿难,"她说,"我能理解你不想要一个新爸爸。"

"不是的,"我说,"不是这样的。我喜欢亚伯。我很喜欢他。但是你不应该嫁给他。"我那时还不知道"凶兆"这个词,但是如果我知道的话,我可能就会用这个词来形容我的感觉,"他身上有什么东西不太对。我不相信他。我觉得他不是个好人。"

我妈和亚伯约会,我并不介意,但我从来没想过他有一天可能会成为我们家的正式一员。我喜欢和亚伯玩,就跟我第一次去老虎保护区时喜欢和老虎玩一样：我喜欢老虎，我玩得很开心，但是我从没想过要带一只回家。

如果亚伯身上有任何值得怀疑的地方，那么真相就藏在他的名字里，时时刻刻伴随着我们。他是亚伯，这名字来自于《圣经》的名字，意味着一位好兄长和好儿子。他也确实做到了。他是家里的长子，很负责任，孝顺母亲，照顾弟兄，是他们一家的骄傲。

但是亚伯只是他的英文名字。他的聪加名字叫尼萨文尼，意思是"恐惧"。

妈妈和亚伯结婚了。没有举行结婚仪式，没有交换戒指，只是去办理了相关手续就完了。一年后，我的弟弟安德鲁出生了。在记忆中，我只模糊记得妈妈离开了几天，回来时，家里就多了一个整日哭闹、拉屎、嗷嗷待哺的小东西。假设你比你的弟弟大了九岁，那么他的降临并不会改变你什么。我又不用换尿布，我依然会去打电子游戏，在附近的街上疯玩。

安德鲁出生后，我印象最深的一件事是我们在圣诞节的时候去拜访亚伯的家人。他们住在察嫩，位于加赞库卢的一个小镇，是种族隔离制度下的聪加黑人家园。察嫩是热带气候，炎热潮湿。那里附近的白人农场都在种植超级棒的水果——芒果、荔枝，还有你从没见过的最好看的香蕉。这里生长的水果都会出口到欧洲。但是沿着路再开20分钟的车，就到了黑人的土地上，这片土地已经因为多年的过度开垦和过度放牧，变得贫瘠不堪。亚伯的母亲和他的姐妹都是传统的家庭妇女，亚伯和他做警察的弟弟出去赚钱养家。他们是非常热情慷慨的人，立刻就把我们接纳为了家庭的一员。

我了解到，聪加文化非常重男轻女。在他们的世界里，女人见到男人时必须要鞠躬。男人和女人在社会上的互动极其有限。男人屠宰牲畜，女人做饭。男人甚至不能出现在厨房里。作为一个九岁的男孩，我觉得这简直太棒了。他们不让我干任何家务活。在家里，我妈永远都在给我指派活儿——洗碗，打扫屋子——但是她在察嫩指派我干活儿的时候，其他女人都不允许她这么做。

"特雷弗，把床铺好。"我妈说。

"不，不，不，不，"亚伯的母亲会立刻抗议，"特雷弗得出去玩了。"

他们让我赶紧跑出去玩个痛快，而我的表姐妹们则要留下来打扫房间，帮母亲煮饭。我简直是活在天堂里。

我妈妈厌恶在那边度过的每一分钟。对于亚伯来说，作为家里的长子，他带回了他自己的长子，这是一次具有重大意义的归家之旅。在黑人家园里，长子通常会承担类似于父亲以及丈夫的角色，因为父亲通常都会远在城里工作。长子就变成了家里的顶梁柱。他要照顾弟弟妹妹。他的母亲会给予他一定程度上的尊敬，因为他就是父亲的替身。这也是亚伯大费周章带安德鲁回家的原因，他希望我母亲也能扮演好她的传统身份。但是她拒绝了。

察嫩的妇女从早到晚要干很多活儿，要做早餐、煮茶、准备午饭、洗碗、洗衣服、打扫屋子。男人们整年都在城市里赚钱养家，所以回家这件事对他们来说差不多就像度假。他们从容又休闲，享受着女人的服侍。他们可能会杀一只羊什么的，把属于男人的活儿干了，然后就去那些只有男人能进的地方喝酒玩乐，而女人则继续留在家里煮饭打扫。可是我母亲已经在城里工作一整年了，而且帕特莉莎·诺亚才不会在厨房里打转。她是一个自由浪荡的灵魂。她坚持要到村子里去，到那些男人们喝酒的地方，平等地和他们聊天。

至于女人要向男人鞠躬的传统，我妈更是觉得荒谬至极，不过她也不完全拒绝，而是把这个动作做得很过火，以达到嘲讽的目的。其他女人会在男人面前很有礼貌地微微屈膝行礼，而我妈则会直接趴倒，蜷起身子，匍匐在地，好像在拜神一样，而且她会在地上一直趴着，趴很久很久，久到让所有人开始感到不适。那就是我妈妈。她不对抗体制，她嘲讽体制。对亚伯来说，这看上去就是妻子不尊重他的表现。所有其他男人娶的都是本地村里的温顺姑娘，他却带回了一位现代女性，而且还是一个科萨女人，科萨女人给人的刻板印象就是她们喜欢吵吵嚷嚷，而且生活作风淫乱。在这趟归乡之旅中，他们俩全程都在吵架、打架，从那次以后，我妈再也不愿意去察嫩了。

在那之前，我的整个世界都是由女人掌控的，但是我妈妈和亚伯结婚后，尤其在安德鲁出生以后，我发现亚伯一直试图在家中确立自己的权威地位，把他认为的家庭观念强加在这个家里。而且很快我还意识到，在他的观念中，他的家庭成员并不包含我。我代表的是我妈在和他结婚以前的那段过去。我甚至和他不是一个肤色的人。他的家庭包含了他、我妈和新生儿。我的家庭则包含的是我妈和我。其实我还挺感谢他能这么想。有时候他是我的伙伴，有时候不是，但是他从来不会假装我们的关系还有别的什么含义。我们会嬉笑打闹，一起看电视，他也会在我妈说我已经有零钱的情况下继续往我口袋里塞零花钱。但是他从没给我买过生日礼物，或圣诞礼物。他从来没有给过我父亲一样的感情。我从来都不是他的儿子。

亚伯来到家里后，立下了各种新规矩。第一条，他把芙菲和豹子从房子里丢到了外面。

"狗不能进房间门。"

"但是我们的狗一直是在家里养的啊。"

"以后不行了。在非洲人的家里，狗要睡在外头，人才睡在里头。"

亚伯把狗赶到院子里，这个举动就是为了表明："我们得在这个家里好好立下规矩，让它变成本来应该的样子。"还在约会阶段的时候，我妈妈依旧是自由的灵魂，随心所欲，想去哪里去哪里。但是后来慢慢地，她开始变得束手束脚。我能感觉到，亚伯在试图约束我们的独立行为。他甚至对我们去教堂这件事都有很大意见。"你不能一整天都待在教堂里，"他说，"我老婆整天不在家，别人会怎么说？'他老婆怎么不在？他老婆去哪儿了？谁会一去教堂就一整天啊？'不行，不行，不行，这是不尊重我的表现。"

他开始阻止她在教堂里花那么多时间。最有效的方法是，不再帮忙修我妈的车子了。那台车还是会坏，但他故意坐视不理。我妈买不起另一台车，也不能把车带到别的地方去修。你嫁给了一个机师，却去找另一个机师来修你的车？这事儿比出轨还糟。所以我们要出门只能靠亚伯，而他则会拒绝带我们出去。我妈不服，开始搭小巴去教堂。

没了车，也就意味着我失去了见我父亲的途径。我们得让亚伯开车带我们进城，但他并不喜欢我们进城去做的事。这是对他男子气概的侮辱。

"我们得去尤维尔。"

"为什么要去尤维尔？"

"去见特雷弗的爸爸。"

"什么？不行，不行。我怎么能开车带我的老婆和她的孩子去那儿？你在侮辱我。我该怎么跟朋友们解释？我怎么跟我家里人说？我老婆在另一个男人的家？那个男人还跟她生过一个孩子？不行，不行，不行。"

于是我和我父亲见面的次数越来越少。再之后不久，他就搬去了开普敦。

亚伯想要的是一段传统的婚姻关系，娶一个传统的老婆，所以我想了很久都想不明白，他为什么要找像我妈这样的女人结婚。她完全是传统的对立面。如果他想要一个对他卑躬屈膝的女人，那么这样的姑娘在察嫩有一大把，她们从小到大接受的都是各种如何服侍男人的培训，只等着有一天嫁人。我妈对此的解释是，传统男人想要一个卑微顺从的妻子，但是他并不会爱上那个卑微顺从的妻子。他会被独立的女性吸引。"他就像是个收集异域珍禽的人，"她说，"他想拥有一个自由的女人，因为他梦想把她塞进笼子里养着。"

我们刚认识亚伯的时候，他经常抽大麻。他也喝酒，但主要是抽大麻。回头想想，我几乎有点儿怀念那时候的他，因为大麻会让他的性情平和下来，抽抽大麻，放松身心，看着电视，就睡着了。我潜意识里觉得，他应该是明白他需要大麻来抑制自己的暴脾气。他和我妈结婚后不久，就不再抽大麻了。我妈用某些宗教原因劝阻了他——比如你的身体是一座神殿之类的话。但是我们都没想到的是，他不抽大麻以后，又开始酗酒了，喝得越来越多，几乎没有哪天下班回家是清醒的。平常下班后，他还要喝一提啤酒，就是六瓶。

工作日里他只求微醺，周五周六晚上，他干脆都不回家了。

亚伯喝醉后，眼睛会充血变红。这是一条关键线索，我需要时刻留意。我总是觉得亚伯像一条眼镜蛇：先是静止，完美的静止，然后爆发。他不会大声叫嚷，也不会握紧拳头，而是非常安静，然后突然开始施暴。他的眼睛是唯一的线索。他的眼睛里包含着一切信息。那是魔鬼的眼睛。

有一天深夜，我们从梦中惊醒，房子里满是浓烟。我们上床睡觉，那会儿亚伯还没到家，我在我妈的房间里陪她和安德鲁一起睡，那时安德鲁还只是个小婴儿。我妈把我猛然晃醒，在我耳边尖叫。"特雷弗！特雷弗！"到处都是浓烟，我们以为房子要烧光了。

我妈妈快跑着穿过门厅，来到厨房，发现是厨房着火了。原来是亚伯醉醺醺地开车回来，到家已经醉得不成样，我们从未见他醉成这样过。他有点儿饿，就想在炉子上热点儿什么吃，但炉子还在烧的时候，他在沙发上睡着了。锅被烧穿后，点燃了炉子旁边的墙壁，浓烟翻滚着充满了整个房间。我妈关掉炉子，把门窗打开，让烟排了出去。接着她走到沙发那边，把他弄醒，开始大声斥责他差点儿把房子烧光。但他醉得不省人事，完全不在意。

她回到卧室，拿起电话，打给我的外婆。她开始向外婆抱怨亚伯和他的酗酒问题："这个人，他总有一天会把我们害死的。他几乎把房子烧没了……"

亚伯走进卧室，非常平静，非常镇定。他的眼睛血红，眼皮耷拉着，伸手按下座机按键，挂断了我妈的电话。我妈几乎发狂了。

"你怎么敢这样！你不能挂我的电话！你以为你在干吗？！"

"你不能把这个房子里发生的事告诉别人。"他说。

"去你的吧!你还担心别人怎么看你?你还担心别人!你还是担心担心你的家人怎么看你吧!"

亚伯站在我妈面前,比她高出一个头。他没有提高声音,也没有生气。

"努比,"他轻轻地说,"你不尊重我。"

"尊重?!你差点儿把我们房子烧没了。尊重?拜托!你得自己去赢得别人的尊重!你想让我尊重你是个男人,那就请你举止行为有个男人样!你在街上喝酒花光了钱,你孩子的尿布拿什么买?!尊重?!你自己值不值得别人尊重——"

"努比——"

"你不是个男人;你就是个小孩——"

"努比——"

"我怎么能让一个小孩当我丈夫——"

"努比——"

"我还得养我自己的小孩——"

"努比,闭嘴——"

"一个大男人醉醺醺地回到家——"

"努比,闭嘴——"

"把自己家房子烧了,里面还有他的孩子——"

"努比,闭嘴——"

"你还好意思叫自己是个父亲——"

突然之间,就像没有乌云的晴空里突然炸了一声雷——啪!他一巴掌扇在我妈的脸上,她被打得撞到墙上,像一堆碎砖头那样缓缓倒了下去。我从没见过这样的事。她瘫在地上,停了三十几秒的时间。安德鲁开始大哭。我不记得我冲过去把他抱起来,但是我确实记得后来他被我抱在了怀里。我妈挣扎着爬起来后,努力站稳,开始反击。她显然已经被打蒙了,但依然试图强装镇静。我看到她脸上有种难以置信的表情。她人生中从未发生过这种事。她朝他脸上打回去,开始冲他大吼。

"你打我?"

整个过程中,我的脑子里不断在重复亚伯刚才说过的一样的话。闭嘴,妈妈。闭嘴。你只会让事情变得更糟。因为我知道,我挨过那么多顿揍,回嘴是最没用的。但是她不肯停下。

"你刚打我了是吗?"

"努比,我跟你说了——"

"从来没有男人打过我!你别以为你可以控制我,你甚至都控制不了——"

啪!他又扇了她一掌。我妈踉跄着往后退,但这次没有摔倒。她慌张地抓住我,再抓住安德鲁。

"我们走。我们得离开这儿。"

我们跑出家,跑到大马路上。那时夜已深了,外面很冷。我只穿了一件T恤和运动裤。我们走路去了伊登公园警察局,那离我们家有一千米远。我妈领着我们进去后,看到警察局桌子后面坐了两个值班的警察。

"我要报案。"她说。

"报什么案?"

"有个男人打了我,我要告他。"

直到今天,我都无法忘记那两个警官对她说话时那种高人一等、

第十八章 我母亲的人生

居高临下的样子。

"镇静点儿,女士。镇静。谁打你了?"

"我的丈夫。"

"你的丈夫?你干什么了?你惹他生气了?"

"我干什么了……什么?不是,他打了我。我要来这儿告他——"

"不不,这位女士。为什么你要报案啊,嗯?你确定你要这么做吗?回家和你丈夫好好谈谈吧。你知道你一旦报了案,就没法撤销了吗?他会留下案底。他的人生将会就此不同。你确定想把你丈夫送进监狱吗?"

我母亲坚持要他们做笔录、立案,但是他们拒绝了——他们拒绝写案件记录。

"这是家长里短的事儿,"他们说,"你可不想把警察牵扯进来。也许你应该再回去好好想想,明天早上再来。"

我妈开始对他们大吼,要求见他们的上司,就在这时,亚伯走进了警察局。他是开车过来的,这时整个人清醒了一点儿,但还是带着醉态,并且这种情况下开车来了警察局。这还没什么。他走向两个警察后,警察局立刻变成了兄弟会,好像他们是认识很久的好兄弟一样。

"嘿,伙计们,"他说,"你知道是怎么回事啦。你知道女人有时候会是什么样。我不过就是发了点儿脾气,就这样而已。"

"没事的,老兄。我们知道的。这很常见。别担心。"

我从没见过这样的场面。那时我才九岁,仍然以为警察都是好人。你有了麻烦,去叫警察,那些人会一路闪着红蓝警灯,救你于水火之中。但是那天,我记得我站在那里,看着我妈妈目瞪口呆、惊慌失措的样子，因为这些警察不肯帮她。这时我才意识到，警察并不是我以为的那种形象。他们首先是男人，其次才是警察。

离开警察局后，我妈带上我和安德鲁，去索韦托和我外婆住了一段时间。几周之后，亚伯开车过来，向她道歉。亚伯道起歉来总是特别真挚，让你感受他的真心实意：他不是故意的。他知道他错了。他再也不会这么做了。我外婆说服了我妈，让她再给他一次机会。理由很简单："所有男人都这样。"我的外公泰普雷斯也打过我外婆。就算离开亚伯，也不能保证这事儿以后就不会发生了，至少亚伯还愿意道歉。于是，我妈决定再给他一次机会。我们一起开车回到了伊登公园，接下来的几年，相安无事——这几年中，亚伯完全没有对她动过手。也没打过我。一切似乎都回到了正轨。

亚伯是个很棒的机师，可能是当时技术最好的那个。他上过技术学校，毕业成绩是班里第一名。宝马和奔驰公司都向他递出过橄榄枝。他的好口碑一传十十传百，人们会从城市的各个角落把车送过来给他修，因为亚伯总能让奇迹发生。我妈妈真心相信他。她觉得自己可以扶持他，让他发挥出自己的潜力，不仅仅做一名好机师，还能拥有自己的修车厂。

尽管我妈是非常固执、独立，但她依然是一个甘于奉献的女人。一直以来，她都在为别人奉献，这是她的天性。她拒绝在家庭角色中对亚伯卑躬屈膝，但是她确实希望他作为一个丈夫可以成功。如果她可以将这段婚姻经营成那种平等的婚姻关系，她愿意倾尽所有，就像她为自己的孩子倾尽所有那样。后来，亚伯的老板想卖掉大力机修，准备退休养老。我妈存了一些钱，便帮亚伯买下了这个厂。

第十八章　我母亲的人生

于是，他们把厂子从尤维尔搬去了韦恩堡的工业区，就在亚历山德拉的西面，大力机修成了我们新的家庭生意。

当你刚刚接触做生意这件事的时候，很多事情别人是不会告诉你的。尤其你们是两个年轻的黑人，一个是秘书，一个是机师，身处于一个根本不允许黑人开公司的时代，就更是如此了。首先，没人会告诉你的是，你买下一个公司，也就顺带买了它的债务。我妈妈和亚伯打开大力机修的账本之后，才发现他们到底买下了一个怎样的公司。他们此时才看到，这个公司到底有多少麻烦缠身。

这个汽车修理厂，彻底占据了我们的生活。每天放学后，我要从玛丽威尔步行五公里走到厂子里去。在那待上几个小时，在机器的轰鸣声中努力写作业。不可避免地，亚伯的修车进度往往会拖延，但因为他要开车送我们回家，我们就只能等着他干完活，才能一起回家。开始的时候是："我们会晚点儿结束。找个车里睡一觉，走的时候叫你。"我就爬进某个轿车的后座睡下，他们会在午夜把我叫醒，我们再开车回伊登公园睡觉。不久之后就变成了："我们要晚点儿结束。找个车去睡觉，明早上学会叫你起床的。"我们开始在修车厂过夜。最初的时候，一周会在那儿过两个晚上，然后变成三晚、四晚。再后来，我妈卖了我们的房子，把钱全投进了修车厂。她付出了全部，用尽自己的所有来支持他。

从那时起，我们就住在修车厂里了。那里就是个大仓库，但并不是那种将来可以改建成时髦住宅的浪漫空间。不是，不是。那里就是一个空旷、寒冷的大屋子。灰色的水泥地上沾满了油污，报废汽车和车零件到处都是。在工厂前部，靠近临街卷门的地方，有一间用石膏板隔出来的小办公室，用来处理文件工作。后部有个小厨房，基本就是一个水池，一个轻便电炉，几个柜子。要洗澡的话，户外有个洗脸盆，很像清洁工用的那种水槽，上面挂了个莲蓬头。

亚伯、我妈和安德鲁都睡在办公室，他们在地上铺了一块薄薄的床垫。我睡在车里。我其实还挺喜欢在车里睡。我知道什么车睡得最舒服。便宜车睡得最不舒服，比如大众，还有那些低端日本轿车。那些座位几乎都没有弹性，没有靠垫，用的都是廉价的人造革。如果睡在这类车里，我晚上有一半的时间都在努力不让自己从座位上滑下去。早上起来膝盖酸痛，因为一整夜我的腿都伸不直。德国车很适合睡，尤其是奔驰。空间大，豪华真皮座椅，跟沙发似的。你刚睡进去的时候会觉得冷，但是它们保温性好，一会儿就能暖和起来，我只需要把校服卷起来枕着，就能在奔驰车里睡得很舒服。但是毫无疑问，最好的还是美国车。我曾经默默祈祷，希望能出现一位顾客带进来一辆带有高靠背座椅的别克车。如果我看到这样的车，就会高兴得不行，太棒了！来送修的美国车很少，但要有的话，老天啊，我简直像上了天堂一样幸福。

大力机修是我们家的生意，而我也是家庭成员，所以我也得干活。我失去了玩的时间，甚至连写作业的时间都没了。每天我从学校走路回家后，就得脱掉校服，穿上工装，钻到某辆轿车的底盘下面。到后来，我已经会给车做一些简易的维修保养了，而且也常常得做，亚伯会说："那辆本田，简单保养。"然后，我就会走去打开引擎罩子。日复一日。电子开关、栓塞、冷凝器、滤油器、散热器、安装新座椅、换轮胎、换车前灯、修尾灯、去汽配店、买配件、回机修厂。那年我 11 岁，那就是我的人生。我的功课落下了不少，我什么作业都完不成。我的老师常常教训我。

"为什么你不做作业?"

"我做不了作业。我回家以后要干活。"

我们努力地干活干活干活,但不管投入多少时间和精力,这门生意还是在赔钱。我们什么都赔掉了。甚至买不起吃的。我永远忘不了有一个月我是怎么过的,那是我人生中最糟糕的一个月。我们太穷了,连续几周都在吃一种叫马洛葛的野菠菜,和学名叫莫帕尼虫的毛毛虫炖在一起。莫帕尼虫真的是最便宜的东西,只有穷人中的穷人才会吃。虽然我从小到大家里一直很穷,但是那种穷,和"等等,我在吃虫子"的穷,依然不是一个等级。连索韦托人看到莫帕尼虫都会说:"呃……还是不要了吧。"这些多刺且颜色明亮的毛毛虫,和人手指一般大小,但是和法国蜗牛不一样,人们可以给蜗牛安一个光鲜的名字,让它们成为高级食材,但莫帕尼虫只能是恶心的虫子。咀嚼的时候,它们的黑色脊柱会刺破你的上颚。而且很常见的情况是,当你咬下一只莫帕尼虫时,它们黄绿色的粪便会在你的口腔中溅射出来。

有段时间,我还挺喜欢吃毛毛虫的,就好像在尝试新鲜食物一样,但是连着吃了好几周,每天吃,天天吃,我也受不了了。我永远忘不了那天,我咬断了一只莫帕尼虫,黄绿色的汁液渗了出来,我脑中马上想到:"我在吃虫子屎。"我立刻想吐。我跳起来跑向我妈,哭着说:"我再也不想吃毛毛虫了!"那天晚上,她东拼西凑弄来一些钱,给我们买了只鸡。以前哪怕我们再穷,我们从来不会没有东西吃。

那是我最痛恨的一段人生——整夜干活,睡在车里,早晨醒来,在清洁工的水槽里洗澡，在一个小铁盆里刷牙，对着丰田车的后视镜梳头，然后小心翼翼地穿衣服，尽量避免油污沾到校服上——这样的话，学校里的同学就不会发现我住在汽修厂。唉，我实在太痛恨那段日子了。我痛恨车。我痛恨睡在车里。我痛恨修车。我痛恨总把手弄脏。我痛恨吃虫子。我痛恨那时的一切。

我不恨我妈妈，搞笑的是，我甚至不恨亚伯。因为我看到每个人都在努力工作。起初，我并不知道是在经营层面上出的问题让我们生活如此困难，我只以为是暂时的困难期，过去就好了。但是后来我才开始明白，为什么我们的生意一直在亏钱。因为我经常出去帮亚伯买配件，所以逐渐发现他自己去买的时候，其实都是赊账，而配件商卖给他的价格高得离谱。债务逐渐拖垮了厂子，但是亚伯从不还债，还把赚来的那点儿钱都买酒喝了。他是个技术超群的机师，但也是极其糟糕的生意人。

后来，为了振兴厂子，我妈辞掉了她在 ICI 的工作，开始帮助亚伯管理车间，全身心投入到亚伯的事业里，用她多年的办公室技能，帮亚伯记账、排班、结算账目。事情开始有所好转，但后来，亚伯却觉得他的事业好像被我妈抢走了。人们也开始这么说。可以准时拿回车的顾客和及时收到货款的供应商都说：「嘿，亚比，你老婆接手以后，这间修车厂比以前可要好多了。」这话亚伯不爱听。

我们在修车厂里住了近一年后，我妈受够了。她倒是愿意帮他，但是他把赚的钱全拿去喝酒，她再怎么帮也没办法了。她一直是个独立且自给自足的人，但是为了某些人失败的梦想，她不得不牺牲掉自己的那部分特质。有一天，她终于说：「我受不了这一切了。我退出，我不干了。」她在一个建筑开发商那儿找了一份秘书工作，用那份工作赚来的钱，再凭着用亚伯厂子剩余资产抵押的贷款，给我们买了那栋高地北的房子。我们搬家后，厂子被亚伯的债主拿去抵债，修车生意彻底结束。

从小到大，我一直接受的都是我妈那种旧约式的管教。她对我绝不手下留情，绝不姑息溺爱。但是到了安德鲁的时候，她却变了。他刚开始也会挨揍，但是后来挨揍的次数慢慢少了，最后竟完全不会挨打了。我问我妈为什么我会挨揍、而安德鲁却不会，她又和往常一样讲了个笑话："我打你是因为你受得住，"她说，"我没法像打你那样打你的小兄弟，因为他就是个瘦弱的小棍儿，一打就折了。但你不一样，上帝创造了你那个可以挨揍的屁股。"尽管她在开玩笑，我还是能感觉出来，她之所以不打安德鲁，是因为她的心理发生了真实的变化，学到了教训，而且说来也奇怪，这个教训竟然还是从我身上学到的。

我在充满暴力的世界中长大，但是我自己却一点儿都不暴力。是的，我爱搞恶作剧，爱玩儿火，砸别人窗户，但是我从来不会攻击人。我从来没打过人。我也从来不会生气。我从不认为自己会做那样的事。我的母亲给我营造了一个和她的成长环境完全不同的世界。她给我买那些她小时候没机会读的书。她送我去她从来没机会去读的学校。我身处这样的世界之中，让我看待世界的眼光发生了变化。我看到，并不是所有的家庭都充满暴力。我看到了暴力的徒劳，看到它不过是恶性循环，看到一个人受到了别人的伤害，会去以伤害他人的方式讨要回来。

更重要的是，我发现维系人与人之间关系的并非暴力，而是爱。

爱是有创造力的行为。当你爱一个人的时候，就为他创造出了一个新世界。我妈就是那样对我的，然后我用我所有获得的进步，所有学到的知识，回过头来为她创造出了一个崭新的世界，给她提供了崭新的视角。从那儿以后，她再也没对自己的孩子动过手。但不幸的是，她停了以后，亚伯开始了。

尽管我被我妈打了那么多次，但我从来不畏惧她。当然我并不喜欢挨揍。她说"我揍你是因为我爱你"，我虽然不太同意这个观点，但是我理解她是在训诫我，她揍我全都事出有因。可亚伯第一次揍我的时候，我感受到了一种从未感受过的东西。我感受到了恐惧。

那年我读六年级，是我在玛丽威尔的最后一年，我们家已经搬到了高地北，我因为伪造我妈的签字，在学校惹了麻烦：有个活动我不想参加，于是就在假条上签了她的名字。学校给我妈打了电话，那天下午我放学到家后，她问我是怎么回事。我当时几乎肯定她马上要惩罚我，但结果她并不在意这件事，而是告诉我，我当时应该直接跟她说，她会帮我签字。这时，一直和我们一起坐在厨房里的亚伯，旁听了整个对话后，对我说，"嘿，我能跟你借一步说话吗？"他把我带进了厨房旁边的食品储藏室，那是一个非常狭小的空间，然后把门从背后锁上了。

他挡在我和门之间，但我脑中还是没有料想到后面会发生的事。我并不觉得此时我该感觉害怕。亚伯之前从来没有惩罚过我，甚至没有对我训过话。他总是对我妈说："努比，你儿子干了这件事。"然后，让我妈来处理我。此刻是下午，他处于完全清醒的状态，所以也让接下来发生的事更显恐怖。

"为什么你要伪造你妈的签名?"他问。

我开始编造理由:"哦,我,呃,我忘把请假表格带回家了——"

"别对我撒谎。为什么你要伪造你妈的签名?"

我开始磕磕巴巴地编更多的瞎话,完全没留意接下来会发生的事,一切就那么突然地发生了。

第一下打在了我的肋骨上。我脑中一闪而过一个念头:这是陷阱!我之前从来没打过架,也不知道该怎么打架,但是我的直觉告诉我要贴上去。我知道他那两个长胳膊能干出怎样的事来,我见过他把我妈打趴下,更可怕的是,我见过他把成年男人打趴下。亚伯从来不用拳头打人,我也从没见过他握紧拳头揍人。但是他有那种一掌拍在一个成年男人脸上,就让对方倒地不起的本事。他就是那么强壮。我看着他的胳膊,心想,不能身处于这两根长胳膊的末端位置。我迅速蜷身向前,他一直打一直打,但是我挨他挨得太紧了,他的拳头始终不能结实地落在我身上。他明白过来后,不再打我,而是试图抓着我摔跤。他一边和我扭打,一边捏住我胳膊上的皮肤,用大拇指和食指掐住,并扭着揪起来。老天,简直太痛了。

那是我人生中经历过的最可怕的时刻。我此前从未如此恐惧过,从来没有。因为他暴打我没有任何理由——这才是最让人害怕的地方。他不是在训诫我。所有这一切都不是出于爱的前提。我觉得哪怕我此刻求饶说我知道教训了,再也不会伪造我妈的签名,这一切也不会停止。我感觉只有当他想停的时候,当他的怒气发泄完的时候,一切才会停下来。我感觉,他体内有一股想要摧毁我的欲望。

亚伯比我高大太多,也强壮太多,但是我们身处于一个狭小的空间之内,反而成了我的优势,因为没有足够的空间供他施展。当他揪着我打的时候,我努力扭身挪蹭到了他的身后,拧开门栓跑了出去。我速度很快,但是亚伯也很快。他在后面追我。我冲出房子,跳过大门,拼了命地跑啊跑。在路尽头拐最后一个弯之前,我回头看了一眼,他正在大门附近,冲出院子来追我。在我25岁之前,我一直会重复做一个噩梦,梦里就是他冲向街角来追我的那张脸。

看到他的那一刻,我立刻低下头开始继续跑,就好像后面是魔鬼在追我那样跑。亚伯比我壮,比我快,但这里是我的地盘。你无法在我的地盘上逮到我。我知道每一条小巷,每一条街道,每一堵可以翻过去的围墙,每一扇可以侧身挤过去的栅栏。我在车流间闪避穿行,穿过别人家的院子。我不知道他是什么时候停止追我的,因为我没有回头看。我跑啊跑,跑到我这两条腿所能达到的极限。终于停下脚步的时候,我已经身处布拉姆利了,那是三个街区以外的地方。我找了一个灌木丛,爬了进去,在里面藏了几个小时。

一件事你不用教我两遍。从那天起,直到我离开家以前,我都活得像一只老鼠。如果亚伯在房间里,我就在房间外面。如果他在这个角落,我就在另一个角落。如果他走进我身处的房间,我就立刻起身,假装要去厨房,然后再折回来,确保自己在离出口最近的屋子。哪怕他心情超好,看起来特别开心,我也一样,我决不会让他再挡在我和门之间。可能后来还有几次,以为我放松了警惕,他在我跑掉之前打了我一拳,或踢了我一脚,但我再也没相信过他,一秒钟都没信过。

安德鲁不一样。安德鲁是亚伯的儿子,身上流着他的血,长着他的肉。尽管安德鲁比我小九岁,但他才是家里真正的长子,是亚伯的第一个儿子,这为他在亚伯那儿赢得了一种我和我妈都享受不到的尊重。尽管亚伯身上有很多缺点,但安德鲁真心爱他的父亲。因为这份爱,我想,在我们之中,安德鲁是唯一一个不害怕亚伯的人。他是驯狮者,只不过他自己就是由狮子养大的——哪怕他知道狮子的危险,他对狮子的爱也不会少一分一毫。对我来说,只要我瞥见亚伯有一丝丝生气或发怒的迹象,我就跑,安德鲁会留下来,试图安抚亚伯让他平静下来。他甚至会在亚伯和妈妈之间劝架。我记得有一天晚上,亚伯往安德鲁头上丢了一瓶杰克丹尼威士忌,那瓶酒擦着安德鲁的头飞了过去,砸到他身后的墙上。也就是说,安德鲁一直待在原地,瓶子冲他砸过来时他都没跑。换成我的话,早就在亚伯瞄准之前溜之大吉了。

大力机修倒闭之后,亚伯得把他的那堆车弄出来。有人接管了厂子,但他对里面的资产还有留置权。简直一团糟。从那时起,他把这项修车事业搬进了我们的后院。也是在那时,我妈和他离了婚。

在非洲风俗中,有法定婚姻,也有传统婚姻。你和某人在法律上离了婚,并不说明他不再是你的伴侣。亚伯的债务和他糟糕的生意决策,开始影响到我母亲的信用额度以及她抚育我们的能力之后,她想要退出这段关系。"我不要负债,"她说,"我不要不良信用。我不能和你一起分担这些。"但我们依然是一家人,他俩在传统意义上还是夫妻,只是为了把各自的账务分开,他们离了婚,而且她也不再冠夫姓。

亚伯在居民区经营的修车生意没有获得执照,结果一个邻居举报了我们,想把我们赶走。于是,我妈去申请了营业执照,让亚伯可以继续在家里接活儿。修车坊是保住了，但亚伯依然经营得一团糟，而且还是把赚来的那点儿钱全买了酒。与此同时，我妈自己在房地产公司的工作却不断晋升，身上的责任越来越重，薪水也越来越高。相比之下，亚伯的修车坊几乎变成了一项业余爱好。他本应承担安德鲁的学费，给家里买日用品，但是很快，他连这笔钱也拿不出来了，没办法，我妈开始负担家里的一切开销，电费由她来付，房贷也由她来还。亚伯对这个家毫无贡献。

　　转折点就是这时候出现的。我母亲开始挣更多的钱，重新获得了生活上的独立以后，我们一点点地看着家中那个恶魔缓缓现出了原形。亚伯的酗酒问题越发严重，也变得越来越有暴力倾向。在他把我堵在食品储藏室揍我那件事发生不久以后，亚伯第二次打了我妈妈。我不太记得清具体细节了，因为在我的记忆中，那次和之后不久又反复发生的很多次家暴混在了一次。那一次，警察上门了，只是依然表现得像是兄弟会一样。"嘿，伙计们，这些女人，你们懂得她们是啥样。"没有留下案底，没有起诉。

　　每次亚伯打了她，或者试图要打我，我妈都会在事后找到哭泣的我，把我拉到一边，而且每次都会跟我说同样的话。

　　"为亚伯祈祷吧，"她说，"因为他并不恨我们。他恨的是他自己。"

　　对一个孩子来说，这话毫无逻辑。"好吧，如果他恨他自己，"我会说，"他为啥不打自己？"

　　亚伯喝醉以后，如果你盯着他的眼睛看，会发现他完全变成了另一个人。我记得有天晚上，他烂醉如泥地回到家，跟跟跄跄穿过整个屋子，来到我的房间，还一边喃喃自语。我被吵醒后，结果发现他正拉下裤子，对着我房间的墙撒尿。他以为他在厕所。他就是能醉成这种样子——分不清自己身处哪个房间。有好多个晚上，他都跌跌撞撞地走到我的房间，以为是他自己的房间，把我从床上踢下去，自己一头栽倒在床上。我会冲他大叫，但是就像和僵尸对话一样没用。我只能去睡沙发。

每天傍晚下班后，他都要和员工在后院喝个烂醉，而且很多次喝到晚上后，他还会和其中某个人打起来。有人说了什么亚伯不爱听的话，他就会对那人一顿拳脚相加。然后那个人可能接下来的周二周三都不会来干活，但到周四又会出现，因为他需要这份工作。每隔几周，这场景就会重复一遍，像走钟一样。

亚伯还会踢我们的狗，主要打芙菲。豹子很聪明，会躲得远远的。但是又笨又可爱的芙菲，总是想和亚伯做朋友。亚伯喝多的时候，如果芙菲从他面前经过，或者挡了他的路，他会上去就是一脚。芙菲则会跑掉，躲起来。如果芙菲被打了，那就是一个警示信号，马上就会有不好的事情要发生。狗和后院的工人，总是会首当其冲地承受亚伯的怒火，我们其他人则会立刻保持沉默低调。我总是会去找芙菲，在她躲起来的地方陪她躲着。

奇怪的是，芙菲被踢了以后，从来不会吠叫，或悲泣。兽医诊断出她耳聋之后，还发现它的触感也没有发育完全。她感受不到疼。这也是为什么她第二天还能像之前那样对待亚伯。他踢她，她躲起来，第二天早晨，又会摇着尾巴出现在他面前。"嘿，我在这儿。我再给你一次机会，和我做朋友吧。"

亚伯总能得到第二次机会。亚伯身上那种招人喜爱又迷人的人格从未消失过。他酗酒，但他同时是个好人。我们曾是一家人。成长于一个充斥着家暴的家庭中，你会发现自己会爱自己恨的人，或恨自己爱的人，在这两者之间不停地徘徊挣扎。这是一种奇怪的感觉。你希望生活在一个好人坏人分明的世界里，要么恨他们，要么爱他们，但是人类并非这样的物种。

在我们的房子下面，涌动着恐惧的暗流，但是真正的暴力事件并没有那么频繁。我想如果真的再频繁一些的话，这种情况也能早点儿结束。讽刺的是，每次家暴之间的那段平静时光，让这样的日子越拖越久，也令下一次家暴的严重程度逐渐升级。他这次打了我妈，下一次可能是三年后，而且打得更狠。再是两年后，又狠了一点儿。再接着是一年后，又狠了一些。每一次都发生得很分散，会让你觉得不会再有下一次，但是又会足够频繁到让你永远无法忘记这件事的存在。这里面是有节奏的。我记得有一次，又发生一件可怕的事之后，一个月里都没人跟他说话。一声不吭，没有眼神交流，没有任何对话，什么都没有。我们像陌生人一样住在同一个房子里，尽量错开时间，避免接触。我们完全不理他。但后来的某个早晨，你们在厨房里，互相点了点头。"嗨。""嗨。"一周以后，"你看新闻上那件事儿了吗？""是啊。"又过了一周，开始有了玩笑话，大家一起笑了。慢慢地，慢慢地，日子又回到了以前的样子。过了六个月，或者一年，同样的事情再来一遍。

有一天下午，我从桑德林汉姆放学回家，我妈妈看上去非常难过，慌乱不安。

"这个人简直难以置信，"她说。

"发生什么了？"

"他买了一把枪。"

"什么？一把枪？你说'他买了一把枪'，是什么意思？"

在我的世界里，枪的存在实在是太荒唐了。在我脑海中，只有警察和罪犯才有枪。亚伯买了一把口径 9 毫米、使用帕拉贝鲁子弹的史密斯维森左轮手枪。光洁的黑色，非常具有威胁性，看上去一点儿也不像电影里那种很酷的手枪，而是像一把杀人的枪。

"他为什么要买枪？"我问道。

"我不知道。"

她说她问过原因，但他瞎说了一通什么世界要学会尊重他的屁话。

"他以为他是世界警察，"她说，"但是世界的问题恰恰就在这里。我们身边有太多人连自己都管不好，却总想着去管教身边的其他人。"

那之后不久，我从家里搬出去了。家里的气氛变得越来越有毒性，而我已经长得和亚伯一样强壮，强壮到足以反击回去。父亲不会惧怕儿子的反击，但我不是他的儿子。他很清楚这一点。我妈常用的类比是，家里有两头公狮子。"每次他看着你，都能从你身上看到你父亲的影子，"她说，"你的存在会一直提醒他另一个男人的存在。他讨厌你，你需要离开了。你得赶紧离开，免得变成像他一样的人。"

说实话，我也确实该离开了。不管有没有亚伯，我们的计划本来就是高中毕业后从家里搬出去。我妈不希望我变成我舅舅那样的无业游民，成天住在自己母亲家。她帮我找了那间公寓，我搬了出去。原来的家离我的新住所只有十分钟的路程，所以我经常回家帮忙干点活儿，偶尔一起吃个饭。最重要的是，不管亚伯再犯什么事，我都不会受到影响了。

后来，我妈搬到了隔壁卧室去住，从那时起，他们变成了名义上的夫妻，不算同居，只能算同处一个屋檐下。这样的情形持续了一年还是两年。安德鲁已经快九岁了，我一直在等着他长到 18 岁，因为到了那时，我妈就能从这个家暴男的魔爪中解脱出来。有一天下午，我母亲给我打了电话，让我回家一趟。几个小时后，我来了。

"特雷弗，"她说。"我怀孕了。"

"什么，什么？"

"我怀孕了。"

"什么？！"

老的天，我简直怒火中烧，简直太生气了。她自己看上去很坚决，和以前一样下定了决心，但是脸上又笼罩着一层淡淡的忧伤，这是我从未见过的样子。好像这件事在一开始就把她击垮了，但是她又很快调整自己，接受了这个事实。

"你怎么能让这种事发生？"

"亚伯和我……我们做了。我搬回了他的卧室，就那一晚，然后……我就怀孕了。我也不知道怎么回事。"

她的确不知道是怎么回事。她当时已经 44 岁，而生完安德鲁以后，她就去做了输卵管结扎。她的医生也说："这不可能啊。我们也不知道怎么会发生这样的事。"

熊熊的怒火在我的胸中升腾。我们本来只需要等着安德鲁长大，这样的日子就会结束，但是现在就好像她续签了合同。

"所以你要给这个男人再生一个孩子？你要在这个男人身边再待

18年？你疯了吗？"

"上帝跟我说话了，特雷弗。他对我说，'帕特莉莎，我做出的决定不会错，我让这件事在你身上发生，你就一定能承受。'我怀孕是有原因的。我知道我生出的孩子是什么样。我知道我抚养的孩子是什么样。我可以抚养这个孩子。我要养大这个孩子。"

九个月后，以撒出生了。她叫他以撒，是因为在《圣经》中，萨拉在一百岁的时候怀孕了，她本不该怀上这个孩子，而那个孩子就叫以撒。

以撒的出生，让我离这个家越来越远。我越来越少回家。有一天下午，我回到家里后，看见房子里一片狼藉，警车停在屋前——另一场家暴刚刚结束。

他用自行车打了她。亚伯在后院辱骂一个工人，我妈试图上前劝架。亚伯暴怒，她竟敢在他的手下面前反驳他，于是他抄起安德鲁的自行车，不停地朝她砸去。她又报了警，可来的警察认识亚伯，亚伯帮他们修过车。他们是好兄弟。所以依然没有指控。什么事都没有。

但这次，我直接上去和他对峙了。因为我已经长大了。

"你不能一直这样，"我说，"这样做是不对的。"

他表现出抱歉的样子。他总是这样。他没有气得呼吸急促，也没有心存戒备。

"我知道，"他说，"对不起。我也不想这样的，但是你知道你妈是什么样的人。她总是一直说一直说，不愿意听别人说什么。我觉得你母亲有时候不尊重我。她在我的工人面前都不尊重我。我不能让其他男人看到我连老婆都管不住。"

自行车事件之后,我妈从自己在房地产公司的人脉里找了一个建筑商,给她在后院建了一个独立的小屋,就好像那种佣人房,她带着以撒搬了进去。

"这是我见过最匪夷所思的事了。"我告诉她。

"我只能这么做,"她说,"警察不帮我。政府也保护不了我。只有我的上帝能保护我。我能反抗的方式,就是反抗他最宝贵的东西——他的尊严。我住在隔壁的小屋里,所有人都会去问他:'为什么你老婆住在房子外面的小屋里?'他会不得不回答这个问题,但不管他说什么,人们都会明白,是他自己有问题。他喜欢让这个世界的人都爱他,那么就让这个世界的人认识认识他是什么人好了。他是这条街上的圣人,也是这个家里的魔鬼。让他承受这样的眼光吧。"

我妈妈决定生以撒时,我差一点儿与她断了关系。因为我再也无法承受这样的痛苦了。而看着她被自行车一下下地砸在身上,看着她像犯人一样住在自家房子的后院里,则成了压垮我的最后一根稻草。我的心已经粉碎。我受够了。

"这种生活?"我对她说,"这种畸形的生活?我一刻也不想再参与了。我不能和你一起过这样的生活。我拒绝。你既然做了决定,那么祝你好运。我要去过我自己的生活了。"

她理解我,她并不觉得我背叛或抛弃了她。

"亲爱的,我知道你经历的一切,"她说,"到了某个时候,我也会离开这个家,去过我自己的生活的。我理解你现在的做法。"

于是我就那么做了。我走了,再没有打电话回家,再没有回家看过她。以撒来了,我走了。从我的角度来说,我不能理解为什么她不能和我做一样的事：离开。只要离开。只要他妈的离开就行。

我不理解她正在经历的一切。我不理解家暴这件事。我不理解成人之间的关系，我甚至没交过女朋友。我不理解她怎么能和一个让她如此厌恶又惧怕的男人做爱。我不理解，性、仇恨与恐惧如何能够纠缠在一起难舍难分。

我生我妈的气。我恨亚伯，但我责备的人是她。我认为亚伯是她选择的人，而且一直反复都选择了他。在我的成长过程中，她一直给我讲她如何被父母抛弃，在黑人家园长大的事，她总是说："你自己做的事，不能怪到别人头上。你现在是什么样的人，也不能怪你的过去。你要对你自己负责。你要自己给自己做决定。"

她从来不让我觉得我们是受害者。但我们就是受害者。我、她、安德鲁和以撒，我们是种族隔离的受害者、家暴的受害者。但她从来不让我那么想，于是我也不会这么去看待她的人生。为了取悦亚伯，把我父亲从我们的生活中剔除出去，是她的选择。支持亚伯的修车行，是她的选择。以撒，是她的选择。她能挣钱，他不能。她并非依附于丈夫身上的女人。所以在我心中，她才应该是那个做决定的人。

从外人的角度指责这个女人，说"你走不就行了"，实在太容易。我的家庭并不是唯一一个发生过家暴的家庭。在我的成长过程中，周围经常有这样的事。在索韦托的街道上，在电视里，电影里，我看到过无数次家暴。如果这是社会范例，那一个女人能去哪儿？当警察都不肯帮她的时候，当她自己的家人都不肯帮她的时候，她能去哪儿？离开那个打他的男人，找到第二个男人很可能还是会打她，而且比第一个更凶的时候，她能去哪儿呢？当一个女人带着三个孩子，而周围的社会会给没有丈夫的女人打上贱民的标签时，她能去哪儿呢？当所有人都会觉得她是个荡妇，她能去哪儿呢？她能怎么做呢？

但是，当时我完全理解不到这些。我还是个孩子，想问题用的还是孩子的逻辑。我清楚地记得我们最后一次为这件事而起的争执。那是在自行车事件之后不久，或是她刚搬到后院的小屋的时候，我又暴跳如雷地求了她第一千遍。

"为什么？为什么你就是不离开呢？"

她摇摇头："哦，宝贝。不行，不行，不行，我不能离开。"

"为什么不能？"

"如果我离开，他会杀了我们。"

她没有在夸张。她没有抬高声音。说出这句话时，她极度平静，仿佛是在说一个既定的事实。之后，我便再也没有提过这个问题。

但最终，她还是离开了。至于到底是什么促使她离开，最后一根稻草是什么，我已无从得知。我早离开了。我成了一名喜剧演员，到全国巡回演出，去英国演出，主持电台节目，主持电视节目。我和我的表兄穆隆格斯住在一起，把我的生活和我母亲的生活彻底分开了。我不能再参与她的生活，因为那会将我伤得粉碎。但是有一天，她在高地北买了另一处房子，遇到了另一个人，过上了新的生活。安德鲁和以撒还是可以见到自己的父亲，那个时候，他依然出现在她的周围，依然循环着酗酒和打架的日子，依然住在前妻买的房子里。

过了一些年。生活在继续。

有天早晨，差不多 10 点的样子，我还在床上，电话响了。那是个周日。我知道那是周日，因为家里的其他人都去教堂了，而我，超级开心地，不用去。那种整日在几个教堂之间来回穿梭的日子已经结束，我现在可以舒舒服服地睡个懒觉。我的生活里有一个很讽刺的巧合，只要涉及教堂，就总会出岔子，譬如那次被暴力的小巴司机挟持。我总是拿这个取笑我母亲。"你教堂的那些事儿，耶稣啊什么的，给你带来过什么好处吗？"

我看看手机，显示是我母亲的电话号码，当我接起来时，电话那头却是安德鲁。他的声音听上去特别平静。

"嘿，特雷弗，我是安德鲁。"

"嘿。"

"你好吗？"

"好啊。怎么了？"

"你在忙吗？"

"我还有点儿困。怎么了？"

"妈妈中枪了。"

好吧，关于这通电话，有两个诡异的地方。首先，他为什么要问我忙不忙？你妈妈中枪了，你嘴里说的第一句话应该是"妈妈中枪了"，而不应该是"你好吗"，也不应该是"你在忙吗"。这让我很困惑。第二个诡异的地方是，当他说出，"妈妈中枪了"，我没有问"谁开的枪"，我不用问。他说，"妈妈中枪了"，我的脑中自动填补了剩下的内容："亚伯开枪打了妈妈。"

"你在哪儿？"我问。

"我们在林克斯菲尔德医院。"

"好的,我这就出门。"

我从床上跳起来,跑到走廊里,使劲砸穆隆格斯的房门:"老兄,我妈妈中枪了!正在医院。"他也从床上跳下来,我们开上车绝尘而去。幸运的是,我们离医院只有15分钟的车程。

当时我很难过,但是并不害怕。安德鲁在电话里那么平静,既没有哭,声音一点儿也不慌乱,所以我想她肯定没事,情况应该没有那么糟。我从车里又给安德鲁打了个电话,想了解更多的情况。

"安德鲁,到底发生什么了?"

"我们在从教堂回家的路上,"他说,依然极度平静,"爸爸在门口等着我们,他从车里走出来,就开枪了。"

"往哪儿开枪?他打到她哪儿了?"

"打在她腿上了。"

"哦,好。"我松了口气。

"然后朝她的头开了一枪。"

听到这句话后,我的身体彻底软掉了。我现在还清楚地记得当时交通灯的颜色。那一刻,周围的声音都没了,仿佛进入了真空。我大哭起来,我从来没有这么哭过。我崩溃了,抽泣不已,浑身颤抖。我哭得好像我为之前做过的事流的眼泪都是被浪费的眼泪。我哭得特别厉害,此刻哭泣的我如果能够回到过去,看到以前那个为其他事情哭泣的我,一定会一巴掌扇过去,对过去的那些我说:"这点儿破事哪里值得你哭。"我哭并非出于悲伤,也不是在发泄,更不是在为自己伤心,而是在表达一种原始的伤痛,因为我的身体无法通过其他形式表达,所以我只能痛哭。她是我的妈妈,她是我的队友,从来都是我们两个人,是我和她在对抗整个世界。当安德鲁说出"朝她的头开了一枪"时,我碎成了两半。

交通灯变了。我已经哭得看不清路,只能在泪眼模糊中继续向前开,心里想着开到那儿,只要开到那儿,只要能开到那儿,就行。我们一停在医院门口,我就从车上跳了下来。急诊室门口有一片户外等待区。安德鲁正在那儿等我。他一个人站着,衣服上沾满了血。他看上去依然非常平静,一副无欲无求的样子,但他抬眼看到我之后,整个人就垮了,开始号啕大哭。就好像这整个早晨他都在强装镇定,而在这一刻,世界突然轰地塌了,他再也坚持不住了。我跑向他,抱住他,他哭得无法自已。但是哭声和我的不一样。我的哭声中是痛苦和愤怒。而他的哭声里却带着一种无助。

我转身跑进诊室。我妈躺在一架轮床上,医生正在抢救。她全身都浸在血泊里,脸上有个洞,嘴唇上方裂开了一条沟状的伤口,鼻子少了一大块。

可她躺在那里时,神情却异常地平静安详。她用还能睁开的那只眼,侧着看向我,看到了我脸上的恐怖表情。

"没事的,宝贝。"她轻声说。她的喉咙都是血,她几乎发不出声音。

"怎么会没事。"

"不,不,我没事,我没事。安德鲁在哪儿?你弟弟在哪儿?"

"他在外面。"

"去找安德鲁。"

"可是妈妈——"

"嘘。没事的,宝贝。我没事。"

"你怎么会没事,你——"

"嘘——我没事，我没事，我没事。去找你弟弟，你弟弟需要你。"

医生还在抢救，我什么忙也帮不上，只好出去陪安德鲁。我们一起坐下后，他给我讲了整个过程。

他们一大家子人，我妈、安德鲁、以撒和她的新丈夫、丈夫的孩子以及婆家的阿姨叔叔、侄子侄女，正开车从教堂回家，刚把车停在车道上，亚伯也开着车过来了，他从车里走出来后，手里拿着一把枪，直瞪瞪地看着我母亲。

"你偷走了我的生活，"他说，"你把我的一切都拿走了。现在我要把你们全杀了。"

安德鲁跳到他父亲的面前，站在了枪口前面。

"不要这样做，爸爸，求你了。你喝醉了。把枪收起来。"

亚伯低头看着他的儿子。

"不，"他说，"我要杀了这儿的每一个人，如果你不走开，我先杀你。"

亚伯往旁边退了一步。

"他的眼睛告诉我他不是在说谎。"他对我说，"那是魔鬼的眼睛。那一刻，我知道我的父亲已经不在了。"

回头再看，虽然那天我感受到了无尽的痛苦，但是我只能想象安德鲁要比我更痛苦。因为朝我妈妈开枪的是一个我厌恶的男人。要说起来，这件事其实证明了我的感觉没错，这么久以来，我对亚伯的判断都正确无比。我可以直接把我的愤怒和憎恨发泄到他身上，不用感到一丝一毫的愧疚。但朝安德鲁的母亲开枪的人，是安德鲁的父亲，是那个他深爱的父亲。面临这样的情况，他该如何安置他对父亲的爱？他该如何继续两边都爱？爱他自己的这两面？

以撒当时只有四岁，还不明白到底发生了什么，安德鲁往旁边退了一步后，以撒哭了起来。

"爸爸，你在做什么？爸爸，你在做什么？"

"以撒，去找你哥哥。"亚伯说。

以撒向安德鲁跑去，安德鲁抱住他。亚伯端起枪，开始射击。我母亲为了保护其他人，飞身跳到了枪口正面。那是她中的第一枪，不是在腿上，而是在屁股上。她轰地倒在地上，就贴地的那一刻，她尖叫起来。

"快跑啊！"

亚伯开始四处射击，所有人都四散逃开。我妈挣扎着想站起来，但这时亚伯走过来，站在她身旁，用枪指着她的头，像执行死刑一般，扣下了扳机。什么都没发生，枪哑火了。咔！他又扣了下扳机，还是一样。然后还是一样，还是一样，咔！咔！咔！咔！他扣了四下扳机，四次都没成功。子弹从退壳口弹了出来，纷纷掉落，落在我妈的身上，哗啦啦撒了一地。

亚伯开始停下来检查枪。我妈惊慌地跳起来，把他推开，跑向车子，跳进驾驶座。

安德鲁紧随其后，跳上了副驾驶座。就在她点燃引擎的那一刻，安德鲁听到了最后一声枪响，挡风玻璃上出现一滩血。亚伯从车后开了枪，子弹打进了她的后脑，从她的脸部穿出，血溅得到处都是。她的身体软软地瘫在了方向盘上。安德鲁一秒都没有犹豫，将我妈拉到了副驾驶座一侧，从她身上翻过去，跳到了驾驶座上，一脚踩下油门，全速冲向了林克斯菲尔德医院。

我问安德鲁，亚伯后来怎么样了。他不知道。我心中充满愤怒，但是我什么都做不了。我感觉很无助,但同时又觉得自己应该做点儿什么。我拿出手机,拨通了亚伯的电话——我正在给一个刚对我母亲开了枪的男人打电话,而他竟然接了起来。

"特雷弗。"

"你杀了我妈妈。"

"是的,我干的。"

"你杀了我妈妈!"

"是的。如果让我找到你,我还会杀了你。"

说完他就挂了。这是最恐怖的一刻,令人毛骨悚然。不管之前我鼓足了多大的勇气拨电话,此刻我已经彻底没了力气。到现在,我也不懂我当时是怎么想的,也不知道我希望从那通电话里得到什么。我只是很愤怒。

我不断问安德鲁更多问题,试图搞清楚更多的细节。我们正说到一半的时候,一个护士走出来找我。

"你是家属吗?"她问我。

"是的。"

"先生,现在有个问题。你的母亲开始还能说一点话,现在她什么也说不出来了,但是从我们收集到的信息来看,她没有医疗保险。"

"什么?不,不。这不可能。我知道我妈有医保。"

她没有。事实是,几个月以前,她做出了一个决定:"医疗保险就是个骗局。我从来不生病。我要把它取消掉。"现在她没有医保了。

"我们不能在这儿继续为您母亲治疗了,"护士说,"如果她没有医保的话，我们就得将她转去国立医院。"

"国立医院？！什么——不行！你们不能这样做。我妈妈是头部中弹。你要把她再抬到轮床上，送上救护车？她会死的。你们现在就得救她。"

"先生，我们无法做到。我们需要付款信息表。"

"我就是你的付款信息表。我来付。"

"是的，人们都这么说，但是没有保证的话——"

我掏出了我的信用卡。

"这儿，"我说，"拿去。我付。我付所有的费用。"

"先生，医疗费会非常昂贵。"

"我不在乎。"

"先生，我想您还不明白。医疗费用真的很昂贵。"

"女士，我有钱。我能付清所有的费用。帮帮我们吧。"

"先生，你还不明白。我们要做很多项检查，每个单项检查都要花掉两三千兰特。"

"三千——什么？女士，我们在讨论的是我妈的性命。我会付钱的。"

"先生，您还是不明白。您的母亲中弹了。脑部中弹。她需要住进重症监护室。在重症监护室住一个晚上，就要一万五到两万兰特。"

"女士，你有没有听到我说的话？这是我妈的命。这是她的命。把钱拿去。把钱全拿去。我不在乎。"

"先生！你还是不明白。这种情况我见得太多了。您的母亲很可能会在重症监护室里躺上好几个星期，这会花掉你五六十万兰特，

284

甚至上百万。你的整个下半辈子，都将负债累累。"

我不想对你撒谎：那一刻我犹豫了。我犹豫了好一会儿。那一刻，我听到护士说的是，"你所有的钱都会搭进去"，然后我开始想，好吧……她多大年纪来着，50岁？挺好的了，是不是？她这辈子已经过得很好了。

我真的不知道该如何是好了。我直愣愣地盯着护士的眼睛，她说的话完全渗透了我的脑子。我的脑海中迅速闪过几十种可能的情况。如果我花了钱，她还是去世了呢？我能拿到退款吗？我甚至想到，我母亲向来节俭，从昏迷中醒来后，她肯定会对我说："你花了多少钱？你个傻子。你应该用这笔钱去照顾你的弟弟们。"对了，我的弟弟们该怎么办？现在他们是我的责任了。我得养家糊口了，如果我身上欠了100万的债，还怎么养他们？我妈总是再三强调，我永远不需要养我的弟弟们。哪怕我的事业有了起色以后，她也拒绝接受我给她的钱。"我不想让你像我以前养我妈妈那样来养我，"她说，"我也不想让你像亚伯养他弟弟们那样养你的弟弟们。"

我母亲最害怕的就是我也会沦落到要负担"黑人债"的地步，那样的话，我会被困在贫穷和暴力的圈子里，永远逃不出去。她总是向我保证，我一定能打破这个圈子。我一定能成为那个向前走出去的人，不要回头。我看着急诊室外的那名护士，浑身僵硬，担心我把信用卡递给她的那一刻，恶性循环会继续，我会被重新吸回去。

人们总是说，他们会为了自己爱的人做任何事。但是你真的能做到？任何事都可以？包括付出你的一切？我觉得孩子并不理解什么是无私的爱。而母亲却能理解。一个母亲可以紧紧抱着自己的孩子,为了确保他们的安全,从一辆飞驰的车上跳下去。她会毫不犹豫地这样做。但是我觉得孩子并不知道该怎么做,起码他们没有这个本能。这是孩子需要去学的东西。

我把那张信用卡紧紧按到护士的手心里。

"做你们能做的一切。救救我妈妈。"

接下来的时间,我们是在忐忑不安中度过的,不知道结果怎样,只能在医院里打转,其间还不断有家庭成员前来探视。几个小时后,终于有一位医生从急诊室走了出来,告诉了我们此刻的状况。

"怎么样了?"我问。

"你妈妈现在情况稳定,"他说,"已经做完手术了。"

"她会没事吧?"

他思考了一会儿该怎么向我们解释。

"我不想用这个词,"他说,"因为我信仰科学,不信别的那些什么。但是今天在你母亲身上发生的事,是一个奇迹。我从来不这么说,也讨厌别人用这个词,但是我没有别的词来解释这一切。"

他说,那颗打进我母亲臀部的子弹,直接穿了过去,没有造成特别严重的损伤。那颗打进她后脑的子弹,从颈部上方、头盖骨下方的位置穿了进去,以毫厘之差避开了脊椎,避开了延髓,贴着大脑下方穿过头部,并且避开了每一根主要的血管、动脉和神经。根据子弹的轨迹,本来是冲着她的左眼窝飞过去,将她的眼球打出来,但在最后一秒,子弹却减速了,只打中了她的颧骨,而打碎颧骨以后,又反弹了一下,从左鼻孔穿了出去。她躺在急诊室的病床上时,因为满身是血,所以才让人觉得她的伤看起来比实际情况严重得多。其实那颗子弹只掀掉了她左鼻孔的一小块皮肤,就完完整整地飞了出来，没有在里面留下任何弹片。她甚至不需要做手术，给她止了血，缝好后面的伤口，再缝好前面的伤口，等她自我恢复即可。

"我们没什么能做的了，因为我们也不需要做什么。"医生说。

四天后，我母亲出院了。七天后，她开始正常上班。

那天医生给她注射了镇静剂，让她晚上就在医院好好休息，然后让我们回家去等着。"她的情况稳定了，"他们说，"你们在这儿也没什么事。回家睡觉吧。"于是我们就回去了。

第二天一早，我来到医院，准备待在我妈妈的病房里，等她醒过来。走进病房的时候，她还睡着。脑后缠着绷带，脸上缝着针，一块纱布盖在鼻子和左眼上。她看上去是如此虚弱、无力、疲惫，我长这么大，从没见过这样的她。

我在她的床边坐下来，握住她的手，等待着，看着她的呼吸一起一伏，脑中汹涌地翻滚着无数的念头。我依然害怕我会失去她。我生我自己的气，因为我当时不在场，我生那些警察的气，因为他们以前有那么多次都没把亚伯逮捕。我对我自己说，几年前我就该杀了他。这想法很荒谬，因为我没能力杀死任何人，但我还是忍不住这么想。我生这个世界的气，生上帝的气。因为我妈妈无时无刻不在祈祷。如果耶稣的粉丝俱乐部有排名的话，我妈绝对能排在前一百，可这就是她得到的回赠？

等了一个多小时后，她终于睁开了那只没有被纱布覆盖的眼睛。在她睁眼的一瞬间，我崩溃了，开始号啕大哭起来。她想喝水，我给她端了一杯，她把身子往前靠了靠，用吸管吸着喝。我则在旁边一直放声痛哭。我停不下来，我无法控制自己。

第十八章　我母亲的人生

"嘘,"她说,"别哭了,宝贝。嘘——别哭了。"

"我怎么能不哭,妈妈?你差点儿死了。"

"不会,我不会死的。我不会死。没事,我不会死。"

"但我以为你已经死了。"我一直哭,一直哭,"我以为我失去你了。"

"不会的,宝贝。宝贝,别哭了。特雷弗。特雷弗,听着。听我说。听着。"

"什么?"我说,眼泪顺着我的脸颊不断滑落。

"我的孩子,你要看到好的一面。"

"什么?你在说什么啊,'好的一面'?妈妈,你被子弹爆了头。这还有好的一面?"

"当然有了。从现在起,你就正式成了这个家里最好看的人。"

她脸上露出灿烂的笑容,哈哈大笑起来。尽管我还在泪流不止,但也忍不住笑了起来。我一边号啕大哭,一边歇斯底里地笑。我们坐在一起,她紧紧攥着我的手,我的母亲和她的儿子,我们像以前那样一起放声大笑,在那个明媚而阳光灿烂的美丽日子里,在重症监护病房中,为我们经历的这一切放声大笑。

一

母亲中枪以后，在短时间内发生了太多事，我们只能根据后来从当时在场的每个人那里获得的不同信息，慢慢拼出事情的原貌。在医院焦急等待的那天，我们依然有无数问题没有答案，譬如，以撒后来怎么样了？以撒去哪儿了？我们找到以撒以后，他才告诉我们之后发生了什么。

安德鲁带着我妈逃走以后，四岁的以撒一个人被留在了草坪上，亚伯朝他的小儿子走过去，把他抱起来，放进车里，发动了车子。在路上，以撒转头问父亲。

"爸爸，为什么你要杀死妈妈？"他问。那个时候，我们所有人都以为我妈妈已经死了。

"因为我很不开心，"亚伯答道，"因为我很难过。"

"是吧，但你不应该杀死妈妈。我们现在要去哪儿？"

"我要把你送到叔叔家。"

"那你要去哪儿呢？"

"我要去自杀。"

"不要自杀啊，爸爸。"

"不，我要自杀。"

亚伯口中说的那个叔叔，并不是真正的叔叔，只是他的一个朋友。他把以撒留在朋友那儿，就驾车离开了。他用那一整天的时间去拜访了所有认识的人，各种亲戚、朋友，向他们道别。他甚至告诉了人们他做了什么。"是我干的。我杀了她，现在我要去自杀了。

再见。"一整天的时间,他都在进行一场诡异的告别之旅,但后来他的某位表兄教训了他一顿。

"你得拿出个男人样儿,"这位表兄说,"你现在这样是懦夫的行为。你得去自首。如果你有勇气干了那件事,就要有勇气面对后果。"

亚伯泄了气,把枪递给了表兄。表兄开车带他去警察局自首。

他在拘留所待了几周,等着保释听证会。我们申请了动议,拒绝让他保释,因为他会对我们产生威胁。因为安德鲁和以撒还未成年,社工也开始介入其中。我们觉得,这个案子的走势应该很明朗了,但是有一天,大约一个月之后,我们接到一个电话,通知我们亚伯被保释了。他被保释的原因,是个巨大的讽刺:他告诉法官,如果他还被关在牢里,就不能赚钱养活自己的孩子了。可问题是,他从未养过自己的孩子——都是我妈在抚养。

亚伯就这么出来了。案件在法律程序上缓缓推进,但所有事情都开始倒向不利于我们的一边。由于我妈妈奇迹般地躲过了一劫,所以对亚伯的指控只能是谋杀未遂,加上此前亚伯的那些家暴,在我妈报警后并没有留下任何记录,所以亚伯没有犯罪案底。而且,他还请了个好律师,一直在法庭上强调,他家里还有孩子在等着他抚养。结果,这个案子根本没有进入正式的审判环节。亚伯认了谋杀未遂的罪,然后被判了三年缓刑。他一天都没有在监狱里蹲过,并且还继续拥有两个儿子的共同监护权。直到今天,他还在约翰内斯堡的大街上,行动完全自由。我上次听到有关他的消息是,他还住在高地北附近的某个地方,离我母亲的住所不太远。

故事的最后一个碎片,来自我的妈妈。她完全清醒后,从她的视角讲述了整件事。她记得亚伯举起枪,指着安德鲁。她记得屁股中弹后跌到地上,接着亚伯走上来,站在她身旁,用枪指着她的头。她抬起头,往上看,只看到他的脸下面那个黑洞洞的枪口。然后她开始祈祷,这时枪哑火了。然后又哑火了。然后又哑火了,又哑火了。她跳起来,把他推开,跑向车子。安德鲁跳到副驾驶座上,她把车打着,但接着就是一片空白了。

直到今天,也没人能够解释发生的一切。就连警察都不明白。因为那把枪不是不能用。它开过一枪,然后开不了了,然后又开了最后一枪。任何懂一点儿枪支的人都会告诉你,一支9毫米口径的手枪绝对不会像那把枪那样哑火。但是在犯罪现场,警察在车道上用粉笔画了很多小圈,都是亚伯开枪后散落的弹壳,而在他在我妈身旁站立的那个位置上,掉着的是四颗完好无损子弹——没人知道这是为什么。

我妈妈的医院账单总共是5万兰特。在她出院的那天,我付清了全款。那四天我们都是在医院里度过的,家庭成员陆陆续续地来探视她,聊天说话,大笑大哭。收拾东西准备回家的时候,我唠叨着说起了这一周过得有多么疯狂。

"你能活下来真是幸运,"我对她说,"我还是不敢相信你居然没有任何医疗保险。"

"哦,我有保险啊,"她说。

"你有?"

"是啊。耶稣。"

"耶稣?"

"耶稣。"

"耶稣是你的医疗保险?"

"如果上帝和我站在一起,谁还能对我不利?"

"好了,妈妈。"

"特雷弗,我祈祷了。我告诉你我祈祷了。我祈祷是有回应的。"

"你知道吗?"我说,"这一次我确实无法反驳你。那枪,那子弹——我无法解释那一切。所以我就姑且让你这么说了。"但我还是忍不住最后戗了她一句:"可付医院账单的时候,你的耶稣去哪儿了,嗯?据我所知,他没来付这个钱啊。"

她笑起来,说:"你说得对。他是没来,但他赐给了我一个可以帮我付这笔账的儿子啊。"

致 谢

感谢 Norm Aladjem、Derek Van Pelt、Sanaz Yamin、Rachel Rusch、Matt Blake、Jeff Endlich 和 Jill Fritzo，他们在事业上给予了我极大的帮助，并促成了这本书的诞生。

感谢 Peter McGuigan 以及 Foundry Literary + Media 的团队，包括 Kirsten Neuhaus、Sara DeNobrega，以及 Claire Harris，是他们签下了这本书，并在非常紧迫又忙碌的时期内保证了这本书的进度。另外，还要感谢 Tanner Colby，帮助把我的故事呈现在了纸上。

感谢兰登书屋和 Spiegel & Grau 的每一个人，是他们看到了这本书的潜力，并且让它最终成真，其中包括我的编辑 Chris Jackson，出版人 Julie Grau 和 Cindy Spiegel、Tom Perry、Greg Mollica、Susan Turner、Andrea DeWerd、Leigh Marchant、Barbara Fillon、Dhara Parikh、Rebecca Berlant、Kelly Chian、Nicole Counts 和 Gina Centrello。

感谢把这本书带到南非，让它得以在那里出版的每个人，包括麦克米伦出版公司南非分社的每个人，包括 Sean Fraser、Sandile

Khumalo、Andrea Nattrass、Rhulani Netshivhera、Sandile Nkosi、Nkateko Traore、Katlego Tapala、Wesley Thompson 和 Mia van Heerden。

  我还要对 Khaya Dlanga、David Kibuuka、Anele Mdoda、Ryan Harduth、Sizwe Dhlomo 和 Xolisa Dyeshana 表达我最诚挚的谢意，正是他们在早期阅读了我的手稿，并提出了宝贵意见和建议，使其最终成为您手中的这本书。

  最后，我要感谢我的妈妈，是她把我带到这个世界上，让我成为了现在的我，我欠她的恩情，永远都无法还清。